Annika Hanke

Fire in your Blood

IMPRESS

© privat

Annika Hanke, geboren 1996, lebt in Schleswig-Holstein. Schon früh wurde sie durch Fan-Fiction zum Schreiben animiert, nahm diese Leidenschaft allerdings erst Ende 2014 wieder richtig auf und schrieb ihren ersten Fantasyroman, der bis heute darauf wartet neu geschrieben zu werden. Wenn sie nicht gerade im Planen oder Schreiben einer Geschichte untergeht, ist sie viel mit ihrem Hund Tony unterwegs und sucht Inspiration und Ruhe in langen Waldspaziergängen.

Prolog

Romy

Ich war wieder in den Tunneln.

Erleichterung durchflutete mich so sehr, dass ich die Verwirrung darüber, wieder hier zu sein, gar nicht richtig wahrnahm. Hauptsache war, dass die kleinen Steine im Gleisbett unter meinen Stiefeln knirschten, dass ich die modrige abgestandene Luft einatmen konnte und bereits Stimmen hörte. Dunkelheit umhüllte mich, doch am Ende des Tunnels konnte ich ein Licht sehen. Ich ging weiter, ließ die Gleise hinter mir, um zum Bahnsteig zu gelangen.

Als ich von dem Licht geblendet wurde, kniff ich die Augen zusammen. Die Finsternis hatte sie empfindlich gemacht.

»Hallo?«, rief ich in die plötzlich aufkommende Stille und blickte mich um, als ich mich an die Helligkeit gewöhnt hatte. Denn da waren keine Stimmen mehr; es herrschte Totenstille auf dem Bahnsteig. Ich kletterte die improvisierte Treppe hinauf und sah mich genauer um. Unsere Sachen lagen noch an Ort und Stelle, ich sah die mittlerweile schmutzige Decke, die meine Mutter immer benutzte. Daneben gesellte sich ein zerknittertes Bild, welches ich nicht kannte. In ein, zwei Schritten war ich dort und nahm es auf.

Es zeigte meine Mutter und mich als Kind. Mein Vater hielt mich lachend im Arm, doch plötzlich verschwamm das Bild von Hendrik und zeigte mir einen Fremden. Schwarzes Haar und so stechende Augen, wie ich sie noch nie zuvor gesehen hatte, zierten sein schmales Gesicht. Er lachte in die Kamera. Als wären wir eine glückliche Familie.

Das Klicken einer Waffe rechts von mir holte mich zurück in die Wirklichkeit. Ich ließ das Bild fallen und drehte mich langsam um. Der Lauf einer Pistole war auf mich gerichtet, zwei Hände umklammerten die Waffe, als würde ihr Leben davon abhängen.

»Komm nicht näher«, presste eine zu bekannte Stimme hervor und ich blinzelte,

meine Sicht war verschleiert. Doch dann konnte ich die Person mir gegenüber endlich erkennen.

Es war meine Mutter.

»Ma? Ich bin es, Romy.«

Ich trat einen Schritt auf sie zu, doch sie feuerte einen Schuss ab, der direkt in den Beton zu meinen Füßen einschlug. Erschrocken stolperte ich wieder zurück.

»Was soll das?«, fragte ich verzweifelt. »Ich bin deine Tochter!«

»Du bist nicht mal ein Mensch«, erwiderte sie durch zusammengebissene Zähne. »Ergreift sie!«

Ich hatte keine Chance.

Schneller, als ich hätte reagieren können, wurden meine Arme von hinten gegriffen und ich spürte, wie man mir Handschellen anlegte. Ich wollte mich wehren, doch ein Schlag auf den Hinterkopf ließ mich nach vorn auf die Knie fallen. Meine Sicht verschwamm, der graue Beton kam immer näher.

»Ma ...«, murmelte ich benommen, doch die Frau vor mir hörte nicht. Sie war so anders, ihr Blick so voller Hass, dass ich die Situation nicht verstehen konnte. Was war passiert? Waren sie nicht froh, dass ich wieder da war? Dass ich nicht gestorben war?

Ich wurde wieder auf die Füße gezerrt und stolperte benebelt nach vorn. Eine Person hatte meine Handgelenke fest im Griff und schob mich immer weiter voran. Mein Kopf glich einem Karussell, alles drehte sich.

»Was macht ihr denn?«, fragte ich mit schwerer Zunge. »Ich bin doch eine von euch.«

»Du bist eine Wandlerin. Unser Feind.«

Das Rasseln einer Kette war zu hören, ich spürte, wie die Handschellen abgenommen wurden, allerdings nur, um mir die Hände vor dem Körper erneut zu fesseln. Etwas Schweres wurde an meinen Handgelenken befestigt und auf einmal zerrte mir eine Kraft die Arme nach oben. Ich keuchte vor Schmerz, meine Füße berührten kaum noch den Boden.

Dann plötzlich fühlte ich die heiße Macht in mir, die meine Sicht klärte und meinen Verstand wieder auf Vordermann brachte. Ich legte den Kopf in den Nacken und betrachtete die schweren Kettenglieder, an denen ich aufgehängt worden war. Das

Atmen fiel mir schwer und ich brauchte enorme Kraft, um mit den Zehenspitzen weiterhin auf dem Boden zu bleiben.

»Was soll das?!«, keifte ich und blickte zu den Menschen – meiner Gruppe –, die um mich herumstanden. Es war Wolf, der zwischen den anderen hindurchkam und direkt vor mir stehen blieb.

»Wir wissen, was du bist, Romy.« Sein verbliebenes Auge musterte mich und ich konnte die Kälte und den Hass deutlich spüren, die von Wolf ausgingen.

Was sollte ich tun? Darauf beharren, dass ich ein Mensch war? Dass ich zu ihnen gehörte? Oder sollte ich mich ganz dem Teil von mir ergeben, der ein Wandler war? Ehe ich mir selbst die Frage beantwortet hatte, spürte ich, wie meine Hände von einer Hitze ergriffen wurden. Das Drachenfeuer kam zu mir und ich wollte mich befreien. Doch in dem Moment, als ich die Kettenglieder auseinanderriss, ertönte ein Schuss und traf mich in den Kopf.

Ich hatte keine Chance zu reagieren oder auch nur den Hauch von Angst zu verspüren, denn es war sofort alles schwarz und mein lebloser Körper krachte zu Boden.

Und dann schreckte ich schweißgebadet aus diesem Albtraum auf.

Kapitel 1

Greyer

Nachdem Romy von Jendrik und Lean aus dem Restaurant geführt worden war, kamen Tanya, Aaron, Darian und Kain wieder zu mir. Ich stand noch immer an dem Platz, an dem sie mich zurückgelassen hatte. Meine Gefühle wirbelten umher, mein Herz klopfte ein paar Takte zu schnell, doch nach außen hin durfte ich mir nichts davon anmerken lassen.

Die vier Wandler verharrten wenige Schritte vor mir. »Sie wird uns helfen«, beantwortete ich die stille Frage, die im Raum stand. Ich konnte deutlich erkennen, wie alle vier von Erleichterung durchflutet wurden. »Allerdings unter ein paar Bedingungen. Kain und Darian, bitte sucht nach ihrer Gruppe. Sie müssen sich irgendwo in der U-Bahnstation des Gänsemarkts aufhalten. Laut Romy kommt man vom Stephansplatz oder über St. Pauli dorthin. Findet sie und bringt sie hierher, damit sie in Sicherheit sind.«

Beide neigten respektvoll den Kopf, ehe sie sich auf den Weg machten, um Romys Leute zu suchen. Tanya und Aaron blickten mich weiterhin unverwandt an.

»Sobald sie Fragen zu uns hat, erzählt ihr alles, was sie wissen möchte. Habt ein Auge auf sie, ich schätze sie nicht so ein, dass sie jetzt die Füße stillhalten wird. Vielleicht versucht sie erneut zu fliehen.«

»Wie viel sollen wir ihr über uns erzählen?«, fragte Tanya.

»Beantwortet ihre Fragen ehrlich. Sie ist eine von uns, sie sollte alles über uns erfahren.«

Mit einem Nicken gingen die beiden aus dem Raum und ließen mich allein.

***

Ich ging hinaus auf die Terrasse und atmete tief durch. Ein frischer Wind zerrte an meinem Hemd, doch die Hitze, die weiterhin in mir brodelte, ließ mich die Kälte nicht spüren. Ich legte die Hände an das Geländer und lehnte mich ein Stück nach vorn, heftete mein Augenmerk auf das Wasser vor mir.

Fast war es so, als würde ich ihre Berührung noch immer sengend heiß auf meiner Hand spüren. Die Anziehung, die ich ihr gegenüber fühlte, war unglaublich. Meine Gedanken kreisten einzig und allein darum, wie nah wir uns gewesen waren, als sie die Fassung verloren hatte.

Ich hatte in ihre braunen Augen sehen können, hatte die winzigen goldenen Sprenkel darin betrachten können. Sie war atemberaubend. Ihre Art, ihr Mut und ihr Wille, ihre Gruppe retten zu wollen. Ihre Sturheit, weil sie uns nicht über den Weg traute.

Doch der Mut, den sie in sich trug, kristallisierte sich so sehr heraus. Sie war tapfer, hatte es gut aufgenommen, dass sie offensichtlich nicht gänzlich aus der Menschenwelt stammte. Ich wüsste nicht, wie ich reagieren würde, wenn ich erfahren müsste, dass meine Eltern mich mein ganzes Leben lang belogen hatten.

Wer ihr leiblicher Vater war, würde ich noch herausfinden. Ich wollte ihr alle Informationen schenken, die sie verlangte, wollte sie in die Welt der Wandler führen und ihr zeigen, dass sie eine von uns war. Außerdem musste ich ihr Vertrauen gewinnen, was vielleicht die schwierigste aller mir gestellten Aufgaben war.

Romy war misstrauisch, sie hatte bereits zu lange mit ihrer Gruppe außerhalb der Mauer gelebt. Ihr Zustand war nicht gut gewesen, als sie zu uns gebracht worden war. Vielleicht würde sie sogar einen weiteren Fluchtversuch starten. Ich konnte es ihr nicht einmal verübeln, dass sie versuchte hier auszubrechen.

Bisher hatte sie uns Drachenwandler nicht kennengelernt, sie wusste nur das, was sie selbst gesehen hatte, und das war die Zerstörung ihrer Heimat. Ich bedauerte es zutiefst, dass unser Herkommen so ausgeartet war, dass die Menschen augenblicklich mit Gewalt geantwortet hatten.

Aber was hatte ich mir auch gedacht, als wir noch auf Davantos gewesen waren? Dass sie uns mit Freude auf ihrem Planeten begrüßen würden? Nein.

Ich hätte vorsichtiger und bedachter an die Sache herangehen müssen, doch mittlerweile war es zu spät.

Ich atmete noch einmal tief durch, sog die frische Luft in meine Lungenflügel, ehe ich mich von dem Geländer abstieß und zurück ins Innere des Gebäudes ging.

Kapitel 2

Jakob

»Habt ihr was?«, fragte ich in das Funkgerät, welches an dem Gurt meines Rucksacks befestigt war. Wie so oft waren wir außerhalb, befanden uns nicht mehr in der sicheren Dunkelheit des Tunnels. Aber es war notwendig. Schließlich ging es hier um Romy.

Es hatte Wolf nicht gefallen, als ich entschied nicht den Bundeswehrstützpunkt im Osten anzusteuern, den Marie ausfindig gemacht hatte, sondern nach Romy zu suchen. Sie war seit wenigen Tagen verschwunden und die Hoffnung, dass wir sie finden würden und es ihr gut ging, war bereits nach den ersten vierundzwanzig Stunden so gering geworden, dass ich sie eigentlich aufgeben wollte.

Doch der andere, winzig kleine Teil in mir konnte es nicht. Ich konnte nicht einfach nichts tun oder zur täglichen Routine übergehen, wenn ich wusste, dass sie hier vielleicht irgendwo draußen war. Vielleicht war sie verletzt und brauchte unsere – *meine* – Hilfe. Ich würde es mir nie verzeihen können, wenn ich nicht alles versucht hätte, um sie zu finden.

»Nein, nichts. Jakob, Mann, hör zu …«

Ich unterbrach Aleksandar augenblicklich. »Ich will es nicht hören, Aleks. Sag mir nicht, dass sie vermutlich tot ist«, knurrte ich in das Funkgerät. Ein Klicken ertönte, ein darauf folgendes Rauschen – doch die Antwort blieb aus.

Ich fuhr mir wütend über das Gesicht und durch die Haare. Fast hätte ich noch einen verzweifelten Schrei ausgestoßen, doch ich konnte mich zügeln. Es brachte doch sowieso nichts. Ich bemerkte eine Hand auf meiner Schulter und blickte mich um. Es war Finja, die mir ein zaghaftes Lächeln schenkte.

»Hey«, sagte sie sanft, als wäre ich eine tickende Zeitbombe, die jeden Moment losgehen könnte.

Ich spürte tief in meinem Inneren, dass es so war. Und würde ich explodieren, würde ich alles um mich herum zerstören. Aber so war es halt, oder? Ich hatte Romy von Anfang an beschützt. Seit diese verdammten Wandler auf die Erde gekommen waren, hatte ich darauf achtgegeben, dass ihr nichts passierte. Oder sie aus den brenzligen Situationen herausgeholt.

Bilder blitzten vor meinem inneren Auge auf. Bilder, die das verletzte, völlig verängstigte Mädchen auf der Straße zeigten. Ich sah ihr Sommerkleid vor mir und die nackten schmutzigen Füße. Spürte fast wieder ihr Gewicht auf meinen Armen, als ich sie tragen musste. Wir hatten es bis zur Universität geschafft und wir hatten es auch wieder heraus geschafft.

Wie in einem Fingercomic huschten die Ereignisse an mir vorbei. Romy, die mich mit sich zerrte, als Anna getötet worden war. Romy, die Marie half, die Kugel aus meinem Bein zu holen. Romy, die eine Panikattacke erlitt, als ich sie daraufhin zurückholte. Der Streit bei der Suche nach einem neuen Versteck, der folgende Kuss.

Verdammt. Wir hatten so viel durchgestanden, hatten einander immer und immer wieder zurückgeholt und gerettet und jetzt sollte ich sie verloren haben? Wenn die Wandler sie wirklich hatten, wenn sie hinter der Mauer war ...

Ich wollte nicht einmal daran denken, was ihr zustoßen würde.

»Lass einfach gut sein, Finja«, sagte ich abrupt und schob ihre Hand von meiner Schulter, als wäre sie nur eine Last. Und das war sie auch irgendwie. Ich wollte keine tröstenden Worte, ich wollte kein Mitgefühl, weil wir sie nicht finden konnten.

Vielleicht musste ich das Thema einfach abhaken und akzeptieren, dass wir nichts tun konnten.

Aber das schien unmöglich zu sein.

»Lass uns gehen. Es bringt nichts, außerdem wird es bald dunkel.« Ohne Finja noch einmal anzusehen, trat ich den Rückweg an. Ich hörte, wie sie den Befehl an die anderen per Funk weitergab, doch es scherte mich nicht. Meine Gedanken waren ein reines Achterbahnchaos und standen nicht still, es fühlte sich an, als würden sie immer wieder den gleichen Looping durchfahren.

Und diesem hafteten Hunderte Bilder von Romy an, die ich immer und immer wieder sah.

***

Zurück am Bahnsteig trafen wir auf Aleksandar und Markus, die ebenfalls bei der Suche beteiligt waren. Wieder traf mich eine Woge an Mitleid, die ich jedoch geflissentlich zu ignorieren wusste. Wenn es so weiterging und alle mich nur noch in Watte packten, würde ich wahrscheinlich doch wie eine Bombe hochgehen.

Mein Weg führte mich zu Wolf, der bei offener Tür in einem der Kioske stand und sich rasierte. Auf unserem letzten Streifzug hatten wir Rasierschaum gefunden, was für viele hier unten wahrem Luxus glich.

»Was? Willst du dich ausheulen, weil du die kleine Nervensäge nicht gefunden hast?«, fragte der Generalmajor abwertend, ohne mich anzusehen. Sein Gesicht im Spiegel war verzerrt; durch die ganzen Splitter und den Schmutz bezweifelte ich, dass er genau sehen konnte, was er dort mit der Rasierklinge in seinem Gesicht anstellte.

»Nein. Ich will mit zu dem Stützpunkt.«

Nun war es an Wolf, ein kaltes Lachen auszustoßen und mich doch anzusehen. Die Hälfte seiner rechten Wange war noch mit weißem Schaum bedeckt, die andere leicht gerötet durch das Rasieren.

»Ich dachte, es wäre dir wichtiger, die Kleine zu finden.«

Es nervte mich, dass er sie nicht bei ihrem Namen nannte. Doch ich presste nur kurz die Kiefer aufeinander, ehe ich einen tiefen Atemzug tat und mich zur Ruhe zwang. Es brachte mich nicht in meinem Vorhaben weiter, wenn ich Wolf gegenüber jetzt frech wurde. Er war immer noch Generalmajor und mit seinem Rang demnach sehr weit über mir.

Auch wenn das vielleicht in der heutigen Zeit nicht mehr allzu wichtig war, konnte ich diesen Fakt nicht ignorieren. Es war mir in Mark und Bein übergegangen, Menschen zu respektieren. Vor allem Vorgesetzte.

»Ich jage niemandem hinterher, den wir sowieso nicht finden können. Wir sollten uns auf das konzentrieren, was uns weiterbringt, und das ist definitiv dieser Bundeswehrstützpunkt.« Mit jedem meiner Worte spürte ich einen dumpfen Schmerz in der Brust. Es war zwar die Wahrheit, doch nicht die, die ich gerne glauben wollte. Je eher ich Romy allerdings hinter mir ließ, desto effektiver würde ich wieder arbeiten können. Und wir konnten es uns nicht leisten, dass noch einer von uns starb.

Wolf sah mich abschätzend durch sein verbliebenes Auge an. Es war mittlerweile ganz gut verheilt und die Augenklappe, die wir gefunden hatten, verlieh seinem sowieso schon groben Aussehen den letzten Schliff. Dunkel erinnerte ich mich an die Situation am Schanzenpark.

Ein Berkan hatte Wolf erwischt und ihm das Auge mit den Stacheln seines Schweifes ausgestochen; dass er überlebt hatte, glich einem Wunder. Es zeigte jedoch auch, wie zäh dieser verdammte Mistkerl war.

»Gut. Melde dich vor Sonnenaufgang bei Markus, er leitet den Einsatz. Wir haben genug Zeit vertrödelt bei der Suche nach diesem Mädchen.« Er wandte sich wieder dem Spiegel zu und beendete seine Rasur. Ich nickte kurz, ehe ich mich umdrehte und zum Bahnsteig ging. Die Treppen führten mich auf das Gleisbett, Kies knirschte unter meinen schweren Stiefeln, als ich auf Daniar zuging, um ihn abzulösen.

»Die nächste Wache ist meine«, sagte ich und schlug ihm kurz freundschaftlich auf die Schulter. Er nickte, gab das Sturmgewehr an mich weiter und verließ seinen Posten.

***

Mit der Nacht kehrte langsam Ruhe in den Bahnsteig ein und ich nutzte die Gelegenheit, um meine Taschenlampe anzuschalten und im Tunnel selbst zu patrouillieren. Es hatte etwas Beruhigendes an sich, Dinge zu tun, die ich seit Jahren tat. Ich fühlte mich endlich wieder wie der Soldat, der ich nun mal war.

»Sie ist tot, oder?«, flüsterte eine Stimme gebrochen, als ich am Anfang des Tunnels ankam und eine dunkle Silhouette auf den Treppen zum Stephansplatz wahrnahm. Ich knipste die Taschenlampe aus und trat in das trübe Mondlicht, setzte mich gegenüber der Gestalt und lehnte den Rücken gegen die kalte Mauer.

»Ich weiß es nicht«, erwiderte ich wahrheitsgemäß. Die kleine nervige Stimme war zurück, die sich noch immer an das letzte bisschen Hoffnung klammerte. Doch im Grunde war sie nutzlos, denn es gab keine magische Verbundenheit zwischen zwei Menschen, die einen spüren ließ, wenn dem anderen etwas zugestoßen wäre. Ich tappte völlig im Dunklen – und wenn ich realistisch die Fakten betrachtete, war sie tot. Und das hätte ich bei jedem anderen akzeptiert, doch für all die anderen hegte ich keine tieferen Gefühle. Sie waren Teil der Gruppe, die uns am Leben erhielt, aber Romy war anders. Sie war ... sie war einfach *Romy.*

Ich zwang die Gedanken an sie, die erneut hochkamen, nieder und sah zu Luca, der etwas verloren wirkte und in den Nachthimmel starrte. Dicke Wolken schoben sich vor den Vollmond und ließen so auch das letzte Quäntchen Licht erlöschen.

»Wäre ich bloß mit ihr gegangen. Ich wusste doch, dass sie zum Dammtor wollte wegen dieses bescheuerten Steins! Wieso bin ich nicht mit ihr gegangen? Vielleicht hätte ich sie retten können, vielleicht hätte ich ...«

Ich beugte mich vor und stieß Luca mit dem Lauf des Gewehres gegen den Schuh. Sein verzweifelter Blick huschte zu mir, seine Wangen waren tränennass und die Augen gerötet. Die Wolken hatten sich ein Stück weit verzogen und den Mond wieder freigegeben, welcher sein kaltes Licht auf das blasse Gesicht meines Gegenübers warf. Er sah elend aus.

»Du hättest nichts tun können, Luca. Wärst du mitgegangen, hätten wir zwei gute Leute verloren.«

Luca presste die Lippen zu einem schmalen Strich zusammen und starrte auf einen unbestimmten Punkt auf den Treppen. Ich konnte seinen Verlust nachvollziehen, ja sogar fast seinen Schmerz greifen. Schließlich fühlte ich den Verlust von Romy mit jeder Faser meines Körpers. Doch wir mussten weitermachen und konnten nicht den Geistern der Gefallenen hinterherjagen. Konnten unsere Wünsche nicht an die Spitze der Prioritäten stellen.

Nicht in dieser Welt.

Kapitel 3

Romy

Mein Atem ging unregelmäßig und ich schlug die Decke zurück. Die Beine schwang ich über den Rand des Bettes. Dann schloss ich die Augen und verbarg das Gesicht in den Händen. Was war das für ein furchtbarer Traum gewesen? Meine eigenen Leute hatten mich umgebracht, weil ich zum Teil eine Wandlerin war. Wie viel Wahrheit steckte in diesem Traum? Wenn ich ehrlich zu mir selbst war, fürchtete ich, dass sehr viel Wahrheit in ihm verborgen war. Sie hassten die Wandler, allen voran Wolf, der Generalmajor der Bundeswehr, der mich im Traum erschossen hatte.

Mittlerweile war es tiefste Nacht und das Zimmer hatte sich in Dunkelheit gehüllt. Tausend Gedanken schwirrten in meinem Kopf umher und an Schlaf war jetzt definitiv nicht mehr zu denken. Zu der Frage, wer ich war, gesellte sich nun auch noch die Last, dass ich für die Wandler wichtig war.

Ich war diejenige, die die Splitter aufspüren konnte. Ich war das Kind irgendeiner Prophezeiung einer Spezies, von der ich vor ein paar Wochen nichts geahnt hatte. Wie hatte sich alles so schnell verändern können? Wie war es möglich, dass ich eine Wandlerin sein sollte? Und wie zur Hölle sollte ich die Splitter des Lebenssterns finden? Den ersten hatte ich durch Zufall gefunden, unbeabsichtigt. Wie also sollte ich es jetzt schaffen, gezielt nach den übrigen Splittern zu suchen?

Es war nicht so, dass ich eine innere Karte besaß und die Splitter dort hell leuchteten und mir genau zeigten, wo sie sich befanden. Es war eher so, dass das Wissen spontan kam, ungeplant. Jedenfalls war es so vor zwei Tagen gewesen, als ich eine sanfte Wärme in meinem Inneren wahrgenommen hatte.

Wenn ich jetzt darüber nachdachte, war es das gleiche Gefühl, welches ich im Stadtpark empfunden hatte, als die Meteoriten vom Himmel gefallen waren. Es war diese seltsame Vertrautheit, die ich mir immer noch nicht erklären konnte, dieses Gefühl, als würde ich selbst durch die Splitter endlich ganz sein.

Kaum zu glauben, dass ich erst vor zwei Tagen den Splitter gefunden und Luca gezeigt hatte. *Luca.* Er ging wohl davon aus, dass ich tot war, denn ich war bisher immer zurückgekommen. Jetzt war es bereits die zweite Nacht, die ich nicht bei ihnen war.

Ehe ich es mich versah, stand ich am Fenster und blickte nach draußen. Das Mondlicht brach sich in der Elbe und ließ sie silbern glitzern. Die Bilder meines Albtraums schoben sich wieder in mein Bewusstsein und ich zwang mich, nicht mehr daran zu denken. Draußen sah alles so friedlich aus, doch ich wusste es besser. Ich ließ meinen Gedanken freien Lauf. Die Nacht war klar und wunderschön und die Sterne funkelten.

Ob Wolf ein Team losgeschickt hatte, um mich zu suchen? Sie konnten ja nicht wirklich wissen, dass ich eine Wandlerin war. Mein Traum war völlig verquer gewesen und nachdem das mit Thomas geschehen war, hatten wir innerhalb unserer Gruppe endlich eine Regel aufgestellt. Wenn einer von uns nach vierundzwanzig Stunden nicht zurückkehrte, wurde ein Suchtrupp losgeschickt, um den Vermissten zu finden. Sie suchten zwei Tage, dann ging man davon aus, dass derjenige tot war.

Wenn die Sonne aufgehen würde, blieben meiner Gruppe nur noch wenige Stunden, um mich vergebens zu suchen. Denn ich befand mich innerhalb der Mauern der Drachenstadt und dorthin würde keiner freiwillig gehen. Immerhin sah es von außen so aus, als würden die Menschen gefangen, versklavt und getötet werden. Das hatte auch ich all die Zeit lang geglaubt. Ich atmete tief durch und sagte mich von dem Blick aus den Fenstern los.

Meine Glieder waren zwar schwach und jeder Muskel gierte nach etwas Ruhe, doch meine Gedanken liefen auf Hochtouren, ich konnte sie nicht abstellen. Deshalb schlüpfte ich in die Schuhe und tat das, was ich früher schon getan hatte, wenn ich nicht schlafen konnte; ich lief herum.

***

Mit Erstaunen stellte ich fest, dass die Tür nicht abgeschlossen war und ich problemlos auf den Flur gelangte. Eine der beiden Wachen, die mich vorhin zum Abendessen begleitet hatten, folgte mir in wenigen Metern Entfernung. Als ich mich für die Treppen entschied, anstatt den Fahrstuhl zu nehmen, hörte ich ein leises Schnauben hinter mir.

Ich blickte über die Schulter hinweg zu ihm. »Ich brauche keinen Babysitter.«

»Anweisung von Greyer«, brummte der Wachhabende mit tiefer Stimme und ich verdrehte die Augen.

»Und wenn Greyer sagt: ›Spring aus einem Fenster!‹, tust du es dann?«

»Wenn das sein Wunsch ist.«

Ein Schnauben verließ nun meine Kehle und ich richtete kopfschüttelnd die Aufmerksamkeit wieder auf die Treppen vor mir. Ich wollte nicht an Greyer denken, denn dann spürte ich wieder das Kribbeln im Bauch und die Anziehungskraft, die mich dumme Dinge tun ließ. Also konzentrierte ich mich auf die Stufen. Achtzehn Stockwerke nach unten zu laufen war schon eine Aufgabe, doch es beruhigte mich irgendwie.

Der Gedanke, mich in ein weiches Bett zu legen und plötzlich so etwas wie Normalität um mich herum zu spüren, behagte mir nicht. Ich fühlte mich wie Rick Grimes aus *The Walking Dead*, als er endlich in Alexandria war und es ihn doch stets nach draußen zog, wo die Beißer nach seinem Fleisch gierten. Wie dumm es war, sich vor der Sicherheit zu fürchten! Denn das war es innerhalb der Mauern – sicher. Das musste ich einsehen.

»Vielleicht solltest du schlafen, anstatt durch die Flure zu geistern.«

»Ich geistere nicht. Vielleicht solltest du dir einfach eine andere Beschäftigung suchen und mich nicht ständig verfolgen. Müsst ihr nicht noch mehr Menschen hierher verschleppen?« Als ich mich umdrehte und ein paar langsame Schritte rückwärts ging, verzog der Wandler seine Lippen zu einem belustigten Grinsen.

»Du hast bereits den Beweis, dass wir nicht so böse sind, wie ihr geglaubt habt. Warum also noch immer so misstrauisch?«

Ich presste die Lippen aufeinander und konnte ihm tatsächlich keine vernünftige Antwort darauf geben. Misstrauen von heute auf morgen einfach so beiseitezuschieben funktionierte halt nicht. Aber die Wandler hatten vermutlich ein ganz anderes Gefühlsspektrum als die Menschen. Und ich würde es früher oder später kennenlernen. Ich hatte so viele Fragen, die noch gestellt werden sollten.

»Ich muss nur an die Zeit denken, die ich draußen gelebt habe. Oder aus einem der vielen Fenster schauen; ihr habt nämlich einiges zerstört, falls dir das nicht aufgefallen ist.«

»Es waren eure Bomben, die vom Himmel fielen, nicht unsere.«

»Ich glaube nicht, dass ich weiter mit dir diskutieren möchte. Bist du eigentlich Ernie oder Bert?«, fragte ich. Ich war mir nicht sicher, ob ich es mit Lean oder Jendrik zu tun hatte, vermutete aber, Ersteren vor mir zu haben. Mittlerweile lief ich wieder vorwärts, hatte mein Tempo verlangsamt und ging neben dem Wandler her.

Sein schwarzes Shirt spannte sich über die Muskeln. Diese Aufmachung sollte wohl Respekt einflößend wirken, ich war mir jedoch nicht sicher, ob ich das zu kleine Shirt nicht einfach nur albern finden sollte.

»Mein Name ist Lean. Nicht Ernie und auch nicht Bert.«

Das erste Mal seit langer Zeit wollte sich ein Lachen aus meiner Kehle stehlen. Wie seltsam doch alles war.

»Wie läuft das hier eigentlich ab? Greyer ist euer Anführer? Wie ein Präsident oder so?«

In Leans Miene war absolut nichts zu lesen. Wenn er genervt von mir und meiner Fragerei war, ließ er sich nichts anmerken, und das musste ich ihm vermutlich hoch anrechnen. Ich an seiner Stelle wäre sicherlich genervt von mir gewesen, doch es gab einfach zu viel, was unklar war.

»Er ist unser Anführer, ja. Nachdem der Dracarian zerstört worden war, brauchten wir jemanden, der uns Hoffnung schenkte. Das tat Greyer. In unserer dunkelsten Stunde war er für sein ganzes Volk da. Der Dracarian wird ihn auserwählen, sobald er wieder zusammengesetzt ist.«

»Auserwählen?«

»Unser Lebensstern ersucht einen Wandler und überträgt diesem die ehrenvolle Aufgabe, der Hüter des Dracarian zu sein. Nur ihm oder ihr ist es gestattet, Anführer der Wandler zu sein und uns in eine glorreiche Zukunft zu führen. Greyer ist der Auserwählte, da bin ich mir sicher.«

»Na, na, Lean. Bei deinen Lobeshymnen werde ich ja noch ganz rot«, ertönte die leicht scherzende Stimme von Greyer und ich spürte sofort, wie sich eine Gänsehaut über meinen gesamten Körper ausbreitete. »Lässt du uns einen Moment allein?«, bat er meinen Aufpasser, woraufhin dieser sich verneigte und tatsächlich ging.

Ich biss mir auf die Zunge und verschränkte die Arme vor der Brust. Dass ich mit Greyer allein war, jagte mir Schauer über den Rücken, gegen die ich mich zu wehren versuchte. Ich wollte seine Nähe nicht mögen oder gar herbeisehnen. Ich wollte ... ihn hassen? Vielleicht.

Greyer bedeutete mir, dass wir ein Stück gehen könnten, und ich setzte mich in Bewegung.

***

»Die Wandler scheinen sehr viel von dir zu halten«, merkte ich an.

Greyer führte mich nach draußen, wo ich von der Kälte der Nacht umfangen wurde. »Jeder andere hätte das Gleiche getan, was ich getan habe.« Er gab sich so, als wäre es keine große Sache.

»Erzähl mir von dem Dracarian«, bat ich ihn und strich eine Strähne, die mir ins Gesicht geweht wurde, hinters Ohr. Es war so ungewohnt, dass sie einfach über meiner Schulter aufhörten. Ich erinnerte mich nicht einmal daran, dass ich jemals so kurze Haare getragen hatte.

»Der Dracarian ist unser Lebensstern«, begann er. Obwohl ich das bereits aus den verschiedenen Informationshäppchen herausgehört hatte, lauschte ich gebannt auf seine Worte. »Du musst es dir wie eine Art Energiekern vorstellen, der einen ganzen Planeten mit Leben füllt. Durch ihn blühen die Blumen auf Davantos, das Gras ist kräftig grün und wunderschön. Durch den Dracarian leben die Tiere, leben wir. Wir haben unsere Kräfte durch ihn erhalten.«

»Die Kraft, sich in einen Drachen zu verwandeln?«

Der Wind frischte auf und ich fröstelte. Vielleicht hätte ich mir doch eine

Jacke überziehen sollen, als ich aufgestanden war. Aber draußen einen Spaziergang mit Greyer zu unternehmen, hatte nicht auf meinem Plan gestanden. Es stand auch jetzt eigentlich nicht zur Debatte, denn ich wollte die Wandler noch immer verachten.

Ein Teil von mir tat es. Aber ein anderer, wahrscheinlich der, der selbst Wandler war, sehnte sich nach Informationen. Danach herauszufinden, wer ich wirklich war. *Was* ich wirklich war. Selbst für die Wandler war ich ein Phänomen, denn Greyer hatte gesagt, dass es noch nie jemanden wie mich gegeben hat.

»Unter anderem, ja«, bestätigte er. Ehe ich es mich versah, streifte er seine Jacke von den Schultern und legte sie mir um. Ein fremder Geruch umhüllte mich und für den Bruchteil einer Sekunde schien mein Herz stehen bleiben zu wollen. In meinem Magen tanzten mit einem Schlag Tausende Schmetterlinge, die mir das Gefühl gaben, als würde es in mir rebellieren wollen. Ob vor Aufregung oder wegen irgendetwas anderem, wusste ich nicht.

»Wie ist es, ein Drache zu sein?«, fragte ich daher weiter, ohne auf Greyers fürsorgliche Geste einzugehen.

»Es ist fantastisch. Du hast das Gefühl, frei zu sein. Wenn du dich mit deinen Flügeln in die Lüfte schwingst und weißt, dass sie dich überallhin tragen werden. Das ist das Beste, was es gibt.« Sein Blick war gen Himmel gewandert. Wir beide blieben stehen, ohne es wirklich zu merken, und sahen hinauf.

Ich stellte mir vor, wie es wäre, fliegen zu können. Wahrhaftig fliegen, den Wind unter den Flügeln und auf der Haut spüren zu können. Es musste atemberaubend sein. Würde ich es auch können? Oder war ich gar nicht dazu in der Lage, mich in einen Drachen zu verwandeln? Obwohl ich jetzt etwas mehr über die Wandler erfahren hatte, war ich mir immer noch nicht sicher, ob ich die Dinge konnte, die sie konnten.

»Ich ... es ist spät«, holte ich mich selbst zurück in die Wirklichkeit. Ich spürte tief in mir, wie ich die Zeit mit Greyer viel zu sehr genoss.

»Natürlich, ja. Du musst erschöpft sein, nach all den Strapazen. Es war viel für dich in der letzten Zeit.« Verständnisvoll schaute er mir in die Augen und ich hatte prompt das Gefühl, mich jeden Moment in seinen zu verlieren. Ohne Vorwarnung begannen sich Greyers Iriden heller zu verfärben, zu leuchten, bis das triste Blau einem wunderschönen Türkis wich. Er schlug den Blick nieder und kniff sich in den Nasenrücken.

»Ich bringe dich hinein.«

***

Fast den ganzen nächsten Tag befasste ich mich ausführlich mit den Sachen, die sich in meinen Schränken befanden. Ich sortierte die Teile, die nicht in meiner Größe waren, aus und gab sie Lara mit, als diese mir ihre Hilfe anbot.

Nach dem nächtlichen Spaziergang mit Greyer war mein Kopf bis zum Platzen gefüllt gewesen mit Gedanken, doch ich hatte tatsächlich ein paar Stunden Ruhe finden können. Irgendwie hatte er etwas Beruhigendes an sich, was total widersprüchlich war zu dem ganzen Gefühlschaos, das ich jedes Mal verspürte, wenn er in der Nähe war.

Wenn ich hinausging, folgte Lean mir, und so verließ ich das *Westin Hotel* und schlenderte durch die Drachenstadt. Innerhalb des Gebäudes fühlte ich mich furchtbar beengt und würde niemals auch nur den Hauch des nächsten Splitters spüren. Es waren noch drei Splitter, die es zu finden galt, den ersten hatten die Wandler selbst entdeckt. Tanya hatte mir beim Frühstück erzählt, dass jeder, ganz gleich ob Wandler oder Mensch, in der Lage war, die Splitter zu finden und zu berühren. Allerdings war es nur mir vorbehalten, sie aus weiter Entfernung zu spüren.

Menschen sahen in den Splittern bloß rubinrote Steine, ganz so, wie Luca es in dem gesehen hatte, den ich ihm an jenem letzten Abend gezeigt hatte. Wandler hingegen spürten die Kraft des Dracarian, allerdings nur in unmittelbarer Nähe. Sie würden wohl jeden Zentimeter ablaufen müssen, um die Splitter zu finden, was unheimlich lange dauern würde.

Da kam ich dann ins Spiel, auch wenn ich noch immer keine Ahnung hatte, wie ich sie finden sollte. Es war nicht so, dass ich es kontrollieren konnte – dieses Gefühl kam einfach irgendwie, irgendwann. Ich wusste nicht, was es auslöste oder beeinträchtigte, ich wusste gar nichts.

Der Druck, die große Hoffnung der Wandler zu sein, wollte mich schier zermürben, und mit jeder Minute, die ich nichts spürte, fühlte ich mich unbrauchbarer. Es war, als würden alle Blicke auf mir liegen und warten, dass mir Flügel wuchsen, doch es passierte nichts.

Für die Wandler selbst wäre ich, trotz des Gesprächs mit Greyer, nicht hiergeblieben und hätte diesen Zirkus mitgemacht. Es ging mir um meine Leute, um die Menschen. Wenn die Wandler erst einmal ihren Lebensstern zurückhatten, würden sie die Städte wieder herrichten. Das holte die Toten zwar nicht zurück, aber wir würden eine Chance erhalten, von Neuem zu beginnen und das Kapitel hinter uns zu lassen.

Zum Abendessen erschien ich erst gar nicht. Ich hatte mir einen Stuhl an die Fensterfront gezogen und ein Buch geschnappt, doch irgendwie saß ich nur da und starrte auf das Wasser.

Wie versprochen hatte Greyer eine Gruppe zusammengestellt, die nach meinen Leuten suchte. Ich wartete sehnsüchtig auf deren Rückkehr, hoffte inständig, dass Jakob, meine Mutter und all die anderen dabei waren, doch mit jeder Stunde, die sie länger fort waren, schwand meine Hoffnung mehr.

Auch wenn die Wandler sie in den U-Bahntunneln fanden, sie würden niemals kampflos mit ihnen gehen. Was hatte ich mir nur dabei gedacht, mich nicht selbst aufzumachen? Aber vermutlich hätte Greyer mich niemals nach draußen gelassen.

Das Buch glitt mir aus den Händen und kam auf dem Boden auf. Erschrocken fuhr ich zusammen und blickte mich um, mein Herz raste. Ich war so in Gedanken vertieft gewesen, dass ich mich gar nicht mehr erinnerte, ein Buch in die Hand genommen zu haben. Erschöpft strich ich mir durchs Haar, nahm das Buch wieder auf und legte es auf den kleinen Nachtschrank.

Der Funkwecker zeigte zwei Uhr morgens. Ich brauchte dringend Schlaf. Ohne mir den Pyjama anzuziehen, der am Fußende der Bettdecke lag, warf ich mich in die Laken und schloss die Augen. Ich schob die Gedanken an Jakob, Luca und alle anderen beiseite und hoffte auf einen ruhigen, traumlosen Schlaf. Doch der war mir einfach nicht vergönnt.

***

Die Umgebung war mir unbekannt. Ich befand mich in einem großen steinernen Saal, in dessen Mitte ein kreisrunder Tisch mit fünf massiven Stühlen stand. An den grauen Wänden kletterte meterlanger Efeu empor und bedeckte den Großteil des Raumes. Selbst der Sockel des Tisches war mit den grünen Blättern bedeckt.

»Seht ihr denn nicht, dass wir viel mehr erreichen könnten? Die Welten sollten uns untergeordnet sein, wir sind viel mehr wert, wir sind göttergleiche Geschöpfe!«, brüllte eine tiefe Stimme hinter mir, die mir durch Mark und Bein ging. Ich wollte mich umdrehen, sehen, wer mir das Blut in den Adern gefrieren ließ, doch zwei starke Hände hielten mich fest umklammert. Ich fühlte mich seltsam, fast, als wäre ich nicht in meinem eigenen Körper.

Vor mir konnte ich nun vier Gestalten erkennen. Sie waren groß, auf ihren Rücken prangten wunderschöne Drachenflügel und ihre Augen hatten die unterschiedlichsten und eigentümlichsten Farben, die ich je gesehen hatte. Es waren zweifellos Drachenwandler. Eine Frau, deren Haar so rot war wie Feuer und ihr in langen Locken bis zu den Hüften reichte, trat hervor. Ihre Flügel schimmerten orange und zuckten, als spürte sie die Gefahr, die von mir ausging.

Eine unheimliche Macht durchströmte mich, als die Hände mich fester umklammerten. Ich fühlte mich unwohl, Flammen tanzten in meinem Inneren und ich spürte, dass derjenige, der mich hielt, böse Absichten hatte.

»Kasimir, es ist nicht richtig, über andere Welten herrschen zu wollen. Dazu wurden wir nicht geschaffen. Wir leben glücklich und zufrieden auf unserem Planeten, das hat schon immer gereicht. Wieso dürstet es dich nach so viel mehr?«

»Ach, Luran, ich hatte gerade von dir stets gedacht, du würdest nach mehr streben. Zu schade, dass auch du dich gegen mich stellst.« Seine Stimme vibrierte in meinem Inneren, plötzlich stieß er mich nach vorn und ich spürte, wie ein höllischer Schmerz durch mich hindurchschoss – als ich zur Waffe wurde.

Rubinrotes Licht brach aus mir heraus und bündelte sich in einem einzigen kraftvollen Lichtstrahl, der die Frau vor mir ergriff. Sie schrie, Feuer erfasste sie und verbrannte sie bei lebendigem Leibe.

Etwas in mir zerbrach, als die Wandlerin durch meine Hand starb, ich fühlte mich, als wäre ein Teil von mir mit ihr verbrannt. Hinter mir ertönte das eisige

Lachen des Wandlers, den sie Kasimir genannt hatte. Er erhob sich mit Leichtigkeit in die Lüfte und benutzte meine Macht, um die übrigen drei Wandler zu töten.

Ich wollte schreien, versuchte mich zu wehren, doch ich war in einem Körper gefangen, der nicht dazu in der Lage war. Mit jedem Mord zerbrach ich mehr, bis ich schließlich gänzlich zersprang.

***

Keuchend fuhr ich aus dem Schlaf. In der Mattscheibe des dem Bett gegenüberstehenden Fernsehers konnte ich erkennen, wie meine Augen rot glühten. Mein Shirt klebte schweißnass am Rücken, einzelne Haarsträhnen hingen mir feucht in die Stirn. Ich rang nach Luft, presste die Hand auf den Brustkorb und versuchte meinen wilden Herzschlag zu beruhigen.

Was war das? Es konnte kein gewöhnlicher Traum gewesen sein, denn ich hatte all das, was geschehen war, gespürt. Den Schmerz, die Kraft, all das ging von *mir* aus. Es war, als würde ich den Schmerz tief im Inneren immer noch spüren.

Was allerdings viel wichtiger war und was ich erst richtig registrierte, nachdem mein Herz sich langsam, aber sicher beruhigt hatte, war, dass ich den nächsten Splitter deutlich vor mir sah. Ich erkannte die Umgebung, in der er sich befand.

Plötzlich wurde die Tür aufgerissen und Lean stand im Türrahmen. Mein Atem ging noch immer schwer, ich starrte ihn aus immer noch rot glühenden Augen an.

»Bei unserer Göttin«, hauchte Lean und schlug die rechte Faust kurz über sein Herz. Es war eine Geste, als würden wir Menschen uns bekreuzigen. »Du musst sofort zu Greyer.«

Hastig schlug ich die Decke beiseite und stand auf. Mein Fuß verfing sich in einem der Laken und ich wäre fast hingefallen, hätte Lean mich nicht gestützt. Macht pulsierte in mir und ließ meine Glieder zittern. Ich konnte mich kaum auf den Beinen halten.

»Was passiert hier?«, brachte ich keuchend hervor, als ich sah, dass meine Hände von einem roten Leuchten erfasst wurden. Es war, als würde eine Art

Rauch um sie herumwabern, als würde die Macht aus meinen Poren treten. Was, wenn ich sie nicht halten konnte?

»Ich weiß es nicht.« Lean schüttelte hilflos den Kopf, während er mich weiterhin festhielt.

***

Auf dem Flur befahl Lean Jendrikh, Greyer zu benachrichtigen, dass etwas mit mir nicht stimmte. Lean hatte einen Arm um meinen Körper geschlungen. Aus eigener Kraft konnte ich nicht stehen. Meine Beine waren wie Wackelpudding und alles schien irgendwie in weite Ferne zu rücken. Präsent waren nur der Schmerz und das Gefühl zu zerbersten.

Ich sah die Morde vor mir, sah, wie das rote Licht aufflammte und einen weiteren Wandler auslöschte. Anstatt dass es mir besser ging und die Schmerzen abflachten, hatte ich das Gefühl, dass es mit jeder Sekunde nur noch schlimmer wurde. Kalter Schweiß brach aus und Lean half mir mich gegen die Wand zu lehnen.

Ich schloss die Augen und versuchte mich auf meine Atmung zu konzentrieren, doch der Druck in meinem Brustkorb war so stark, dass ich fürchtete, ich selbst würde einfach so zersplittern, wenn ich zu tief Luft holte.

»Der Splitter ...«, brachte ich keuchend hervor, »ich sehe ihn.«

Lean war vor mir in die Hocke gegangen. Ich krallte mich in seine Oberarme, um mich an irgendetwas festhalten zu können. Rückblickend würde das einer der schlimmsten Momente in meinem Leben sein. All der Schmerz, physisch wie auch psychisch, der in mir wohnte, drohte mich zu zerstören. Er brachte mich um. Als das rote Wabern meine Oberarme hinaufkroch, schrie ich vor Schmerz auf.

»Lean! Was ist geschehen?«, rief eine bereits vertraute Stimme und keine Sekunde später kam Greyer in mein langsam verschwimmendes Blickfeld.

Ich starrte ihn aus rot glühenden Augen an. »Splitter«, stieß ich hervor, nicht mehr in der Lage, einen ganzen Satz zu formulieren.

»Ruhig, Romy, alles ist in Ordnung.« Greyer griff nach meiner Hand. Die schwarzen Linien seines Tattoos krochen von seinem Hals über den Arm bis hin zu unseren verschlungenen Händen. Als sie mich berührten, sog Greyer die Luft scharf ein und ich keuchte. Seine Augenfarbe veränderte sich, bis sie rubinrot schimmerte. Ich konnte nichts tun, außer in seine Augen zu starren. Zu sehen, was er sah – meinen Traum.

Der Schmerz bäumte sich noch einmal in mir auf, als wolle er mich nicht gehen lassen, dann aber verebbte er langsam und ließ nichts weiter als ein warmes Brennen zurück, welches mich nur noch an ihn erinnerte.

Greyer schloss die Augen, schmerzverzerrt war sein schönes Gesicht. Als er die Lider wieder aufschlug, verging das Rot in seinen Augen und zurück blieb nur die hellblaue Iris.

»Was war das?«, fragte ich völlig erschöpft. Greyer hielt noch immer meine Hand.

»Das ist nicht von Bedeutung. Hauptsache ist, dass es dir besser geht. Kannst du mir sagen, wo sich der Splitter befindet?« Er legte seine freie Hand an meinen Hals, schaute mir direkt in die Augen, die mir immer wieder zufallen wollten. Es kostete mich meine ganze Kraft, wach zu bleiben und mich daran zu erinnern, wo der Splitter sich befand.

»Ein altes Moor in Seevetal. Ihr müsst auf die andere Elbseite ... Ich ... ich kann euch hinführen.«

Er nickte Lean zu, dieser verschwand binnen Sekunden aus meinem Sichtfeld. Alles schien so weit weg zu sein, als wäre ich in einer himmlisch flauschigen Wolke, die mich einpackte und mir alle Schmerzen und alles Leid fernhalten wollte.

Greyers Gesicht verschwamm vor meinen Augen, ich konnte noch wahrnehmen, wie seine geschwungenen Lippen sich bewegten, doch dann war da nichts mehr.

Kapitel 4

Romy

Gefühlt hätte ich monatelang schlafen können. Immer dann, wenn ich aus dem Schlaf erwachte, fühlte ich mich noch ausgelaugter und erschlagener als das Mal zuvor. Und immer wieder flammten die Bilder und die Erinnerung an den Schmerz auf, weshalb ich mich einfach nur zurück in die Decke kuschelte und versuchte die Außenwelt komplett auszublenden.

Das, was mit mir geschehen war, konnte ich nicht so einfach abtun und weitermachen, als wäre nichts gewesen. Überdeutlich sah ich das, was mit dem Dracarian passiert sein musste. Einer der Wandler hatte mehr Macht haben wollen, war ausgetickt und hatte andere mithilfe des Lebensstern getötet.

Ich hatte deutlich gespürt, dass ich in keinem menschlichen Körper steckte, vielleicht hatte ich das, was dem Lebensstern widerfahren war, aus seiner Sicht erlebt. Aber warum? Ein weiteres Rätsel nistete sich in meinem Kopf ein, doch ich war nicht bereit, über das Wieso oder Warum nachzudenken.

Noch immer erschöpft schlug ich die Augen auf und starrte für einen kurzen Moment an die Decke. Meine Gedanken waren wieder hellwach und gönnten es mir nicht, einfach nur herumzuliegen und weiterzuschlafen. Tageslicht durchflutete den Raum, ich hatte jegliches Gefühl für die Zeit verloren. Hatte ich nur ein paar Stunden geschlafen – oder war es schon der darauffolgende Tag?

Ich strich mein Haar aus der Stirn und setzte mich auf, fuhr mir müde über das Gesicht. Vielleicht würde eine Dusche helfen. Das hatte sie früher jedenfalls immer getan, wenn ich noch völlig übermüdet aufgewacht war und aufstehen musste. Mit schweren Gliedern kämpfte ich mich also ins Bad, drehte das heiße Wasser auf und entledigte mich meiner Kleidung.

Das Wasser spülte meine Gedanken fort, nahm all die Fragen, die ich mir in den letzten Tagen gestellt hatte, mit sich. Und hinterließ eine neue.

Wie war ich überhaupt zurück in mein Bett gekommen? Szenarien, wie Greyer mich wie einen Kartoffelsack in das Zimmer zurückschleifte, kamen mir in den Sinn und ich lehnte die Stirn gegen die Duschwand, ließ das Wasser meinen Rücken hinabprasseln. Wollte ich überhaupt jemals wieder aus diesem Zimmer hinaus?

Es nützte alles nichts. Ich musste mich dem Leben stellen, musste wissen, ob der Splitter gefunden worden war. Und wie lange ich überhaupt geschlafen hatte.

***

Nachdem ich mir etwas angezogen und meine nassen Haare nachlässig zusammengebunden hatte, war ich hinaus auf den Flur gegangen, wo Lean mich mit einem Lächeln begrüßt hatte.

»Schön, dass du wieder da bist.«

Ich runzelte die Stirn und lugte den Gang hinunter. Jendrik war nirgends zu sehen, nur Lean verharrte vor meiner Tür.

»Wie lange war ich weg?«

»Drei Tage. Das, was passiert ist, war zu viel für einen menschlichen Körper.«

»Ich … drei Tage? Ich habe *drei Tage* geschlafen?!«

Lean nickte. »Umso erfreuter wird Greyer sein, dass du nun erwacht bist. Komm.« Ohne ein weiteres Wort setzte er sich in Bewegung.

Verwirrt folgte ich ihm. Drei lange Tage hatte ich geschlafen und fühlte mich, um ehrlich zu sein, immer noch nicht viel besser. Zu spüren, wie etwas für den Tod, nein, sogar für Mord benutzt wurde, was eigentlich Leben schenken sollte, war einfach zu viel gewesen. Der Dracarian sollte nicht zerstören, er sollte einem ganzen Planeten zum Leben verhelfen. So hatte Greyer es mir erzählt.

Als wir unten ankamen, trat uns Sina entgegen. Ich hatte bisher keine Gelegenheit gefunden, noch einmal mit ihr zu sprechen. Doch ihr Verrat an unserer Gruppe, ihre Entscheidung, dass sie niemals versucht hätte nach uns zu suchen oder hier irgendwie hinauszukommen, saß noch immer wie ein dicker Faustschlag in meiner Magengrube.

»O Gott, Romy! Geht es dir gut? Ich habe mir ja solche Sorgen gemacht!«, rief sie und fiel mir um den Hals. Einen kurzen Moment überlegte ich die Umarmung zu erwidern, doch ich hatte einfach keine Kraft dazu, so zu tun, als hätte sie das alles nicht gesagt. Also schob ich sie von mir; ich brauchte Abstand.

»Mir geht es blendend. Greyer erwartet uns. 'tschuldige«, wimmelte ich sie ab und ließ sie stehen. Ich drehte mich nicht noch einmal um, um ihrem sicherlich verdatterten Blick zu begegnen, der zeigte, dass sie nicht verstand, weswegen ich so abweisend reagierte.

»Ist sie nicht deine Freundin?«, mischte Lean sich ein und ich stieß ein Seufzen aus.

»Du bist ganz schön neugierig.«

Kapitulierend hob er die Hände. »Entschuldige.«

Wir liefen nach draußen, an zahlreichen Wachen vorbei, bis wir direkt am Elbufer ankamen, wo Greyer stand. Das Wasser sah friedlich aus, Sonnenlicht glitzerte in jeder Bewegung. Weder Lean noch ich mussten irgendetwas sagen, als wir zum Stehen kamen. Greyer drehte sich um, bedankte sich mit einem Nicken stumm bei Lean und entließ ihn, um mit mir allein zu sein. Einen kurzen Augenblick musterte er mich, was meine Wangen heiß werden ließ, dann warf er den Stein, den er bis dahin in der Hand gehalten hatte, in das Wasser.

»Ich bin froh, dass es dir wieder besser geht.«

Ich brachte ein kurzes Nicken zustande. »Habt ihr den Splitter gefunden?«

»Ja. Er war dort, wo du ihn gesehen hast.« Er wandte sich halb von mir ab, sodass er seitlich zu mir stand und ich sein Profil ansehen konnte. Sein blondes Haar hatte er hinter die Ohren geklemmt, einzelne Strähnen wurden vom Wind erfasst und tanzten mit der Luft, das Nostril blitzte im Sonnenlicht.

Seine bloße Anwesenheit jagte mir Schauer über den Rücken. Ich erinnerte mich dunkel daran, wie er meine Hand genommen hatte, wie sein Tattoo zu mir gekommen war und mir den Schmerz genommen hatte. Auch wenn es mir unangenehm war, dass ich so zusammengebrochen war, musste ich meine Fragen stellen.

»Was ist auf dem Flur passiert, nachdem ich den Traum hatte? Es war ... als würdest du mir den Schmerz wegnehmen.«

Den Blick weiterhin auf das Wasser gerichtet, antwortete er mir: »Das habe ich auch getan. Die Muster auf meiner Haut sind kein gewöhnliches Tattoo, sie haben außergewöhnliche Kräfte, die nur der Anführer der Drachenwandler tragen kann. Ich fürchtete, du würdest diese Art von Schmerz nicht überleben, deswegen nahm ich ihn dir.«

Mir blieben die Worte im Halse stecken. Ich brachte nur ein verblüfftes *»Oh«* zustande, spürte, wie die Hitze meine Wangen erneut ergriff, und konnte bloß auf das Wasser starren. Er hatte um mein Leben gefürchtet und mir deswegen geholfen.

»Du bist wichtig für die Wandler. Ohne dich sind wir alle verloren.« Er drehte den Kopf und sah mir direkt in die Augen. Mein Herz schlug schnell gegen den Brustkorb. Es war, als würde sich die Luft zwischen uns elektrisieren.

Ich hatte absolut keine Ahnung, was das alles zu bedeuten hatte, warum ich so auf ihn reagierte oder ob er diese Anziehung auch spürte. Alles war ein Rätsel, seit ich in der Drachenstadt war, und keines hatte sich bisher wirklich aufgeklärt.

»Habt ihr meine Leute gefunden?«, fiel mir ein, doch Greyer schüttelte den Kopf.

»Wir sind regelrecht jedes Gleis abgelaufen, das noch intakt ist. Von deinen Leuten fehlte weit und breit jede Spur. Sie müssen aufgebrochen sein und etwas anderes gefunden haben.«

Entgeistert starrte ich ihn an. Wohin sollten sie schon gegangen sein? Auf die Schnelle fiel mir absolut kein Ort ein, an den sie hätten gehen können. Die Tunnel waren sicher. Niemand würde diese Sicherheit von heute auf morgen einfach aufgeben, um irgendwo anders unterzukommen. Es war vollkommen unlogisch, dass sie nicht mehr am Gänsemarkt waren. Außer natürlich ...

Meine Eingeweide krampften sich zusammen und ich spürte, wie mein Magen rebellierte. Sie mussten da sein, es sei denn, sie waren gefunden worden. Vielleicht waren sie alle tot, keiner meiner Leute war noch da. Jakob nicht. Luca nicht. Meine Mutter nicht.

»Nein, das ist nicht möglich ... Sie ... sie müssen dort sein. Lass mich gehen, Greyer, ich suche allein nach ihnen. Bitte, sie können nicht einfach weg sein!« Tränen sammelten sich in meinen Augen und Greyer legte mir beruhigend eine Hand auf die Schulter. Ich schüttelte sie ab, wollte toben und um mich schlagen, schreien und weinen, weil meine Familie nicht mehr da war.

»Beruhige dich, Romy!« Mit sanfter Gewalt hielt er mein Gesicht mit beiden Händen fest. Er sah mich aus diesen tiefblauen Augen an – und ich zwang mich zur Ruhe. Ich erwiderte seinen Blick; seine Iris erinnerte mich an einen Sommerhimmel früh morgens, wenn die Sonne erst ein paar Stunden alt war. Seine Hände auf meinen Wangen fühlten sich warm an.

»Wir haben alles getan, um sie zu finden, Romy. Nach deiner Beschreibung sind sie nicht dort. Vielleicht sind sie weitergezogen. Sie müssen nicht tot sein. Als du noch bei ihnen warst, hat einer von ihnen irgendetwas erwähnt?«

Ich zwang mich, tief durchzuatmen und mich zu konzentrieren. Zwang mich nachzudenken, doch mir fiel beim besten Willen nichts ein.

»Ich weiß es nicht«, flüsterte ich hoffnungslos. Greyers Griff lockerte sich etwas, sein Blick wurde weich. Ich spürte, wie er mir mit dem Daumen über die Haut strich, was mein Herz augenblicklich wieder zum Schnellerschlagen animierte.

»Lass dir Zeit und überlege später noch einmal in Ruhe. Du bist erschöpft wegen des Dracarian. Wir werden sie mit Sicherheit finden.«

Ich nickte etwas unbeholfen, dann löste sich Greyer von mir. »Iss etwas, ruh dich aus. Ich sage Aaron, dass ihr frühestens morgen mit deinem Training beginnt.«

»Welches Training?«

»Das, bei dem du lernst mit Drachenfeuer umzugehen. Du hast mich darum gebeten, dass wir dir zeigen, wer du bist, dass du über uns lernst. Irgendwo müssen wir anfangen.«

Plötzlich mischte sich Aufregung in mein Gefühlschaos und ich spürte, dass ich gar nicht mehr so ausgelaugt und schwach war wie vor der Dusche. Das Training würde eine gute Ablenkung sein. Zugegeben, es machte mir etwas Angst, dass ich Wandlerfähigkeiten besaß, doch wenn sie schon in mir ruhten, dann musste ich sie auch nutzen. Ich wollte die heiße Macht des Feuers erneut spüren, mich nicht mehr so hilflos fühlen wie gerade noch. Und vielleicht würde ich dann auch irgendwann etwas über meine Eltern erfahren.

***

Auf Greyers Wunsch hin brachte Lean mich ins Restaurant, wo ich auf Lara traf. Sie warf dem hochgewachsenen Wandler einen kurzen Blick zu, ehe sie sich auf den Stuhl mir gegenüber fallen ließ und laut seufzte.

»So ziemlich alle haben geglaubt, dass du nicht mehr aufwachst«, erklärte sie mir und lehnte sich zurück, als eine rundliche Frau kam, die vor uns jeweils einen Teller voller Essen abstellte. Mein Magen begrüßte die Mahlzeit mit einem Knurren und ich nahm sogleich die Gabel auf, um mich über das Rührei herzumachen.

»Tja, offenbar bin ich nicht so leicht totzukriegen«, erwiderte ich zwischen zwei Bissen und nahm einen Schluck des heißen Kaffees, der uns ebenfalls gebracht worden war. Ich war es leid, ständig nur von mir zu sprechen, also nickte ich Lara zu. »Was hast du eigentlich vor alledem hier gemacht?«, fragte ich sie.

»Ich? Ist das wirklich wichtig?«, sagte sie lachend. Ich zuckte kurz mit einer Schulter und zwang mich nun das Rührei langsamer zu essen.

»Wieso nicht? Mir hat mal jemand gesagt, dass es wichtig ist, über solche Dinge zu sprechen, damit uns die Normalität und die Menschlichkeit nicht verlässt.« Augenblicklich dachte ich an Jakob und unseren Streit in den U-Bahntunneln zurück. Und daran, dass er mich geküsst hatte. Die Erinnerung verblasste schon fast, dabei war es noch gar nicht so lange her, dass wir in dieser verqueren Situation gewesen waren.

Ich vermisste Jakob. Und den Bahnsteig. Ich wollte zurück zu meinen Leuten, ihnen sagen, dass mit mir alles in Ordnung war, dass ich lebte und sie sich keine Sorgen machen mussten. Wollte ihnen die Trauer nehmen, die sie vermutlich plagte, weil ich nicht mehr da war.

Als Lara das Wort ergriff, riss sie mich aus meinen Gedanken. »Ich hatte gerade die letzte Prüfung für meine Ausbildung zur Floristin abgelegt und hätte bald meinen Abschluss gefeiert. Mein Traum war immer, einen eigenen Blumenladen zu haben und Gestecke und Sträuße zu machen, die den Leuten gefallen. Ich wollte den Menschen immer ein Lächeln aufs Gesicht zaubern – und wie konnte man das besser als mit Blumen? Schon als kleines Kind bin ich begeistert im Garten herumgelaufen und habe meiner Mutter viel bei der Gartenarbeit geholfen. Spätestens nach dem ersten Praktikum in der Schule habe ich gewusst, dass ich Floristin werden möchte.« Ihr Lächeln war fast traurig, als sie mich anblickte.

Ich biss mir auf die Zunge und nickte schwach. »Vielleicht ist der Traum ja noch nicht vorbei, Lara«, versuchte ich sie mit den Worten, die mir in meiner Gruppe stets gesagt worden waren, aufzuheitern. Lara wirkte nicht wie eine Person, die in völligem Pessimismus lebte, weswegen ich hoffte, dass die Worte ihr Trost schenken würden.

»Ich weiß. Irgendwann ist die Welt wieder in Ordnung und dann werde ich wunderschöne Sträuße binden.«

Sie nickte und schob sich eine Gabel voll Speck in den Mund, der leise knusperte, als sie ihn zerbiss.

»Und was ist mit dir?«

»Oh, ich hatte vor nach meinem Abitur Medizin zu studieren.« Verlegen zuckte ich mit einer Schulter. »Aber das kann ich mir, denke ich, abschminken. Welches Krankenhaus würde schon eine Wandlerin aufnehmen?«

Lara runzelte die Stirn. »Das werden wir sehen, wenn es so weit ist, oder?«

Wir sprachen eine Zeit lang über Gott und die Welt. Ich erfuhr, dass Laras kleiner Bruder, Timo, Astronaut hatte werden wollen, ehe er dann von einem Berkan gefressen worden war. Von ihrer Gruppe war nur noch sie selbst übrig und ich empfand tiefes Mitleid für sie, denn sie hatte niemanden mehr.

Vielleicht erging es mir in diesem Moment aber auch genau wie ihr, nur wusste ich es noch nicht mit Sicherheit. Denn wohin sollte Wolf mit den anderen schon gegangen sein? Ich hoffte einfach auf ein Wunder, dass sie nicht tot waren. Dass kein Berkan sie gefunden und alle gefressen hatte. Immerhin hatte Greyer nichts von irgendwelchen Leichen erzählt, nicht wahr? Das konnte vielleicht ein Hoffnungsschimmer sein.

***

Lean hatte mich nach dem Essen wieder in mein Zimmer gebracht. Noch immer waren meine Glieder schwer, doch ich zwang mich nicht sofort wieder schlafen zu gehen. Stattdessen suchte ich passende Kleidung für das Training morgen heraus, las endlich in dem Buch, doch die Frage, wohin Wolf mit den anderen gegangen sein könnte, ließ mich nicht los.

Mir fiel beim besten Willen nichts ein. Ich versuchte mich an alles zu erinnern, was an meinem letzten Abend am Bahnsteig passiert war, doch nichts essenziell Wichtiges kehrte in meine Erinnerungen zurück und gab mir einen Anhaltspunkt auf ihren Standort. Was also, wenn sie tatsächlich tot waren?

Greyer glaubte fest daran, dass wir sie finden würden, dass sie nicht tot waren und irgendwo einen neuen Zufluchtsort entdeckt hatten. Aber wo könnte das sein? Meine Gedanken fingen wieder an im Kopf herumzuwirbeln, ignorierten das Buch in meinen Händen und ließen mich aus dem Fenster starren und ihnen nachhängen.

Greyer war vorhin so ... fürsorglich gewesen. Unweigerlich rief ich mir den Blick aus seinen blauen Augen noch einmal ins Gedächtnis, erinnerte mich an das Gefühl, das seine Hände auf meinen Wangen ausgelöst hatten.

Ich dachte, ich würde in Flammen stehen. Diese Anziehungskraft, die von ihm ausging, war einfach unnatürlich. Ich verstand nicht, wie ich mich so zu ihm hingezogen fühlen konnte. Vielleicht hatte das etwas mit dem Wandlerteil in mir zu tun, vielleicht war dieser stärker als der menschliche und sehnte sich nach einem Partner.

Aber ausgerechnet Greyer? Ich glaubte nicht, dass er sich tatsächlich für mich interessierte. Er sah nicht wie der Typ Mann aus, der sich in eine feste Beziehung stürzen würde.

Wieso interessierte mich das überhaupt?

Greyer war ein Wandler und mit seinem Volk auf die Erde gekommen, was einfach alles auf unserem Planeten zerstört hatte. Nur weil ich irgendwie ein seltsamer Teil des Ganzen war, hieß das nicht, dass ich jetzt so etwas wie Freunde in den Wandlern finden würde oder Vertrauen zu ihnen fasste.

Ich hatte natürlich schon mitbekommen, dass sie nicht so böse waren, wie ich geglaubt hatte, allerdings konnte diese Erkenntnis die letzten Monate auch nicht einfach fortwischen. Die ganze Zeit hatten wir in Angst leben müssen, hatten um unser Überleben gekämpft, gesehen, wie gute Leute einfach zerfetzt und vernichtet wurden. Und das war und blieb die Schuld der Wandler, ganz gleich, ob sie in dem Moment getötet hatten oder nicht. Denn nur weil sie auf die Erde gekommen waren, waren auch die Monster hierhergekommen.

Als die Sonne langsam unterging, legte ich das Buch beiseite und ging ins anliegende Badezimmer. Ich musste mich tatsächlich noch daran gewöhnen, dass ich wieder die Möglichkeit hatte, täglich zweimal Zähne zu putzen und mich vernünftig zu waschen.

Das Leben in der Drachenstadt hatte seine Vorteile, aber ich hätte es sofort eingetauscht, um meine Gruppe noch einmal zu sehen, sie am Leben zu wissen. Nachdem ich mir meine Schlafsachen angezogen hatte, warf ich mich ins Bett, kuschelte mich unter die Decke und schloss die Augen. Es dauerte nicht lange, bis ich eingeschlafen war.

***

Hatte ich mich am Abend zuvor noch gefreut, dass Greyer mir sagte, ich würde endlich trainiert werden, war ich jetzt komplett anderer Meinung. Tanya hatte mich früh morgens, noch bevor die Sonne aufgegangen war, aus dem Schlaf gerissen und mir gesagt, ich solle nach draußen kommen.

Und dann hatte die Folter auch schon angefangen. Das, was Jakob und die anderen uns beigebracht hatten, war praktisch völlig nutzlos. Im Allgemeinen war es gut, dass ich überhaupt irgendetwas konnte und kein völliger Anfänger war, allerdings war Tanya erbarmungslos und sparte nicht mit Tricks.

Ein ums andere Mal stürzte ich zu Boden, bekam blaue Flecke, Schläge, Tritte, schürfte mir die Knie und die Handflächen auf und stand doch immer wieder auf. Es war völlig dumm und naiv von uns gewesen zu glauben, wir hätten gegen die Wandler eine Chance.

Der Fakt, dass Tanya viel schneller und stärker als ich war, war gar nicht das Schlimmste. Doch es war, als würde sie jeden einzelnen meiner Schritte voraussehen, und ehe ich selbst wusste, was ich tat, hatte sie meine Bewegung schon im Keim erstickt und mich zu Boden geworfen. Ich hatte keine Chance gegen sie; keine Ahnung, wie ich es geschafft hatte, ihre Haut aufzuritzen, als ich noch außerhalb der Mauer gewesen war.

Als ich mal wieder auf dem Boden lag, umkreiste sie mich, ehe sie vor mir in die Hocke ging.

»Sagtest du nicht, dass du bereits trainiert worden wärst?« Ein schwaches Lächeln breitete sich auf ihren schmalen Lippen aus.

Tanya war schön – mit ihren ausgeprägten Wangenknochen, den blonden Haaren und den tiefblauen Augen. In meiner normalen Welt hätte sie bestimmt einen Job als Model oder Schauspielerin gehabt. Dass sie allerdings so hart zuschlagen und kämpfen konnte, erwartete man nicht unbedingt von der hochgewachsenen Frau. Aber sie war ja auch nicht menschlich.

»Wir werden morgen damit fortfahren. Jetzt ist Aaron an der Reihe, dir das Drachenfeuer zu erklären.« Sie zwinkerte mir zu, ergriff meine Hand und zog mich ohne große Schwierigkeiten auf die Beine. Ich fuhr mir über die schweißnasse Stirn und strich in der Bewegung eine Strähne hinter das Ohr, die mir abermals ins Gesicht gefallen war.

Mein ganzer Körper ächzte vor Schmerz. Doch das hier war besser, als in meinem Zimmer zu hocken und an den Traum zu denken. Denn auch wenn ich die körperlichen Schmerzen des Dracarian schon nicht mehr spürte, so blieben die psychischen stets in mir und verlangten beachtet zu werden. Das Training half mir nicht weiter darüber nachdenken zu müssen.

***

Aaron war der Wandler, der mich außerhalb der Mauer geschnappt hatte. Seine violetten Augen und die schöne dunkle Haut machten ihn durchaus attraktiv. Anstatt auf dem Trainingsplatz zu bleiben, wo Menschen sowie Wandler zusammengekommen waren, um mich scheitern zu sehen, nahm er mich mit in die Elbphilharmonie, wo wir so hoch gingen, bis es nicht weiter ging. Die Betonung lag hierbei auf *gingen*, denn wir liefen tatsächlich unzählige Treppen und Flure entlang, anstatt den Fahrstuhl zu benutzen. Oben angekommen war ich völlig außer Atem. Aaron jedoch atmete nicht einmal schwer, als wir auf die Aussichtsplattform der Elbphilharmonie stiegen.

»Du brauchst mehr Kondition, Süße«, äffte er, als ich mich nach vorn gebeugt auf den Knien abstützte, um wieder zu Atem zu kommen.

Eigentlich brauche ich von allem ein bisschen mehr, dachte ich bissig, atmete noch einmal tief durch, sodass ein fieses Stechen durch meine Rippen fuhr, und richtete mich wieder auf. Über uns war der Himmel mit den dicken weißen Wolken zum Greifen nah. Staunend drehte ich mich um die eigene Achse und betrachtete die Umgebung. Es war atemberaubend. Ich sog die frische Luft tief in meine überstrapazierten Lungenflügel und ließ die Ruhe, die hier oben herrschte, auf mich wirken.

»Wie oft hast du das Drachenfeuer schon zu dir gerufen?«, fragte Aaron. Er stand jetzt direkt vor mir und ich wich unweigerlich einen Schritt zurück.

»Zweimal«, erinnerte ich mich. »Das erste Mal hat ein Berkan mich angegriffen. Er hätte mich getötet, wenn ich ihn nicht in Brand gesteckt hätte. Das zweite Mal war hier, als ich fliehen wollte.«

Aaron nickte bedächtig und sah mich aus violetten Augen an. »Das heißt, du warst beide Male in einer Situation, in der du dich verteidigen musstest, beziehungsweise in der du dachtest, dich verteidigen zu müssen.«

Ich nickte.

»Gut. Drachenfeuer wird meist durch Emotionen gerufen. Angst, Wut, Liebe, Trauer. All das kann das Feuer auslösen. Meine Aufgabe ist es, dir beizubringen, wie du es rufst und kontrollierst, ohne dass du in Lebensgefahr bist. Schließe deine Augen, Romy.«

Misstrauisch blickte ich ihn an, tat dann aber wie geheißen. Ich spürte, wie er meine Hände in seine nahm und seine schmalen Finger mit meinen verflocht. Es war seltsam, ihn so zu berühren, weil ich ihn nicht kannte und es mir völlig fremd war, einem Wandler überhaupt so nah zu sein.

Doch langsam, aber sicher baute sich so etwas wie Vertrauen in mir auf. Bisher hatte ich schließlich niemanden der Wandler töten sehen. Sie alle hatten mir nur geholfen, sei es Lean, Tanya, Aaron oder Greyer.

»Deine Gedanken sind unruhig. Atme tief ein und versuche an nichts zu denken. Stell dir nur das Feuer vor, ruf dir die Wärme und die Kraft in Erinnerung.«

Ich gab mir Mühe, seinen Anweisungen Folge zu leisten, und atmete noch einmal tief durch, um alle Gedanken beiseitezuschieben. Es war gar nicht mal so leicht, wie es sich anhörte. Ich konzentrierte mich auf die Erinnerung an das Feuer, wie die liebevolle Berührung meine Haut hatte prickeln lassen und mir Kraft verliehen hatte.

Ich spürte, wie die Hitze mich erfasste, doch als ich die Augen öffnete, sprangen nicht einmal Funken von meinen Händen. Frustriert seufzend ließ ich die Hände sinken und schüttelte die Arme kurz aus.

»Das Drachenfeuer ohne große Emotionen zu rufen verlangt nach intensivem Training, Romy. Du wirst es nicht auf der Stelle können«, beruhigte Aaron mich und ich schenkte ihm ein kurzes Lächeln. Schon immer war ich ziemlich ungeduldig gewesen und hasste es, wenn etwas, was ich anfasste, nicht sofort funktionierte. Wenn dann auch noch jemand vor mir stand und kluge Sprüche abließ, hatte ich gar keine Ambitionen mehr, es immer und immer wieder von Neuem zu versuchen.

Noch einmal schloss ich die Augen und rief mir die Flammen ins Gedächtnis. Erneut spürte ich die Wärme, doch als ich meine Hände anschaute, war dort nichts Magisches zu sehen. Ich stieß einen wütenden Laut aus.

»Das ist doch Schwachsinn! Wie soll es mittels Gedankenkraft funktionieren?«, fragte ich aufgebracht, doch Aaron tat für einen Moment nichts, als mich zu betrachten.

Dann griff er in die Seitentasche seiner Hose und zog einen etwa zwanzig Zentimeter langen Stab heraus. Skeptisch blickte ich ihn an und verschränkte die Arme vor der Brust.

»Und das soll mir jetzt helfen?«, fragte ich, während er den kleinen Stab auf der ausgestreckten Handfläche trug. Er lächelte, seine Augen flammten in einem intensiven Violett auf und Feuer umschloss den Stab, ließ ihn wachsen und an die ein Meter fünfzig lang werden.

»Das ist der Stab der Kriegsgöttin. Er hilft uns, unsere Kraft zu bündeln und kennenzulernen. Jeder Drachenkrieger benutzt ihn, um seine Fähigkeiten zu beherrschen. Wir werden auch nicht perfekt geboren, weißt du? Wir müssen genauso trainieren, wie du es jetzt musst. Der Unterschied ist nur, dass wir bereits im Kindesalter lernen, mit unserer Kraft umzugehen.«

Perplex schaute ich den silbernen Stab an. Er wies einige Verzierungen auf, an seinen Enden war jeweils ein roter Kristall von silbernen Ranken eingefasst. Aaron hielt ihn mir hin, und als ich ihn an mich nahm, leuchteten die Steine in einem sanften Rubinrot. Genau wie der Dracarian.

»Abgefahren«, murmelte ich nur für mich, doch offenbar noch laut genug, dass Aaron es hören konnte. Ein Grinsen machte sich auf seinen Lippen breit und er verschränkte die Arme vor der Brust.

»Versuch ihn zu benutzen«, wies er mich an, ging ein paar Schritte zurück.

Ich betrachtete den Stab noch einen Moment, ehe ich ihn etwas unbeholfen herumschwang. Wahrscheinlich sah ich wie der blutige Anfänger aus, der ich auch war. Plötzlich bemerkte ich aus den Augenwinkeln eine Bewegung – keine Sekunde später war Aaron an meiner Seite und hieb mit einem weiteren Stab nach mir. Ich riss die Arme hoch und konnte gerade so noch seinen Schlag parieren.

»Sehr gut. Sei immer aufmerksam.«

Wieder holte er aus, schlug dieses Mal jedoch weiter unten zu, sodass seine Waffe gegen meinen Oberschenkel stieß. Ich wankte ein, zwei Schritte zurück und nahm den Stab in beide Hände. Bereit, mich auf die prickelnde Kraft einzulassen. Es war vermutlich ein langsamer Schlagabtausch zwischen uns, doch ich spürte, wie ich sicherer wurde.

Als ich mit einem Aufschrei Aaron nach hinten stieß, hörte ich plötzlich das Knistern von Flammen. Ich besah meine Hände und spürte das Drachenfeuer auf der Haut. Der Stab der Kriegsgöttin war in Flammen aufgegangen und ich konnte ein triumphierendes Grinsen nicht aufhalten.

»Versuch es zu halten.«

Aaron kam mit Drachenwandler-Geschwindigkeit auf mich zu und schlug mehrfach auf mich ein. Die Euphorie verschwand gänzlich und ich versuchte verzweifelt die Schläge zu parieren. Immer weiter drängte er mich zurück, bis ich schließlich gegen die Steinbrüstung stieß und nicht mehr weiterkonnte. Den nächsten Hieb nicht voraussehend, wurde ich hart gegen die Rippen getroffen und keuchte auf.

»Ich denke, es reicht für heute.«

Nach Luft schnappend richtete ich mich wieder auf. Anscheinend reichte es nicht, dass Tanya mich schon vermöbelt hatte, Aaron hatte genau das Gleiche getan. Ich ärgerte mich, dass ich nicht besser wurde. Dass ich stundenlang trainiert, aber kein einziges Mal gewonnen hatte.

»Es war dein erster Tag, Romy. Gib dir Zeit und hab Geduld. Für das erste richtige Training bei uns warst du sehr gut«, beruhigte Aaron mich, der offenbar meine Gedanken lesen konnte. Ich schenkte ihm nur ein flüchtiges Lächeln und gab ihm den Stab zurück, ehe ich mich durch die Tür stahl und den Weg nach unten antrat.

Ich wusste nicht, wie viele Stunden wir dort oben bei den Wolken gestanden hatten, doch als ich im Fahrstuhl war und meine Glieder endlich Ruhe bekamen, spürte ich, wie kaputt ich tatsächlich war. Alles, was ich noch wollte, war, etwas zu essen und dann in mein Bett zu fallen und für immer zu schlafen.

***

Nach einer ausgiebigen Dusche ging ich, dieses Mal gefolgt von Jendrik, nach unten ins Restaurant. Einen Moment lang überlegte ich, ob ich mich zu Sina setzen sollte, als ich sie sah, doch jemand nahm mir diese Entscheidung ab.

»Hast du schon gehört?«, fragte Lara euphorisch und tauchte wie aus dem Nichts vor mir auf. Ich erschrak und erntete ein Schmunzeln von Jendrik.

»Nein. Was sollte ich denn schon gehört haben?« Lara nahm meine Hand und zog mich mit an einen der Tische. Müde ließ ich mich auf einen Stuhl fallen und stützte das Kinn auf die Handfläche.

»In zwei Tagen findet ein Fest zu deinen Ehren statt. Da ein weiterer Splitter gefunden wurde und die Wandler jetzt schon drei haben, spüren sie alle die Macht des Drachen. Und das wollen sie gebührend feiern, denn nur dank dir können sie bald nach Hause zurückkehren.«

Ich stöhnte auf und legte die Hand an die Stirn. Ich wollte mir gar nicht vorstellen, dass ich der Mittelpunkt irgendeiner blöden Feier sein sollte. »Das ist nicht dein Ernst!«, erwiderte ich seufzend.

Lara schien dies allerdings anders aufzunehmen, als ich es gemeint hatte. »Ist das nicht fantastisch? Das ist eine große Ehre, Romy, die Wandler glauben so sehr an dich!«

»Ich werde nicht hingehen«, unterbrach ich Lara und richtete mich wieder auf. Kurz schaute ich zu dem Wandler, der mir und Lara einen Teller voller Köstlichkeiten brachte, ohne dass einer von uns beiden etwas bestellt hatte. Ein Blick zu Jendrik verriet mir, dass er für unser Essen gesorgt hatte, denn er nickte mir kurz zu. Heute waren alle irgendwie seltsam.

»Da gibt es gar keine Diskussion, ob du hingehst, Romy. Du musst! Es ist eine Feier zu *deinen* Ehren, für dich! Da kannst du unmöglich fehlen.«

»Ich habe nicht darum gebeten, dass für mich eine Party steigt, okay? Außerdem will ich nicht feiern, wenn ich weiß, dass meine Leute immer noch da draußen sind.« Ich versenkte die Gabel etwas zu heftig in einer Kartoffel und spießte sie auf. Laras Gesichtsausdruck wurde düsterer und ich fürchtete sie verletzt zu haben, doch darum konnte ich mir nicht auch noch Sorgen machen. Es war völlig bescheuert, in unserer derzeitigen Lage eine Feier zu veranstalten.

»Greyer wird sie finden. Da bin ich mir sicher.«

Ein verächtliches Schnauben bahnte sich einen Weg nach draußen. »Du meinst die Leute, die er losgeschickt hat, werden sie finden.«

»Nein. Er ist heute ganz früh mit Kartha und Lean selbst los, um sie zu suchen«, erwiderte sie mit einem abschätzenden Blick auf mich.

»Dann hoffe ich, dass er sie findet«, antwortete ich bloß und konzentrierte mich auf mein Abendessen. Ich ließ mir nicht anmerken, dass es mich ziemlich beeindruckte. Lara war zum Glück schlau genug das Thema nicht noch einmal anzusprechen. Der Unglaube, der sich in mir eingenistet hatte, brachte meine Gedanken erneut in Fahrt und all die kleinen Zahnrädchen in meinem Kopf drehten sich hektisch.

Greyer war also selbst losgezogen, um nach meiner Familie zu suchen. Wenn ich ehrlich war, hätte ich damit nie gerechnet, denn wieso sollte er so etwas für mich tun? Ich konnte absolut nichts dagegen unternehmen, als mein Herz unweigerlich zwei Takte schneller schlug. Ob er es tatsächlich für mich tat?

Trotzdem würde das nichts an meiner Entscheidung ändern, nicht auf diese Party zu gehen. Es fühlte sich falsch an zu feiern und mich meines Lebens zu erfreuen, während meine Mutter, Luca und die anderen immer noch um ihr Überleben kämpften – wenn sie es denn überhaupt heil aus der U-Bahnstation geschafft hatten. Es stand also völlig außer Frage, ob ich dorthin ging.

Dachte ich jedenfalls.

Kapitel 5

Greyer

Angst.

Etwas, was ich vorher nie so stark verspürt hatte wie in dem Moment, als Romy vor meinen Augen zusammengebrochen war. Nicht einmal, als der Berkan mich an der Stadtgrenze schwer verletzt hatte, hatte ich mich so gefühlt. Zu deutlich waren die Bilder jetzt noch in meinem Kopf, wie ihre Augen rot geleuchtet hatten, weil der Dracarian ihr irgendwie gezeigt hatte, was mit ihm geschehen war.

Auch erinnerte ich mich deutlich an die starke Verbindung, die wir gehabt hatten, als ich ihr den Schmerz genommen hatte. Nie zuvor hatte ich so etwas erlebt. Es war fast, als würde das Echo des Schmerzes noch immer in mir widerhallen, als würde ich noch immer das spüren, was sie gespürt hatte. Ich hoffte nur, dass sie bereits wieder aufgewacht war und es ihr besser ging.

Es war unglaublich, dass sie mittlerweile schon einen so großen Teil meiner Gedanken einnahm. Ich hatte das Gefühl, als würde sich meine Welt längst nur noch um sie drehen, anstatt das große Ganze vor Augen zu behalten. Die Frage war nur: Empfand sie ebenso?

»Greyer!« Leans Stimme holte mich zurück in die Realität und ich sah zu ihm. Seine Stirn war in Falten gelegt, anscheinend hatte er mich schon öfter angesprochen. »Du musst dich konzentrieren, hörst du? Wir können es uns nicht leisten, dich zu verlieren, weil du in Gedanken bei diesem Mädchen bist.«

Ich schnaubte. War es so offensichtlich? »Bin ich nicht. Ich frage mich nur, wann wir den nächsten Splitter finden«, verteidigte ich mich, doch Lean verdrehte nur die Augen. Er deutete in eine Richtung.

»Kartha hat etwas entdeckt. Vielleicht einen Hinweis auf Romys Gruppe.«

Ehe ich etwas erwidern konnte, hörten wir einen Schrei aus ebender Richtung, in die Lean gedeutet hatte. Wir blickten einander für den Bruchteil einer Sekunde an, ehe wir losrannten. Als wir um die Ecke eines zerstörten Gebäudes kamen, sah ich Kartha, die auf dem Boden lag. Ihre Hände krallten sich um die riesige Pranke eines Berkan, der versuchte sie damit zu zerquetschen.

Ich zögerte keine Sekunde und rief das Drachenfeuer zu mir. Der Feuerball schoss auf die Flanke des Berkan, er schrie und ließ von Kartha ab. Das Maul zum Brüllen weit geöffnet, richtete er seine Aufmerksamkeit auf mich. Mit einem tiefen Schnauben setzte die Kreatur sich in Bewegung und kam auf mich zugerannt; mit jedem dumpfen Aufkommen der gewaltigen Beine erzitterte die Erde.

Ich wich nach links aus und duckte mich unter dem riesigen Körper des Berkan weg. Ehe ich mich aufrichten konnte, kam Lean von der rechten Seite und stieß seinen Speer tief in den Hals des Berkan. Das Ungeheuer brüllte schmerzerfüllt auf und ging zu Boden, wo es schließlich regungslos liegen blieb.

Lean zog den Speer aus dem Hals des Berkan und besah sich die Umgebung aufmerksam. »Wir sollten vorsichtig sein. Der Lärm wird andere angelockt haben.«

***

Unser Weg hatte uns zuerst weiter Richtung Westen geführt. Wir mussten die Stadt aber in alle Himmelsrichtungen absuchen, um Romys Gruppe zu finden. Sie legte Wert darauf, dass ihre Leute in die Drachenstadt kamen, weswegen ich sie definitiv nicht enttäuschen wollte.

Es dauerte lange, ehe wir eine Pause einlegten. Wir gingen in jedes betretbare Gebäude, schauten in jeder U-Bahnstation nach, die nicht eingestürzt war. Für uns Wandler war es die schlimmste Bestrafung, unter die Erde zu gehen. Wir waren Himmelswesen, fühlten uns in den Wolken zu Hause. In dunkle Tunnel zu gehen gehörte nicht in unser Leben, dennoch überwanden wir uns, um diese Menschen zu finden.

Es war ein beengendes Gefühl in den Tunneln. Die Schwärze umfasste uns von allen Seiten und die Decke schien immer weiter auf uns hinunterzukommen. Es war, als wollte man uns hier wegsperren – wie in den Katakomben auf Davantos, die tief unter der Erde lagen. Sie waren ein Gefängnis, eines, in dem wir derzeit den schlimmsten aller Wandler festhielten.

Wir suchten überall nach einem Anzeichen von Leben, doch nirgends war auch nur die Andeutung von Menschen zu sehen. Ich wollte nicht zurückkehren, ohne irgendetwas gefunden zu haben, doch offenbar schien uns nichts anderes übrig zu bleiben.

»Ich werde die erste Wache halten«, sagte Lean, der hinter mir aufgetaucht war.

Ich stand an dem zerborstenen Fenster eines Wohnhauses und betrachtete die nächtliche Stadt. Es war still dort draußen. Mein Blick glitt zum Himmel; die Sterne waren auf der Erde viel dunkler als auf Davantos. Dort reichte nachts das Sternenlicht, um die Straßen zu erleuchten.

»Ruh dich aus, Greyer. Du kannst nichts dafür, dass wir sie nicht finden«, setzte er nach und ich drehte mich zu ihm um, um ihn anzusehen.

»Denkst du nicht, dass wir mehr tun müssten? Ich meine, wie schwer kann es sein, diese Gruppe zu finden?«

Er fuhr sich durch das Haar und schüttelte den Kopf. »Sie leben schon zu lange außerhalb, das weißt du so gut wie ich. Romy hat selbst gesagt, dass sie sich gut vor uns verstecken können. Trotzdem werden wir sie finden, da bin ich mir sicher.«

Ein Seufzen verließ meine Lippen und ich richtete den Blick noch einmal auf die Sterne. Ich sehnte mich nach meiner Heimat, wollte mich endlich wieder in die Lüfte schwingen. Stattdessen war ich in meiner menschlichen Gestalt gefangen und suchte eine Gruppe von Menschen, die uns sehr wahrscheinlich tot sehen wollte.

»Ich löse dich in ein paar Stunden ab«, versprach ich Lean, als ich mich vom Fenster abstieß und endlich weiter ins Innere des teils verwüsteten Wohnzimmers des Hauses ging. Kartha hatte sich in einem Sessel platziert, ihre Augen waren bereits geschlossen. Ich beneidete sie darum, dass sie so ruhig schlafen konnte.

Auch als ich schon eine ganze Weile auf dem Sofa lag, hörten meine Gedanken nicht auf zu kreisen. Es war nicht nur die Verbindung zu Romy, die mir im Kopf herumspukte, es waren so viele Dinge, über die ich mir Gedanken machen musste. Doch Romy war das, was meine Aufmerksamkeit immer und immer wieder verlangte. Ich konnte ihr Gesicht kein einziges Mal vergessen und als ich die Augen schloss, um wenigstens für ein paar Stunden Ruhe zu finden, sah ich sie noch deutlicher vor mir.

Sie war mutig und stark, einfach wunderschön. In meinen wirren Träumen war sie mit mir in Davantos, in der Heimat der Drachen, wo sie hingehörte. Sie war an meiner Seite, breitete ihre wunderschönen Drachenflügel aus und schwang sich gemeinsam mit mir in die Lüfte.

Kapitel 6

Jakob

Der Bundeswehrstützpunkt war gar kein richtiger Stützpunkt gewesen, sondern ein Krankenhaus. Doch es war egal. Als wir dort angekommen waren, ragten meterhohe Stacheldrahtzäune um das Areal herum auf, und obwohl mir bewusst war, dass dieser die Berkan vielleicht nicht auf ewig würde draußen halten können, nistete sich ein Gefühl in meiner Brust ein, das ich lange verdrängt hatte: Hoffnung.

Hoffnung darauf, dass wir übrig gebliebenen Menschen doch etwas ausrichten konnten, dass wir noch nicht ganz verloren hatten und die Welt irgendwann wieder unsere sein würde.

In dem Krankenhaus befanden sich unzählige Menschen, die auch die Zäune draußen errichtet hatten. Zunächst wirkte es verlassen, als wir vor der Absperrung gestanden hatten. Der dunkelgraue Himmel, der ein Unwetter vorhersagte, schob sich immer weiter. Mein Blick war über die Szenerie geglitten und ich hatte Fahrzeuge sowie zwei Panzer entdeckt.

Ein wenig erinnerte es an eine Szene aus irgendwelchen postapokalyptischen Serien und ich fühlte mich wie einer der Protagonisten, die bereits genug erlebt hatten und endlich eine Pause von all der Hetzjagd brauchten. Und so war es ja auch irgendwie. Schließlich hielt dieser Zustand schon viel zu lange an und wir hatten einiges durchgemacht. Niemand von uns würde das Geschehene irgendwann vergessen können, ganz gleich, ob die Welt in der Zukunft wieder so aussehen würde wie noch vor ein paar Monaten.

Die Wandler hatten nicht nur die Erde und ihre Städte zerstört, sie hatten auch die Menschen an sich bis an ihre Grenzen geführt. Doch jetzt würden wir vielleicht endlich zurückschlagen können.

Mein Weg führte mich durch die kahlen Gänge des Krankenhauses. Bekannte und unbekannte Gesichter begegneten mir auf dem Weg in das frühere Büro des Chefarztes. Es waren so viele Menschen in diesem Gebäude, dass ich einige auch nach ein paar Tagen gefühlt zum ersten Mal sah. Doch das zeigte mir nur, wie viele hier waren, und das war gut. Verdammt gut.

»Draußen gibt es keine Aktivitäten. Sie wissen nicht, dass wir hier sind«, berichtete Hanna gerade, als ich in das Büro trat. Wolf blickte die blonde Frau an und nickte. Sie war, wie ich, in eine einfache Uniform der Bundeswehr gekleidet. Ich hatte noch nicht viel mit ihr zu schaffen gehabt, weswegen ich mir nicht sicher war, ob sie schon vorher Soldatin gewesen oder es erst durch die Wandler geworden war.

»Gut«, vernahm ich eine Frauenstimme. Mein Blick glitt durch den Raum und ich erkannte sie, als sie sich von der Wand abstieß und mit verschränkten Armen auf uns zukam. Noch immer war es einfach nur grotesk, sie so zu sehen.

Doch Victoria, Romys Mutter, hatte sich seit dem Verschwinden ihrer Tochter verändert. Sie war nicht mehr die gebrochene Frau, die tagelang still an die Wand gelehnt dasaß und nichts tat. Sie war nicht mehr die, die um ihren Mann trauerte und innerlich zerrissen war.

Sie bildete mit Wolf die Spitze unserer Gruppe und war kaum wiederzuerkennen.

Aber es war effizient. Wir brauchten gute Anführer, die wussten, wie wir vorgehen konnten. In den ersten wenigen Tagen, die wir hier waren, war ich viel draußen gewesen, hatte nach Vorräten gesucht, gegen Berkan gekämpft und war immer wieder lebend zurückgekehrt. Deswegen hatte ich Victorias Wandel gar nicht richtig mitbekommen, es schockte mich irgendwie jedes Mal aufs Neue, wenn ich sie sah, doch ich würde sie nicht infrage stellen. Weil Wolf sie nicht infrage stellte.

Und das hieß schon was.

»Ist der Panzer bereit?«, fragte Wolf nun an mich gewandt und ich nickte, verschränkte die Hände hinter meinem Rücken.

»Ja, er ist einsatzbereit. Die Munition könnte Blindgänger beinhalten, aber wir können es uns nicht leisten, das auszutesten. Es gibt zu wenig davon.«

Wolf nickte und fuhr sich mit Zeigefinger und Daumen über die glatt rasierten Wangen.

»Das ist auch nicht nötig. Wir brauchen nur zwei oder drei Schuss, um das Tor zu sprengen.«

Ein schmales raubtierhaftes Lächeln, das so kalt war, dass mir eine Gänsehaut über die Arme lief, breitete sich auf Wolfs Lippen aus und verwandelte sein Gesicht in eine grässliche Fratze.

»Die Wandler werden ziemlich überrascht sein, wenn wir angreifen«, merkte Hanna an.

»Sollen sie«, warf Victoria lapidar ein. »Sie sollen sehen, dass wir uns nicht länger verstecken. Dass wir hier sind und um unsere Heimat kämpfen.«

Ein kaltes, fast schon irres Lachen verließ ihre Kehle. Für den Bruchteil einer Sekunde überlegte ich, ob das, was wir hier taten, wirklich noch richtig war.

Kapitel 7

Romy

Die nächsten zwei Tage gingen genauso weiter, wie der erste aufgehört hatte. Tanya »vermöbelte« mich, ich versuchte weiter zu kämpfen und steckte nur noch mehr Schläge ein. Zwar durfte ich mich außerhalb meiner Trainingszeit frei in der Drachenstadt bewegen, doch die sicheren Mauern zu verlassen war ein absolutes Tabu.

Und das machte mich wütend, denn auch wenn keiner es sagte, merkte ich, dass sie mich gefangen hielten. Ich wollte hinaus, ich musste durch die Straßen streifen, die Stadt sehen, in der ich aufgewachsen war, und … ich musste einfach weg von hier.

Außerdem hatte ich noch immer keinen blassen Schimmer, wo sich die zwei letzten Splitter befanden. Es war, als würde die Mauer verhindern, dass ich etwas sah oder spürte, als würde sie mich gefangen halten und zerquetschen, bis ich keine Luft mehr bekam. Hier drinnen würde ich die Splitter nie spüren, das war mir ganz klar, und doch wollte mich niemand nach draußen lassen.

Greyer hatte ich nun seit drei Tagen nicht mehr gesehen. Seine Abwesenheit förderte meine Fantasien – ich träumte jede Nacht von ihm. Mal lagen wir eng nebeneinander auf meinem Bett, mal sah ich, wie er von einem Berkan zerfleischt wurde.

In diesen Momenten fuhr ich aus dem Schlaf und brauchte stets einen Augenblick, bis sich mein Herzschlag wieder beruhigt hatte und ich mir sagen konnte, dass das alles nur ein Traum gewesen war. Aber sie kehrten nicht zurück und so langsam machte ich mir Sorgen. Was, wenn tatsächlich etwas geschehen war?

Es tat mir mit jeder Stunde, die verstrich, auch für Lara mehr leid, denn Lean war ebenfalls dort draußen. Dass es zwischen den beiden knisterte, war nicht zu übersehen. Vielleicht hatte ich ihn in den Tod geschickt, genau wie Greyer und Kartha. Und für Sina war es ein weiterer Tag ohne jegliche Spur von Luca.

Ein erneuter Schlag von Tanya in die Magengrube riss mich aus den Gedanken und ließ mich nach vorn auf ein Knie fallen. Der Stab der Kriegsgöttin fiel scheppernd zu Boden und ich stöhnte auf, drückte eine Hand auf meinen Bauch und versuchte gegen den Schmerz zu atmen.

»Sei niemals unkonzentriert. Ein Berkan hätte dich getötet. So wirst du nicht wieder nach draußen dürfen«, tadelte sie mich und ich richtete mich keuchend auf. Mit jeder Trainingsstunde waren mehr Schaulustige gekommen, egal ob Wandler oder Menschen. Sie alle wollten sehen, wie ich immer und immer wieder versagte.

»Ihr werdet mich doch sowieso nie hier herauslassen«, schnaubte ich und empfing den lodernden Zorn, der von mir Besitz ergriff. Ich fühlte die Hitze, die mein Blut zum Kochen brachte, spürte die Kraft tief in mir, die meine Schmerzen ausblendete. »Ob ihr es so nennt oder nicht, ich bin eine Gefangene. Außerdem vergesst ihr, dass ich monatelang dort draußen gelebt habe, auch ohne eure verdammten Tricks!«

Ein schmales Lächeln erschien auf Tanyas Lippen. »Offenbar muss man dich nur reizen, damit das Drachenfeuer zu dir kommt.«

Ich musste nicht auf meine Hände sehen, um zu wissen, dass Flammen um die Finger züngelten. Die bereits vertraute Wärme hatte mich erfasst und ich spürte die Kraft, die von dem Feuer ausging. Auch wenn ich froh war, dass das Feuer überhaupt wieder zu mir kam, so konnte ich mir ein Seufzen nicht verkneifen. Das Training mit Aaron hatte bisher nämlich nicht allzu viel gebracht. Ich konnte es noch immer nicht einfach aus dem Stegreif hervorrufen, nicht einmal mit dem Stab, der doch jedem Wandler helfen sollte.

»In solchen Situationen fällt es mir fast schon leicht, das Feuer zu rufen. Jeden anderen Versuch kann ich vergessen«, entgegnete ich und betrachtete die Flammen, die mir bereits das Leben gerettet hatten. Zu meiner großen Überraschung kam Tanya zu mir und legte mir eine Hand auf den Unterarm. Ich schaute, verwundert über diese freundliche Geste, zu ihr hoch.

»Du wirst es schaffen, Romy. Da bin ich mir sicher. Lass uns das Training für heute beenden, morgen ist ein großer Tag für dich. Aaron bringt dich zu Abraham, damit die blauen Flecke nicht mehr zu sehen sind.«

Ich presste die Lippen aufeinander, als sie die Feier andeutete. Niemals würde ich dorthin gehen. Gesagt hatte ich es den Wandlern bisher noch nicht so direkt, doch ich ging eigentlich davon aus, dass sie wenigstens ahnten, dass ich nicht kommen würde. Schließlich hatte sich meine Begeisterung über diese Feier in Grenzen gehalten und ich hatte es Lara mehr als deutlich gemacht.

***

Aaron tat wie geheißen, nahm mich am Arm und brachte mich zum Hauptgebäude. Ich kannte Abraham noch nicht und war daher gespannt, wie er es schaffen wollte, meine inzwischen beträchtliche Sammlung an Blutergüssen verschwinden zu lassen. Doch was wusste ich schon über die Medizin der Wandler?

Abraham war ein Wandler, der in Menschenjahren um die neunzig sein musste. Sein schütteres weißes Haar hing ihm bis zu den Schultern, sein Bart war sauber gestutzt und reichte nur wenige Zentimeter über sein Kinn hinaus. Seine orangen Augen hatten mich skeptisch betrachtet, bis Aaron ihm erklärte, dass ich mit Tanya trainiert hatte.

Abraham hatte bloß genickt, mir bedeutet mich zu setzen und in seinen Vorräten aus Fläschchen, Tiegeln und anderem seltsamen Zeug, das ich nicht kannte, gesucht. Nachdem er eine gelbe Paste zutage gefördert hatte, säuberte er zunächst meine Wunden, wischte mir das Blut von der Haut und trug dann die Paste auf. Ich hielt still, auch wenn sich ein unangenehmes Brennen in den Schnitten und aufgeplatzten Stellen breitmachte.

Als Abraham mir saubere Verbände angelegt hatte, entließ er mich und Aaron führte mich noch ins Restaurant, wo ich ein wenig aß, doch ich fühlte mich bald schon zu erschöpft und müde, weswegen ich mich verabschiedete und den Fahrstuhl nach oben nahm. Ich schaffte es gerade noch, meine Sachen zu wechseln und Zähne zu putzen, ehe ich in mein Bett fiel und sofort einschlief.

***

Am nächsten Morgen herrschte reges Treiben im ganzen Hotel. Ich hatte nicht einmal große Lust gehabt aufzustehen und mich fertig zu machen. Als ich im angrenzenden Badezimmer die von Abraham angelegten Verbände abgemacht hatte, musste ich einsehen, dass er definitiv nicht zu viel versprochen hatte: Meine Verletzungen waren vollständig geheilt.

Nachdem ich das Gesicht am Waschbecken gewaschen und die Zähne geputzt hatte, zog ich mir ein T-Shirt und eine Stoffhose an, dann stieg ich in meine Stiefel und ging nach unten, um ein verspätetes Frühstück zu mir zu nehmen. Allerdings war das Restaurant geschlossen, da die Wandler es für den Abend herrichten wollten. Ich stöhnte, drehte mich um und prallte fast gegen Lean.

»Nicht so schnell, Kleine.«

»Ihr seid wieder zurück«, sprach ich den ersten Gedanken aus, der mir in den Sinn kam, und blickte ihn an. Sein dunkelblondes Haar hing ihm verrucht in die Stirn, seinen Bart hatte er seit mehreren Tagen nicht mehr gestutzt. Erleichtert stellte ich fest, dass ich keinerlei Verletzungen an ihm entdecken konnte – und auch sein Gesichtsausdruck deutete nicht darauf hin, dass irgendetwas Schlimmes passiert wäre. Mein Herz schlug ein paar Takte schneller. Wenn Lean wieder hier war, musste Greyer es auch sein.

»Ja, sind wir«, antwortete er, als wäre es nicht offensichtlich. »Wir sind an der Stadtgrenze und noch darüber hinaus gewesen. Von deiner Gruppe haben wir weit und breit keine Spur gefunden.«

Ein bedrückendes Gefühl machte sich in meiner Brust breit, nahm mir die aufgekommene Freude, dass Greyer zurück war, und hinterließ einen bitteren Nachgeschmack auf der Zunge. Ich nickte nur knapp. Es war so oder so sinnlos, erneut um Erlaubnis zu bitten, selbst nach ihnen zu suchen.

Lean würde mich nicht hinauslassen und mir ohnehin nicht die Erlaubnis erteilen dürfen. Hier ging alles nach Greyers Regeln, und wenn dieser etwas nicht erlaubte, wurde es schlichtweg nicht getan. Kurz erinnerte er mich an Wolf.

Doch dessen Befehle hatte ich auch gerne mal ignoriert. Hätte ich damals auf ihn gehört, wären Luca und ich nicht zur Apotheke gegangen und hätten keinerlei Medizin oder Vorräte gehabt. Was wohl über kurz oder lang damals passiert wäre? Hätte Wolf jemanden nach draußen geschickt? Ich schob die Gedanken beiseite und konzentrierte mich wieder auf Lean.

»Sie können aber doch nicht einfach verschwunden sein ...«, murmelte ich, ehe Lean etwas tat, was ich niemals von ihm gedacht hatte. Er legte mir tröstend eine Hand auf die Schulter. Verwundert blickte ich ihm in die blaugrauen Augen.

»Ihr habt sehr lange draußen gelebt und überlebt, Romy. Deine Gruppe ist vermutlich besser als jeder andere darin, sich zu verstecken und den Wandlern fernzubleiben. Nur weil wir sie nicht finden, heißt es nicht, dass sie nicht mehr am Leben sind.«

Ich nickte kaum merklich, dankbar für seine tröstenden Worte. Doch meine Gedanken waren bereits einige Schritte weiter und wollten einen Plan zusammenstellen, wie ich hier ausbrechen und mich selbst auf die Suche machen konnte. Ich würde bestimmt nicht ewig tatenlos herumsitzen und auf den Sankt-Nimmerleins-Tag warten. Wäre ich erst mal außerhalb, würde ich bestimmt auch spüren, wo sich der nächste Splitter befand.

»Danke, Lean«, erwiderte ich kurz, ehe ich an ihm vorbei und wieder zu den Treppen ging.

***

Anstatt in mein Zimmer zu gehen, zog es mich auf das Dach. Keine Ahnung, was mich dorthin brachte, doch als ich die stählerne Tür aufgestoßen hatte und sogleich ein kalter Wind an mir zerrte, fühlte ich, wie die Enge in meiner Brust von der Böe mitgerissen und fortgetragen wurde. Ich ließ die Tür hinter mir ins Schloss fallen und trat bis zum Rand des Daches.

»Du hast mit Lean gesprochen«, mischte sich eine vertraute Stimme in den Wind und ich drehte mich zur Tür um, die nun hinter Greyer ins Schloss fiel.

»Er hat mir erzählt, dass ihr meine Leute nicht finden konntet.« Der Wind frischte auf und ich fröstelte, obwohl die Sonnenstrahlen mich ins Visier genommen hatten. Irgendwie schien die Sonne bereits täglich an Kraft zu verlieren.

»Ich hätte dir gerne andere Neuigkeiten übermittelt«, erwiderte er mit ehrlichem Bedauern in der Stimme.

Ich brachte ein schwaches Lächeln zustande. »Vielleicht sind wir schon zu lange dort draußen gewesen. Weißt du, da lernt man den ein oder anderen Trick, um den Wandlern nicht in die Fänge zu geraten.« Alles in mir schrie Greyer zu sagen, dass ich selbst hinausgehen und nach ihnen suchen würde.

Natürlich konnte ich mir nicht sicher sein, dass ich sie finden würde, doch ich kannte diese Menschen. Schließlich war ich mit ihnen wochenlang von Versteck zu Versteck gelaufen. Von der Universität zum Schanzenpark bis zur ersten U-Bahnstation an den Messehallen.

Und wäre ich von den Wandlern nicht an jenem Tag gefasst worden, wäre ich auch jetzt immer noch bei ihnen. Ich hätte vielleicht eine bessere Chance als die Wandler, zu ihnen vorzudringen.

Doch bevor ich etwas in diese Richtung hätte sagen können, trat Greyer zu mir vor und legte mir zwei Finger unter das Kinn, um mein Gesicht anzuheben. Mein Herz stolperte und dort, wo er mich berührt hatte, kribbelte meine Haut.

»Es tut mir leid, dass wir sie bisher nicht gefunden haben. Ich verspreche dir, dass wir nicht ruhen werden.« Seine himmelblauen Augen blickten mir direkt in meine braunen und jegliche Gedanken an einen Alleingang waren wie weggeblasen. Ich verstand diese magische Anziehung nicht, die ich verspürte. Vielleicht war sie nicht von dieser Welt und die Wandlerin in mir war schuld, dass ich so empfand.

Anstatt dagegen anzugehen, nickte ich nur mechanisch. Ein schmales Lächeln erschien auf Greyers kantigem Gesicht und er strich mir eine Strähne hinters Ohr, die durch den Wind in mein Gesicht geweht worden war.

»Wir sehen uns heute Abend.« Mit diesen Worten drehte er sich um und verschwand wieder vom Dach, ließ mich allein mit meinem klopfenden Herzen und den wirren Gedanken. Einen Moment blieb ich noch oben, atmete die frische Luft mehrmals tief ein und aus, ehe ich mich dann auch auf den Rückweg zu meinem Zimmer machte.

***

»Da bist du! Ich suche dich schon überall.« Lara seufzte theatralisch, als ich auf dem Flur ankam, und hakte sich sogleich bei mir unter. Ich hob fragend eine Augenbraue und betrachtete Lara für den Bruchteil einer Sekunde. Irgendwie sah sie anders aus als sonst, aber meine Gedanken kreisten noch immer um Greyer und meine Leute.

»Ich bin unten gewesen«, erwiderte ich und erzählte somit nur die halbe Wahrheit.

Ich öffnete die Zimmertür und ging ins Innere des Raumes. Erst da wurde mir bewusst, warum Lara mich suchte, denn das Kleid, welches auf meinem Bett lag, sprang mir sofort ins Auge. Der rubinrote Stoff glitzerte an einigen Stellen im Licht der Sonne, die durch die Fensterfront hineinfiel.

»O nein! Nein, nein, nein! Ich habe dir gesagt, dass ich nicht dorthin gehen werde, Lara, und ich habe meine Meinung immer noch nicht geändert!« Trotzig verschränkte ich die Arme vor der Brust, während sie die Augen verdrehte.

Erst jetzt musterte ich sie richtig: Ihre hellblauen Augen waren gräulich geschminkt, was sie zum Leuchten brachte. Das weiße Kleid, welches sie trug, ähnelte dem einer griechischen Göttin. Es schmeichelte ihrer Figur, betonte jede Kurve und zeigte ein tiefes Dekolleté. Das Haar hatte sie gelockt und teilweise hochgesteckt. Sie war schon vollkommen fertig für die Feier am Abend, dabei war es gerade einmal Mittag.

»Natürlich wirst du dorthin gehen, Romy. Diese Feier ist einzig und allein für dich. Die Wandler verehren dich und wollen dir somit ihren Respekt zeigen. Es wäre nicht gerade nett, wenn du nicht erscheinst.«

Ich raufte mir das Haar und verbarg das Gesicht kurz hinter den Händen. Einen tiefen Atemzug später ließ ich die Arme wieder sinken und blickte sie an. »Lara, ich habe definitiv andere Sorgen, als auf diese dämliche Feier zu gehen. Lean und Greyer sind zurück und haben noch immer keine Spur von meinen Leuten, ich habe keine Ahnung, wo der nächste Splitter ist, und kann mich nicht dafür feiern lassen, dass ich zwei nur aus reinem Zufall gefunden habe. Das fühlt sich nicht richtig an.«

Fast wirkte sie niedergeschlagen, als sie sich langsam auf mein Bett setzte. Aus traurigen blauen Augen blickte sie mich an und ich schüttelte sofort den Kopf.

»Wehe, du machst mir jetzt ein schlechtes Gewissen!«

»Ich bitte dich nur, es dir zu überlegen. Was ist denn dabei, wenn du wenigstens kurz vorbeischaust? Du musst ja nicht die Letzte sein und auch nicht auf den Tischen tanzen. Aber bitte, lass dich wenigstens zu Anfang blicken. Ich werde dich auch nicht zum Bleiben bewegen, wenn du dann gehen möchtest.«

Unentwegt schaute ich sie an, während meine Gedanken rasten und versuchten eine Entscheidung zu treffen. Ich wägte Pro und Contra ab, sah Laras fast schon flehentlichen Blick und warf dann ergeben die Arme in die Luft.

»Na schön! Aber ich bleibe nicht lange und dieses blöde Kleid ziehe ich erst recht nicht an!«, rief ich, während Lara mir freudig um den Hals fiel.

Natürlich zog ich das Kleid an, allein weil es mehr als wunderschön war. Lara hätte mich vermutlich eigenhändig erwürgt, hätte ich es nicht getan. Leider reichte ihr das Kleid nicht; sie setzte mich tatsächlich im Badezimmer auf den Rand der Wanne und begann, mich mit der bereitgelegten Schminke anzumalen. Sie musste alles hergebracht haben, als ich auf dem Dach gewesen war.

Ich wusste nicht, wann ich mich das letzte Mal mit mehr als nur etwas Kajal und Wimperntusche geschminkt hatte, denn irgendwie war das für mich nie von großer Bedeutung gewesen. Als Lara dann auch noch mit dem Lockenstab herumhantierte, verlor ich gänzlich die Hoffnung, mich relativ schnell wieder vom Acker machen zu können.

Lara würde vermutlich den ganzen Abend ein Auge auf mich werfen, um zu kontrollieren, dass ich noch da war. An ihr Versprechen würde sie sich sicherlich nach dem ersten Getränk schon nicht mehr erinnern können.

Nachdem sie mit mir zufrieden war und ich in passende hohe Schuhe gestiegen war, zog sie den bodentiefen Spiegel, der im Badezimmer stand, heran und stellte ihn vor mich. Und mir stockte der Atem – Lara hatte *wirklich* gute Arbeit geleistet.

Das Kleid bestand aus rubinrotem Chiffon und war hochgeschlossen. Der Stoff am Hals wirkte wie ein Halsband und war über der Brust mit sanfter Spitze und kleinen roten Steinen besetzt. In der Mitte des Dekolletés schimmerte der Stoff transparent. Meine unbändigen Haarsträhnen hatte Lara gelockt, die Strähnen des Ponys geflochten und hübsch zurückgesteckt. Filigraner Schmuck, der perfekt auf das Kleid und die Schuhe abgestimmt war, prangte an meinen Armen und Ohren. Besonders gefiel mir der goldene Armreif, der das Aussehen von Drachenklauen hatte und um meinen Oberarm griff. Ich sah, wie ich beim Blick in den Spiegel zugeben musste, atemberaubend aus.

»Gefällt es dir?«, fragte Lara und tauchte in meinem Blickfeld auf. Ich atmete tief durch und nickte.

»Ja … es ist fantastisch. Ich wusste gar nicht, dass ich so aussehen kann.«

»Natürlich kannst du! Du hast die perfekten Grundvoraussetzungen, um genau so auszusehen.«

Sie schenkte mir ein breites Lächeln, ehe sie meine Hand nahm und mich aus dem Badezimmer zog. Ich stolperte fast über den Saum meines Kleides, raffte mit der freien Hand die Röcke und folgte ihr.

***

»Heute nehmen wir aber den Fahrstuhl«, sagte Lara kichernd und drückte auf den Knopf. Eine Uhr im Flur zeigte, dass uns die Zeit davongerannt und es bereits später Nachmittag war. Musik dröhnte von unten zu uns hoch und ich atmete tief durch. Jetzt machte sich auch noch Aufregung in mir breit.

Als wir unten ankamen, wurden wir von Lean empfangen, der uns bereits erwartet hatte. Statt der üblichen Kampfhose und eines engen Shirts trug er eine Anzughose und ein weißes Hemd, dessen Ärmel er hochgekrempelt hatte. Ohne Frage sah er definitiv gut aus. Das schien auch Lara nicht zu entgehen.

»So kenne ich dich ja gar nicht, Lean«, sagte sie und musterte ihn ungeniert von oben bis unten. Er warf einen Blick auf sie, der kurz an ihrem Gesicht hängen blieb und dann ihren Körper hinab wanderte. Ich fühlte mich schon fast unbehaglich, als wäre ich eine Perverse, die in diesem intimen Moment nicht wegsehen wollte.

Mit unterdrücktem Seufzen ging ich ein paar Schritte voraus, um von den beiden fortzukommen. Dass sie einander mochten, war absolut nicht zu übersehen. Ziemlich schnell holten sie mich allerdings ein. Ich fiel wieder zurück und überlegte, ob ich mich nicht einfach davonschleichen konnte, doch Lara warf immer mal wieder einen Blick zu mir, um sich zu vergewissern, dass ich auch wirklich noch da war. Wenn sie denn den Blick von Lean losreißen konnte!

Als die Türen des Restaurants geöffnet wurden, wehte mir eine ganz andere Atmosphäre entgegen als an dem Abend, an dem ich Greyer kennengelernt hatte. Der Saal war umgeräumt worden und wirkte viel größer. Die Tische waren an den Rand geschoben worden, vermutlich, weil viel mehr getanzt und gefeiert wurde, als dass man herumsaß und Small Talk hielt.

Hinter der Bar stand ein Wandler. Ein neonpinkfarbenes Hemd schmiegte sich an seinen Körper und stellte einen krassen Kontrast zu der dunklen Haut dar.

Als ich mich umsah, bemerkte ich die vielen Blicke. Fast alle Anwesenden hatten ihre Unterhaltungen unterbrochen und schauten uns entgegen. Sofort stieg mir die Röte ins Gesicht und ich sah Hilfe suchend zu Lara.

»Bitte sag mir, dass sie nicht mich so anstarren.«

Lara grinste mich breit an. Es war mir total unangenehm, so angestarrt zu werden. Wieso zur Hölle war ich hierhergekommen? Ich hätte auch einfach in meinem Bett sitzen und mich um den Plan, meine Leute zu finden, kümmern können. Diese Art von Abendbeschäftigung war mir bei Weitem lieber als irgendeine blöde Feier.

Lara hakte sich bei Lean unter und ließ mich völlig allein an der Restauranttür stehen. Ein Fluch lag mir auf den Lippen, der nur darauf wartete, herauszurutschen und wenig damenhaft durch den Raum gebrüllt zu werden;

da blieben mir die Worte im Halse stecken. Es schien nicht mehr wichtig zu sein, dass ich der Mittelpunkt war, denn *mein* Mittelpunkt trat geradewegs auf mich zu.

Und er sah verboten gut aus.

Das schwarze Hemd war an den Armen hochgekrempelt. Wieder einmal hielt er es nicht für nötig, die obersten Knöpfe zu schließen, weswegen mein Blick erneut auf seine Brust fiel. Das blonde Haar hatte er zu einem Dutt zusammengefasst; silberne Ringe, die perfekt auf das Nostril abgestimmt waren, glitzerten an seinen langen Fingern.

Er fing meinen Blick auf und als er bei mir ankam, ergriff er meine Hand und setzte einen Kuss darauf, ohne mich aus den Augen zu lassen. Ich hielt dem sengenden Ausdruck in seinen Iriden stand, Hitze strömte durch meine Adern und ich hatte das Gefühl, in Flammen aufzugehen.

Es war nicht so, dass ich noch nie einen Freund gehabt hatte oder dass ich noch nie verliebt gewesen war. Doch Greyer raubte mir fast den Atem, wenn er in der Nähe war. Zuvor hatte ich immer nur von solchen Gefühlen gelesen, hatte ein Seufzen unterdrücken müssen, wenn für die Hauptfigur in einem Buch die Zeit angehalten wurde und es nur noch sie und ihn gab.

Genauso fühlte ich mich jetzt und, ganz ehrlich, es war wirklich so, als gäbe es nur ihn und mich. Das Gefühl seiner weichen Lippen auf meiner Haut ließ diese Stelle prickeln, ich wollte seine Berührung in mich aufnehmen, sie nie vergessen. Die Wandler um uns herum schienen nicht mehr wichtig zu sein, nur seine klaren blauen Augen nahmen meine ganze Welt ein.

»Sie alle verehren dich«, sagte Greyer und ich blinzelte ihn perplex an. Seine Stimme klang wie … flüssiger Honig. Vielleicht waren meine Sinne aber auch nur heftig vernebelt, dass ich es so wahrnahm. Weil, ganz ehrlich, wie klang schon flüssiger Honig?

»Ich … das ist neu für mich«, brachte ich dann über die Lippen und konnte den Blick noch immer nicht von Greyer abwenden, als er sich aufrichtete. Trotz meiner hohen Schuhe überragte er mich noch immer. In meinem Kopf nisteten sich völlig verrückte Hirngespinste ein, Fantasien und Gedanken, die ich normalerweise niemals zulassen würde.

»Komm«, forderte er mich sanft auf, behielt meine Hand in seiner und führte mich an die vordere Tafel.

Mein Herz schlug viel zu schnell und ich war kaum in der Lage, einen klaren Gedanken zu fassen. Seine Finger verschränkten sich mit meinen, als ich am Kopf des Raumes den Platz neben ihm einnahm. Mit aller Macht zwang ich mich dazu, nach vorn zu schauen und ihn nicht mehr anzustarren, als wäre er der Speck und ich die Maus.

»Ich danke euch für euer zahlreiches Kommen. Wie ihr vermutlich alle bereits wisst, sind drei Splitter des Dracarian gefunden und das haben wir allein Romy zu verdanken, dem Mädchen aus der Prophezeiung. Mit ihrer Hilfe ist uns eine Zukunft auf Davantos sicher. Ich verspreche euch, dass wir sehr bald wieder nach Hause zurückkehren können!«

Die Menge tobte und applaudierte, als Greyer eine kurze Pause einlegte; ein Lächeln erschien auf seinen vollkommenen Lippen. Mit einer einzigen Handbewegung brachte er die Wandler wieder zur Ruhe.

»Auch wenn es noch zwei weitere Splitter zu finden gilt, werden wir heute den bisherigen Erfolg und Romy feiern, die unserer Zukunft wieder standhafte Säulen verliehen hat.«

Wieder jubelte die Menge ihm zu, während er sich setzte und ich es ihm gleichtat. Einer der Wandler brachte mir ein Glas mit blauer Flüssigkeit und ich runzelte die Stirn.

»Was ist das?«

»Es wird dir schmecken«, versicherte Greyer. »Trink.«

Ich hoffte einfach, dass in diesem Zeug nur halb so viel Alkohol war, wie ich befürchtete, und nippte an dem Glas. Der süßliche Geschmack entpuppte sich als Blue Curaçao, benetzte meine Lippen und floss die Kehle hinab. Ich schmeckte keinen Alkohol, was wirklich gefährlich werden konnte. Kaum hatte ich das Glas abgesetzt, da beugte er sich auch schon zu mir herüber und forderte meine ungeteilte Aufmerksamkeit.

»Du siehst umwerfend aus heute Abend.« Seine Augen blitzten und schienen einen viel intensiveren Farbton zu haben als sonst. Eine dünne Strähne seines Haares hatte sich bereits aus dem Dutt gelöst und hing ihm nun ins Gesicht. Ich hatte Mühe, nicht zu stottern wie eine minderbemittelte Robbe.

»Danke. E…es ist ungewohnt, normalerweise trage ich so etwas nicht. Lara hat mir geholfen, sie wird es sicherlich freuen, dass ich ganz passabel aussehe.« Ich spürte ein kurzes Lächeln, das sich auf meinen Lippen breitmachte, dann fragte ich mich, wieso ich so hektisch sprach. Als würde ich keine Luft mehr bekommen.

Und doch war es irgendwie genau so. Obwohl wir einander nicht wirklich kannten und ich den Wandlern noch immer kein hundertprozentiges Vertrauen entgegenbringen konnte, war diese Anziehung nicht einfach zu ignorieren. Ich verstand beim besten Willen nicht, wie ich so etwas ausgerechnet für einen Wandler empfinden konnte, doch ich war machtlos dagegen.

Greyer nahm einen tiefen Zug aus seinem bauchigen Cocktailglas und fuhr sich kurz mit der Zunge über die Lippen. Mein Blick sog jedes kleinste Detail seiner Bewegungen in sich auf, bis er sein Gesicht wieder zu mir drehte und ich peinlich berührt mein Glas anstarrte. Ich spürte deutlich die Hitze auf meinen Wangen und hoffte, dass man die Röte unter all dem Make-up nicht sehen konnte.

»Du sagtest, dass der Dracarian die zerstörten Städte wieder aufbauen kann«, begann ich. Bisher hatte ich nicht weiter nachgefragt, denn ich war einfach nur froh und erleichtert gewesen, als Greyer mir den Wiederaufbau bei unserem Deal zugesichert hatte. Mittlerweile hatte ich aber genug Zeit gehabt, um über alles genauer nachzudenken. »Wie funktioniert das?«

»Erinnerst du dich an unseren nächtlichen Spaziergang? Da habe ich dir erzählt, dass der Dracarian unseren Planeten bewohnbar macht und wir durch ihn zu unserer Kraft gelangt sind. Ich kann dir nicht genau erklären, was es für eine Macht ist, aber sie schenkt Leben. Und so wird sie auch das Chaos hier wieder richten.«

Ich nickte, als würde ich es verstehen, obwohl dem nicht so war. Aber wie konnte man eine solche Macht auch schon beschreiben? Wie hatte sie Geschöpfe wie die Drachenwandler erschaffen? Wie vermochten sie es, Feuer zu sich zu rufen, und wie wuchsen ihnen Flügel? Vermutlich konnte man

Davantos in keinem Fall mit der Erde gleichsetzen, weswegen unsere Wissenschaft einfach nicht funktionieren würde. Manchmal gab es eben Dinge, die unerklärlich waren und es auch blieben.

»Wolltest du schon immer Anführer sein?«, fragte ich weiter.

Greyer schüttelte den Kopf. »O nein. Ich war ein Drachenkrieger. Schon als Kind wurde ich ausgebildet und sollte Davantos vor Gefahren wie zum Beispiel den Berkan beschützen. Dass ich jemals ihr Anführer werden sollte, hätte ich niemals erwartet. Es war nie mein Wunsch, diese Art von Macht zu haben.«

»Dennoch scheinst du dich darin ganz gut zu machen«, stellte ich mit einem aufsteigenden Lächeln fest, welches er sogleich erwiderte. Mein Herz flatterte aufgeregt in der Brust und ich spürte, wie die Schmetterlinge im Bauch mit einem Schlag zurückkamen. Oder waren sie dort die ganze Zeit gewesen und ich hatte sie nur nicht gespürt?

»Ich gebe mein Bestes«, versicherte er mir.

Unsere Blicke verflochten sich ineinander und ich spürte erneut diese Hitze, die mir die Röte in die Wangen schießen ließ. Etwas unbeholfen griff ich nach meinem Glas und nahm einen großen Schluck.

Das Essen wurde aufgetischt und der Raum füllte sich mit Gesprächen. Ich sah Lean und Lara an einem Tisch sitzen, sie lachte gerade ausgiebig über irgendetwas, was er gesagt hatte. All seine Aufmerksamkeit lag nur auf ihr und ich freute mich für sie. Gleichzeitig wünschte ich mir, dass Greyer mich irgendwann so ansehen würde. Als würde seine ganze Welt vor ihm stehen.

»Stimmt etwas nicht?«, holte mich Greyer aus den Gedanken, die einzig und allein dieser wirren Anziehungskraft geschuldet waren.

»Doch, äh. Es ist alles in bester Ordnung«, stammelte ich und riss den Blick von Lara und Lean los. Ehe ich mich noch mehr danebenbenahm, lenkte ich das Thema auf meine Gruppe. »Wie ist die weitere Vorgehensweise für die Suche nach meinen Leuten?«

Sein Blick verdunkelte sich, ehe er die Arme auf der Tischplatte aufstützte. Seine langen Finger verschränkten sich elegant ineinander und er wandte mir das Gesicht zu. Das Nostril blitzte. »Ich schätze, wir werden gleich morgen ein weiteres Team losschicken. Vielleicht hat deine Gruppe es aus der Stadt geschafft.«

Ich brachte ein kurzes Lächeln zustande und nippte erneut an meinem Glas. Das, was ich auf dem Dach versäumt hatte zu sagen, wollte jetzt mit aller Macht aus mir hervorbrechen. Und ich musste gute Miene zum bösen Spiel machen, damit Greyer mir meinen Wunsch vielleicht erfüllte. Würde ich direkt Kontra geben, würde ich hier niemals rauskommen.

»Vielleicht kann ich euch ja helfen. Wenn ich nur rausdürfte, selbst nach ihnen suchen ...« Ich ließ den restlichen Satz unausgesprochen zwischen uns in der Luft hängen. Greyer runzelte die Stirn, schien meinen Wunsch nicht wirklich zu verstehen.

»Es fehlt dir hier an nichts, Romy. Wir nehmen dich bei uns auf, trainieren dich, zeigen dir, dass nicht wir der Feind sind. Und trotzdem drängt es dich noch immer nach außerhalb. Wieso, frage ich mich?« Sein Blick war so stechend, dass mir die Worte im Hals stecken blieben.

Zu meinem Glück wurden wir von Sina unterbrochen, obwohl ich noch immer nicht mit ihr sprechen wollte. Jetzt würde mir allerdings nichts anderes übrig bleiben.

»Entschuldige, Romy? Können wir einen Moment ungestört reden?«

»Ja«, gab ich zurück und warf einen kurzen Blick auf Greyer. »Wir waren sowieso gerade fertig.« Ich legte das Besteck auf den Tisch und stand auf.

***

Ich folgte Sina nach draußen – zum einladenden Außenbereich des Restaurants. Bis auf ein paar Wandler und das gelegentliche Schwappen der durch den Wind verursachten Wellen der Elbe war es hier ruhig. Sina ging bis zur Brüstung und sah auf das dunkle Wasser.

»Es tut mir leid. Ich habe mir unser Wiedersehen wirklich anders vorgestellt.«

»Ich auch«, erwiderte ich und lehnte die Unterarme auf die Brüstung. Der Wind zerrte an meiner Frisur und entriss den Haarnadeln ein paar Strähnen, um sie mir ins Gesicht zu wehen. Es roch nach Wasser und Regen – der Himmel verdunkelte sich bereits. Sicherlich würden jeden Moment die Wolken brechen.

»Weißt du, ich hatte da draußen echt Angst. Das, was passiert ist, geschieht in Serien oder einem Buch, aber doch niemals im wirklichen Leben. Als ich von dem Berkan getroffen wurde und das Fieber bekam, wusste ich, dass ich sterben würde. Mit gerade mal achtzehn Jahren sollte ich sterben und ich war einfach nicht bereit dazu, Romy, ich wollte leben. Als die Wandler mich gesund gepflegt und mir alles erklärt und gezeigt haben, da war ich einfach nicht bereit, die Drachenstadt wieder zu verlassen. Ich war zu schwach, um euch zu suchen – und wo hätte ich auch beginnen sollen? Ich hatte den Angriff vage in Erinnerung und wusste, dass ihr niemals mehr im Schanzenpark sein würdet. Wo also hätte ich anfangen sollen zu suchen, wenn nichts auf euer Überleben hingewiesen hätte? Ich habe mich dazu entschieden, hierzubleiben. Auch, weil das die wahrscheinlichste aller Möglichkeiten war, euch alle wiederzusehen. Die Wandler haben sich bemüht, die Überlebenden hierher zu schaffen, wieso also hättet ihr nicht irgendwann dabei sein sollen?«

Ein ferner Knall ertönte und ich riss den Blick von der Elbe los. Meine Aufmerksamkeit richtete sich vollständig auf die Mauer, die so unendlich weit weg von uns schien. Sinas Worte rückten in weite Ferne.

Noch ein Knall. Dieses Mal bei Weitem lauter. Die Erde erbebte, kleine Steinchen sprangen in die Luft und ich sah auf den Boden. Ein weiterer Knall. Wieder tanzten die Steinchen zu meinen Füßen.

»Wir werden angegriffen«, kam es mir über die Lippen, dabei war meine Stimme so leise, dass ich mir nicht sicher war, es überhaupt ausgesprochen zu haben.

Auch Sinas Blick lag jetzt auf der Mauer, sie war verstummt. Ein weiterer Knall, heftiger, gewaltiger. Die Erde erbebte merklich und ich musste mich an der Brüstung festhalten, um auf den hohen Schuhen nicht umzuknicken.

»Verflucht, wir werden angegriffen!«, schrie ich fassungslos und hastete ins Innere. Auch die Wandler waren bereits in hellem Aufruhr. Ich erhaschte einen Blick auf Lean, der sich mit Tanya, Aaron und einer dunkelhaarigen

Frau angestrengt unterhielt. Als sie losliefen, wollte ich hinterher, doch Sina hielt mich fest.

»Du darfst da nicht hinausgehen!«, bat sie mich und in ihren blauen Augen stand die Angst. Ich öffnete ihre Finger und befreite meinen Arm.

»Ich kann aber auch nicht tatenlos herumsitzen.« Gehetzt blickte ich mich um und entdeckte zu meinem großen Glück Lara. »Lara!«, rief ich, um ihre Aufmerksamkeit zu erlangen, was funktionierte. Ich schob ihr Sina entgegen. »Pass auf sie auf.« Mehr sagte ich nicht.

***

Ich hob das Kleid hoch und lief bis in die Nähe der Mauer.

Viele bewaffnete Wandler hatten sich dort versammelt. Das hohe Tor erzitterte mit jedem weiteren Knall, der ertönte. Ich kam neben Lean zum Stehen.

»Das Tor wird doch halten, oder?«, fragte ich mit klopfendem Herzen. Lean fielen fast die Augen heraus, als er mich neben sich entdeckte.

»Was tust du hier?! Du darfst nicht hier sein, Romy! Sieh zu, dass du dich in Sicherheit bringst!«

Doch noch ehe Lean mich am Arm packen und fortzerren konnte, gab das Tor mit einem Ächzen nach und fiel mit einem gewaltigen Aufprall zu Boden. Staub wirbelte auf und nahm uns für einen Moment die Sicht. Ich hustete und hielt schützend den Arm vor meine Augen.

Regen begann auf uns niederzuprasseln und als ich den Blick hob, erkannte ich die Silhouette eines riesigen Panzers der Bundeswehr. Mein Herz sank zu Boden. Wie in Trance ging ich wenige Schritte nach vorn, wollte erkennen, wer sich dort an der Luke befand und die Kanone betätigte.

»Sie kommen! Macht euch bereit für den Rückzug!« Die Stimme ging mir in Mark und Bein über. Tatsächlich hatte ich nicht gedacht, sie so schnell wieder zu hören, weil alles doch vollkommen aussichtslos schien. Doch diese Stimme würde ich überall wiedererkennen.

Es war niemand Geringeres als Generalmajor Johannes Wolf.

Und seine Einheit, *meine* Gruppe, griff uns gerade mit einem verdammten Panzer an.

»Berkan!«, schrie eine dumpfe Stimme und jetzt verstand ich den Sinn von Wolfs Worten. *Sie kommen. Die Berkan kommen!* Ich war noch völlig hilflos, völlig leer und nicht fähig, meinen Gliedmaßen Befehle zu erteilen, da zeigten sich die ersten Kreaturen. Knurrend warfen sie sich gegen den kläglichen Rest des Tores. Die Seiten begannen zu bröckeln und ächzten unter dem Gewicht der Bestien. Es würde nicht viel brauchen, bis sie gänzlich durchbrachen.

Entfernt sah ich in diesem Chaos, wie Wolfs Silhouette im Inneren des Panzers verschwand und dieser zurückgelenkt wurde, ehe er aus meinem Sichtfeld verschwand. Sie waren geflohen.

Weil die Berkan angriffen und Wolfs Leute bloß die Mauer zerstören wollten, um den Wandlern möglichst viel Schaden zuzufügen. Der Sinn dieses Plans erschloss sich mir blitzschnell, wie ein Gedanke, der urplötzlich da und nicht mehr aus dem Kopf zu verbannen war.

Ein weiteres Brüllen ertönte und der Himmel antwortete mit dem ersten Donnergrollen eines Gewitters. Meine Gedanken fuhren Achterbahn. Dort vorn, wenige Meter von mir entfernt, trat meine Gruppe den Rückzug an. Und ich war mir sicher, dass die anderen bei Wolf waren. Markus, Finja, wahrscheinlich sogar Jakob. Ich war ihnen so nah – und doch würde ich sie niemals erreichen können.

Ein Blitz zuckte durch den mittlerweile schwarzen Himmel. Dann gab die gesprengte Mauer nach und die Berkan stürzten auf uns zu.

Kapitel 8

Romy

Hungrige Mäuler mit messerscharfen Zähnen gespickt, gierten nach unserem Fleisch. Ich funktionierte in diesem Moment nur noch. Als ich auf den unpraktischen High Heels umzuknicken drohte, riss ich sie mir von den Füßen und kämpfte barfuß gegen die Kreaturen, die nicht von dieser Welt stammten.

»Du darfst nicht hier sein, Romy!«, schrie Tanya mir zu. »Geh zurück zum Hotel! Sie werden nicht so weit vordringen!«

Mittlerweile herrschte ein ausgewachsenes Unwetter. Wind peitschte uns den Regen ins Gesicht, Donner grollte direkt über uns und Blitze erhellten das Szenario alle paar Sekunden. Es war Angst einflößend.

Bevor ich etwas erwidern konnte, kam einer der Berkan brüllend auf uns zugerannt. Seine riesigen Pranken gruben sich tief in den bereits matschigen Boden. Zwei Reihen scharfer Zähne kamen zum Vorschein, als er geifernd das Maul aufriss. Der mit giftigen Stacheln besetzte Schweif zuckte, die weiße Haut spannte sich mit jeder Bewegung der Muskeln bis zum Zerreißen. Der Anblick dieser Kreaturen war einfach nur ein Graus und jagte mir einen Schauer über den Rücken.

Tanya und ich sprangen auseinander, als der Berkan schlitternd zum Stehen kam und nach uns schnappte. Ich entging seinem riesigen Maul nur um ein Haar. Mein Puls hämmerte in den Ohren und ich stellte das Denken ab, handelte vollautomatisch. Es benötigte nicht einmal den Hauch von Anstrengung; die Flammen an meinen Fingern zischten, als ich eine Hand nach vorn richtete, um einen Feuerball auf den Berkan vor mir zu werfen.

Seine gewaltige Schnauze fing sofort Feuer. Kreischend schlug er mit den mächtigen Pranken nach der eigenen Schnauze, um die Flammen zu ersticken. Diese Ablenkung gab Tanya die Möglichkeit, sich auf ihn zu stürzen und einen Speer in seinen Schädel zu stoßen. Der Berkan brüllte, fiel krachend zu Boden und zuckte nur noch einmal.

»Einer tot, noch fünf«, rief ich ihr zu und eilte zu den Wandlern, die verzweifelt versuchten die Berkan zu töten. Weitere zwei brachen durch das Tor.

»Wir müssen das Tor schließen!«, schrie Tanya jemanden an. Meine ganze Aufmerksamkeit lag auf dem, was vor mir war. Ein weiterer Feuerball löste sich von meinen Fingern und prallte in die Flanke eines Berkan, als hinter mir ein tiefes Brüllen erklang. Ich wirbelte herum und blickte in ein weit aufgerissenes Maul, nur bestehend aus Geifer und messerscharfen Zähnen.

Das würde mein Ende sein. Ich würde nicht schnell genug sein, um den Berkan aufzuhalten. Bilder vom Supermarkt an der Elbpromenade flammten vor meinem inneren Auge auf. Wie schnell die Zeiten sich geändert hatten! Hatte ich in dieser Situation noch Thomas retten wollen, kämpfte ich nun auf der Seite der Wandler gegen diese bösartigen Kreaturen.

Plötzlich spürte ich keinen Boden mehr unter den Füßen und im nächsten Moment wurde ich zwischen zwei Häusern gegen eine Wand gepresst. Keuchend blickte ich Greyer ins Gesicht.

»Du hättest auf Tanya hören sollen«, raunte er mir zu und seine Lippen flogen über meine Haut, ganz dicht an meinem Ohr. Ich erzitterte unter der Berührung, spürte seinen Körper dicht an meinen geschmiegt. »Bleib hier, bring dich nicht in Gefahr.«

Seine Stimme war nur der Hauch eines Flüsterns und ich dachte schon, ich würde es mir einbilden, als seine Wärme mich plötzlich verließ und ein kühler Windzug mein Haar packte und einige Strähnen tanzen ließ. Ich rang nach Luft und schaute aus der Gasse, konnte Lean erkennen, wie er mit einem Speer einen Berkan aufspießte. Einen Katzensprung entfernt kämpfte Greyer gegen zwei dieser Art, Drachenfeuer umhüllte seine Hände, züngelte hoch bis zu den Ellbogen. Er sah aus wie ein Todesengel.

Angst umfasste meine Eingeweide und wollte mich lähmen, doch ich kämpfte dagegen an. Ich konnte nicht einfach in dieser Gasse stehen bleiben und zusehen, wie die Berkan die Wandler zerfetzten. Zu viele waren durch diese Monster bereits gestorben, zu viele hatten ihr Leben geben müssen.

Erneut rief ich das Drachenfeuer zu mir, gegen das der Regen nichts auszurichten vermochte. Doch als ich in meinem kurzzeitigen heldenhaften Mut aus der Gasse stürmen und einen Berkan grillen wollte, schien das Feuer meine Gedanken mit auf eine Reise zu nehmen. Die Kampflaute rückten in immer weitere Ferne, ich spürte nicht einmal mehr den heftigen Regen, der mich vollkommen durchnässte. Ich selbst hatte das Gefühl, in Flammen aufzugehen und nicht länger mit beiden Beinen auf dem Erdboden zu stehen. Es war, als würde ich von den züngelnden Flammen fortgetragen werden.

Dann, urplötzlich, ebbte das Feuer ab. Ich stand inmitten prächtiger Heidepflanzen und erkannte meine Umgebung als ... die Lüneburger Heide. Als Kind war ich mit meinen Eltern das ein oder andere Mal hier gewesen.

Keine fünfzig Meter von mir entfernt war der warme rote Schein eines Splitters zu sehen. Doch kaum wollte ich einen Fuß vor den anderen setzen, um den Splitter mit mir zu nehmen, rissen mich die Flammen erneut mit sich. Keuchend taumelte ich zurück und kämpfte gegen den Schwindel an, der mich sogleich ergriff; ich stützte meine Hände auf die Knie und beugte mich vornüber. Der Magen drehte sich mir um, aber es wollte nichts den Weg nach draußen suchen.

»Komm mit!« Urplötzlich riss mich eine Hand nach vorn und beinahe wäre ich gefallen.

Mein Verstand wollte noch nicht realisieren, was hier gerade vor sich ging; in Gedanken hing ich noch dem Splitter hinterher. Bis ich Lean ausmachte und mich mit aller Kraft und meinem ganzen Gewicht gegen ihn lehnte. Wir beide stürzten fast.

»Was soll das?!«, brüllte er und schaute mich wutentbrannt an. Das erste Mal sah ich seine tieforangen Drachenaugen, die mich an einen Sonnenuntergang erinnerten.

»Wir müssen ihnen helfen, Lean«, flehte ich, als ich wieder bei Verstand war, doch der Wandler zerrte mich weiter. Weiter in Richtung des *Westin Hotel*, welches mir unendlich weit weg erschien.

»Nein, erst werde ich dich hier wegbringen. Du bist zu kostbar, um als Berkanfraß zu enden.«

Ich hörte auf mich zu wehren und folgte ihm. Gegen Lean hatte ich so oder so keine Chance; würde ich versuchen zurückzulaufen, würde ich uns beide bloß gefährden. Ich warf einen Blick hinter mich, sah, wie weitere Berkan durch das klaffende Loch brachen. Es mussten bereits um die zehn dieser Kreaturen sein, und ich hatte nur vielleicht ein halbes Dutzend Wandler an der Mauer gesehen. Mit Tanya und Greyer waren es höchstens acht. Mein Herz krampfte sich schmerzhaft zusammen.

Greyer.

Was, wenn es ihn erwischte, wenn er es nicht schaffte? Ich könnte es mir nie verzeihen, mich selbst versteckt und Lean mit mir genommen zu haben, während er dort kämpfte und sein Volk retten wollte.

Wieder stemmte ich mich gegen Lean. Er brüllte etwas mir Unverständliches und sah mich wutentbrannt an.

Ich unterbrach ihn. »Geh zu ihnen! Sie können es nicht schaffen, es sind zu viele, Lean. Ich verspreche dir ins *Westin* zu gehen, aber bitte, kämpfe an seiner Seite!«

Verzweiflung machte sich in mir breit, als Lean über mich hinwegsah und das Massaker in weiter Ferne betrachtete. Entschlossen nickte er und schubste mich in die Richtung, in die wir eigentlich gelaufen waren.

»Wenn ich auch nur eine Haarlocke von dir dort sehe, werde ich dich töten, verstehst du? Dann ist es mir egal, ob du unsere einzige Hoffnung bist. Ich werde dich töten.«

Ich nickte. »Ich werde nicht mitkommen. Bitte geh, Lean.«

Er presste die kantigen Kiefer aufeinander und nickte. Orangerote Schuppen wanderten über seine Haut, dann lief er zurück und ich blieb allein.

Allein mit der Angst, Greyer zu verlieren.

***

Die Zeit hatte etwas Quälendes; immer dann, wenn man einen Moment festhalten, nicht enden lassen wollte, rann sie dir durch die Finger wie Sand. Und ehe man es sich versah, war nichts mehr vom Sand übrig und der Moment war vorbei; er verblasste zu einer weiteren, wunderschönen Erinnerung und gesellte sich zu den vielen anderen.

Anders war es, wenn etwas Schlimmes passierte, dann zog die Zeit sich wie zäher Kaugummi, wollte dich mit jedem *Tick!*, jedem *Tack!* der Uhren verhöhnen, dir zeigen, wie machtvoll sie war. Sie tröpfelte weiter, Sekunde für Sekunde, wie pechschwarzer Teer, der Tropfen für Tropfen seinen Weg auf den Asphalt fand. Sie ließ dich fürchten und bangen, dich sorgen und hoffen. Hoffen, dass es vielleicht doch nicht so schlimm ausgehen würde.

Wie ich es Lean versprochen hatte, war ich zurück ins *Westin* gegangen, doch dort hielt ich es nicht lange aus. Ich lief rastlos auf und ab, meine Gedanken kreisten, ich hörte ständig das Brüllen der Berkan. Zähne flammten vor meinem inneren Auge auf, ich kniff die Augen zu, lief weiter, presste die Hände auf die Ohren, lief weiter. Und doch hörte es einfach nicht auf, ich hatte das Gefühl, keine Luft zu bekommen, schier zerquetscht zu werden.

Luft, ich brauchte Luft.

Ehe ich es mich versah, war ich durch das menschenleere Restaurant gestürmt und auf die Terrasse gelaufen. Erst als meine Hände die Brüstung fanden, atmete ich keuchend ein, ließ die kalte Luft meine Lungen füllen. Regen peitschte mir ins Gesicht, doch es war mir egal.

War es ein Fehler gewesen, Lean allein zurückzuschicken? Ich hatte Tanya dabei geholfen, einen Berkan auszuschalten, vielleicht hätte ich mehr tun können. Mein Herz krampfte sich schmerzhaft zusammen, als ich an all die Wandler dachte, die nun aussichtslos gegen die Berkan kämpften.

Ich hätte helfen können. Ich hätte es tun müssen! Doch stattdessen verkroch ich mich hier und wartete darauf, dass die furchtbaren Laute verstummten.

Ich wusste nicht, wie lange es dauerte. Wie lange ich dem Brüllen der Berkan und den Schreien der Wandler lauschte. Irgendwann hatte ich mich gegen eine Mauer gelehnt, die Beine angewinkelt, die Arme um die Knie geschlungen. Immer wieder wiegte ich mich vor und zurück, kniff die Augen zusammen und hoffte, die Szenarien, die ich mir ausmalte, würden sich einfach nicht bewahrheiten.

Diese Hilflosigkeit war das Schlimmste, was ich je verspürt hatte. Ich wusste einfach, dass ich hätte helfen können. Natürlich verstand ich auch, warum Lean mich fortgebracht hatte. Ich war die Einzige, die die letzten beiden Splitter aufspüren konnte.

Die Splitter.

Erst jetzt kam mir wieder in den Sinn, dass das Drachenfeuer mich irgendwie zum nächsten Splitter geführt hatte. Ich wusste jetzt, wo er sich befand. Mein Herz schlug ein paar Takte schneller und ich schaffte es, mich aufzurichten.

Das Restaurant war menschenleer, nichts zeugte mehr von der ausgelassenen Feier, die vor wenigen Stunden noch in vollem Gange gewesen war. Ich strich mir ein paar nasse Haarsträhnen aus der Stirn und lief raus in die Eingangshalle, wo sich die Menschen und auch einige wenige Wandler versammelt hatten, als mein Herz plötzlich einen Schlag aussetzte. Durch die Eingangstür kamen, als hätten sie nicht gerade einen Kampf um ihr Leben geführt, Lean, Tanya, Aaron und all die anderen Krieger. Angeführt von Greyer.

Mit einem Mal drang Leben in die wartende Menge und sie empfingen die Rückkehrer. Aus dem Augenwinkel sah ich nur noch einen weißen Schatten, der nach vorn stürmte. Keine Sekunde später warf Lara sich Lean um den Hals.

Anstatt dass Greyer ein paar Worte sagte, kam er direkt auf mich zu. Er blieb dicht vor mir stehen und sah mir in die Augen.

»Ich fürchtete, dass dir etwas passiert ist.« Seine Hand hob sich und er strich mir eine Strähne aus der Stirn, steckte sie sanft hinter mein Ohr. Mechanisch schüttelte ich den Kopf.

»Nein. Mir geht es gut. Lean hat mir verboten euch zu helfen. Ich ... ich hätte bleiben sollen.«

»Du hast alles richtig gemacht, Romy. Das Wichtigste ist, dass du am Leben bist.« Dann wandte er sich an die versammelten Wandler und Menschen. »Ihr könnt ruhig schlafen, die Gefahr ist gebändigt. Wir haben die

Wachposten verdoppelt, das Tor wird repariert. Es wird uns gewiss nicht noch einmal passieren, dass wir angegriffen werden.«

Der Angriff spielte sich wie ein Film noch einmal vor meinem inneren Auge ab. Ich hörte Wolfs Stimme, sah, wie er die Kanone betätigte und die Wandler angriff. Und dann fiel es mir wie Schuppen von den Augen: Sie mussten den Bundeswehrstützpunkt gefunden haben! An meinem letzten Abend in der U-Bahnstation hatte Luca mir davon erzählt, natürlich! Daher kam auch der Panzer. Meine Knie drohten nachzugeben, was Greyer augenblicklich bemerkte. Er stützte mich, Sorge trat in seine blauen Augen.

»Ich bringe dich zu deinem Zimmer.«

Zu viele Gedanken rasten in meinem Kopf umher, als dass ich gemerkt hätte, dass die Wandler bereits langsam zu ihren Zimmern gegangen waren. Greyer legte eine Hand an meinen Rücken und brachte mich zum Fahrstuhl. Die Erkenntnis hatte mich wie ein Schlag getroffen.

Wenn Wolf tatsächlich eine Kaserne der Bundeswehr erreicht hatte, würde ich mir nicht einmal ausmalen können, wie hoch die Zahl der Toten noch steigen würde. Denn ich war mir sicher, dass keiner von ihnen Ruhe gäbe, bis die Wandler endlich fort oder alle tot waren.

Und ich verstand es, aus ihrer Sicht. Denn bis vor einigen Tagen hatte ich genauso gedacht. Als wir an meiner Zimmertür hielten, blickte ich Greyer an. Die Angst, die ich um ihn hatte, hatte sich in meinen Verstand eingebrannt. Doch da war noch etwas. Und das konnte ich ihm nicht verschweigen.

»Ich weiß, wo sich der nächste Splitter befindet. Als ich das Drachenfeuer beherrscht habe, hat es mir den Ort gezeigt. Bitte, ich will dieses Mal mitgehen, okay? Sperr mich hier nicht ein.« Meine letzten Worte klangen flehender, als sie eigentlich sollten.

Greyer blickte mich einen Moment an. Sekunden verstrichen. Ich konnte den Blick nicht von seinem Gesicht abwenden.

»Unter einer Bedingung. Du hörst auf das, was Tanya und Lean dir sagen. Wenn du rennen sollst, dann tust du es. Wenn du im Auto bleiben sollst, tust du es. Ich will nicht, dass dir etwas passiert und du dein Leben riskierst. Du bist …«

»Die einzige Hoffnung der Wandler, schon klar.«

Seine türkisfarbenen Drachenaugen flammten auf, als ich seinen Satz beendete, und ich konnte erkennen, wie gräuliche Schuppen über seine Haut huschten. Ehe ich widerstehen konnte, streckte ich die Hand aus und legte sie an seine Wange, dort, wo sich die Schuppen befanden. Es war ein unglaubliches Schauspiel.

Für ihn war es völlig normal, dass die Schuppen seine Haut schmückten, doch ich sah es bei ihm zum ersten Mal aus nächster Nähe. Er schloss die Augen, schmiegte seine Wange leicht gegen meine Hand. Plötzlich veränderte sich sein Gesichtsausdruck und er stieß ein leises Knurren aus, ehe er sich mit einem Ruck von mir entfernte. Er schien um Fassung, um Beherrschung ringen zu müssen und strich sich eine Strähne zurück, die seinen Dutt schon längst verlassen hatte.

»Ich denke, es ist besser, wenn du jetzt schlafen gehst, Romy.« Sein plötzlicher Stimmungsumschwung irritierte mich, doch ich war zu erschöpft, als dass ich ihm hätte widersprechen wollen. Alles, was ich tat, war, die Türklinke hinunterzudrücken und ins Innere des Zimmers zu gehen.

»Gute Nacht«, sagte ich, ehe ich die Tür ins Schloss fallen ließ. Seine Erwiderung hörte ich nicht mehr.

***

Mein Kopf dröhnte, als ich mich aus dem völlig durchnässten Kleid schälte und es achtlos auf dem Boden liegen ließ. Jeder Muskel in meinem Körper schmerzte und ließ mich die Strapazen des Abends überdeutlich spüren, jetzt, wo das Adrenalin in meinen Adern wich.

Kaltes Regenwasser tropfte mir noch immer aus meinen Haaren auf den nackten Rücken und ich beeilte mich einen dicken Pullover und eine Leggins anzuziehen. Das Make-up entfernte ich nicht mehr, ich ließ mich einfach nur noch auf das Bett fallen. Bäuchlings lag ich mit dem Gesicht in die Kissen gedrückt und hoffte auf etwas Schlaf. Meine Gedanken allerdings waren hellwach und wollten nicht aufhören umherzukreisen.

Es war schon mal ein Anfang, dass ich morgen mit zur Splittersuche konnte. Vielleicht würde ich mich dann zeitnah herausschleichen, um mich auf die Suche nach meiner Gruppe zu begeben. Denn das heute waren nicht wirklich sie gewesen. Jedenfalls nicht die Leute, die ich kannte, bei denen ich selbst noch bis vor Kurzem gewesen war. Ich musste unbedingt irgendetwas tun und dafür musste ich sie finden.

Vielleicht würde ich sie zur Vernunft bringen können, wenn sie sahen, dass ich wohlauf war. Wenn ich ihnen erzählte, dass auch Sina kerngesund war und sich ihres Lebens erfreute. Wir beide waren die lebenden Beweise, dass die Wandler die Menschen nicht töten wollten.

Doch das alles klang leichter, als es tatsächlich werden würde.

Kapitel 9

Greyer

Ich kam in meinem Zimmer an. Mein Herz raste noch immer wie wild in der Brust, jeder Muskel brannte von dem Kampf. Wir hatten zum Glück nicht viele unserer Leute verloren. Mein Kopf war vollkommen leer, einzig und allein Romy besetzte jegliche Gedanken.

Ich öffnete die Knöpfe des Hemdes, zog es aus und konnte ein Keuchen nicht unterdrücken, als der Schnitt an meinem Bauch spannte. Dass Romy die Verletzung nicht gesehen hatte, war gut. Sie sollte sich keine Sorgen machen, auch wenn ich mir nicht sicher war, dass sie irgendetwas von der magischen Verbindung zwischen uns spürte.

Erschöpft zog ich eine Schublade heraus und förderte einen Tiegel von Abraham zutage. Nachdem ich den Deckel abgedreht hatte, verteilte ich die gelbliche Paste auf der Wunde, die sich von meinem Hüftknochen bis zum Bauchnabel zog. Es war zum Glück nur ein oberflächlicher Schnitt von einem Berkan, den ich überleben würde. Nur ein Moment der Unachtsamkeit – und das Leben konnte vorbei sein.

Obwohl jede einzelne Faser meines Körpers danach schrie, sich auszuruhen, und tagelang schlafen wollte, ging ich zum offenen Fenster und atmete die kühle Nachtluft ein.

Wie gerne hätte ich Romy geküsst! Wie gerne hätte ich sie berührt, ihr alles gegeben, was sie sich wünschte. Doch ich konnte nicht egoistisch sein, nicht in diesem Punkt. Nicht, wenn mir die Konsequenzen, die ein Kuss mit sich ziehen würde, so deutlich bewusst waren. Ich wollte Romy nicht an mich binden, wenn es vermutlich gar nicht ihr Wunsch war, mir nahezukommen.

Ich fragte mich tatsächlich, ob sie das zwischen uns auch spürte. Ob sie merkte, dass sich etwas zwischen uns abspielte, etwas, was so stark war, dass keiner von uns beiden ewig dagegen ankämpfen konnte. Ich hoffte es, auch wenn ich von einem Fall wusste, in dem die Gefühle nicht erwidert worden waren. In dem nur ein Wandler die Anziehung verspürt hatte, sie aber nicht. Sie hatte sich in jemand anderen verliebt. Und vielleicht war Romy bereits verliebt, vielleicht war ihr Herz vergeben. Ich wusste ja kaum etwas über sie, wusste nichts über ihr menschliches Leben.

Ausgelaugt riss ich mich von dem Anblick des Himmels los und ging zum Bett hinüber. Es würde mir helfen, ein wenig Schlaf zu finden, schließlich würde die Nacht nicht allzu lang werden. Wir mussten unsere Toten bestatten, noch vor Sonnenaufgang. Vielleicht würde die Welt danach schon anders aussehen, meine Wunde wäre so gut wie verheilt und meine Gedanken schwirrten vielleicht nicht mehr ausschließlich um Romy. Es gab Wichtigeres als dieses Mädchen. Es musste.

Doch auch als ich die Augen schloss, sah ich nur ihr Gesicht vor mir.

Kapitel 10

Romy

Die Nacht war kurz, denn jedes Mal, wenn ich die Augen schloss, hörte ich die Schreie und sah das Bild der Zerstörung vor mir. Immer dann, wenn ich eingedöst war, schreckte ich kaum eine halbe Stunde später aus diesem unruhigen Dämmerzustand auf und fürchtete, irgendetwas würde mich zerfleischen.

Es war noch weit vor Sonnenaufgang, als ich schließlich aufstand, mich anzog und auf den Flur ging. Anders als sonst war der Gang heute wie ausgestorben, nicht einmal Lean oder Jendrik hielten vor meiner Tür Wache. Ich stutzte einen Moment – seit ich hier war, hatte es das nicht gegeben.

In meinem Kopf fuhren die Gedanken Achterbahn. Sollte ich einen Fluchtversuch starten? Wenn niemand, warum auch immer, hier war, dann würde ich mich vielleicht herausschleichen können. Wer sollte mich schon aufhalten?

Mein Herz begann ein, zwei Schläge schneller zu schlagen. Ich lief zu den Treppen und nahm diese bis zum Erdgeschoss. Auch dort herrschte Totenstille. Zu der Aufregung, vielleicht abhauen zu können, mischte sich langsam, aber sicher Zweifel. Und Sorge.

Wo waren die Wandler? Klar, es war mitten in der Nacht, aber so ausgestorben war es hier noch nie gewesen. Selbst wenn ich nachts aufgestanden und herumgelaufen war, hatte ich immer irgendwen angetroffen. Meine Beine trugen mich wie von selbst in das Restaurant, doch auch dort war niemand.

Ratlos ging ich aus dem Hotel hinaus und fröstelte, als die nächtliche Kälte mich frontal erwischte. Zitternd zog ich die Strickjacke enger um meinen Körper und ließ die Arme verschränkt. Langsam ging ich Schritt für Schritt weiter vom Hotel fort, bis ich aus dem Augenwinkel einige Lichter erkennen konnte.

Ich drehte mich in die Richtung und konnte eine Gruppe ausmachen – ob Menschen, Wandler oder beides, wusste ich im ersten Moment nicht. Doch als ich etwas näher herantrat, verstand ich, dass es Wandler waren. Und was sie dort taten.

Sie bestatteten ihre Gefallenen.

Sofort war der Drang, von hier zu fliehen, wie fortgewischt. Ich sah nur noch die Wandler, die alle in stillem Einklang beieinanderstanden. Keiner von ihnen sagte etwas, nicht einmal Greyer schwang eine seiner großen Reden. Sie teilten die Ruhe miteinander, hingen vermutlich ihren Gedanken nach. Verabschiedeten sich auf ihre Art von denen, die im Kampf gegen die Berkan gefallen waren.

Ich biss mir auf die Unterlippe und zwang mich, leise zurückzugehen. Diese Zeremonie war etwas, was die Wandler anging. Ich wollte in keinem Fall stören und respektlos sein.

Als ich wieder im Eingangsbereich des Hotels war, fühlte ich mich schlecht. Ich war hin- und hergerissen – einerseits musste ich hier raus und meine Gruppe suchen, vielleicht zwischen den Fronten vermitteln, andererseits hatte ich genau deswegen ein furchtbar schlechtes Gewissen. Die Wandler taten zugegeben viel für mich, trainierten mich und beantworteten all meine Fragen. Ich fühlte mich undankbar und schrecklich, weil ich noch immer fortwollte. Es war zum Verrücktwerden.

Nach einer Weile, die ich in einem Sessel in der Lobby verbracht hatte, weil ich sowieso nicht mehr hätte schlafen können, kehrten einige der Wandler zurück ins Hotel. Es war Tanya, die auf mich zukam.

»Wir brechen in einer halben Stunde auf.« Mit einem Blick auf meine Jogginghose und die große Strickjacke fügte sie hinzu: »Und zieh dich um. Du musst praktische Kleidung tragen, falls wir angegriffen werden.«

Ich verstand erst nicht richtig, was sie von mir wollte, doch dann sickerte die Bedeutung ihrer Worte allmählich in meinen Verstand. Ich sollte mitkommen und den Splitter des Dracarian finden.

Fast sofort, nachdem mein Verstand eingesetzt hatte, pumpte Aufregung durch meine Adern und ich sah zu, dass ich zurück in mein Zimmer ging und mich wie geheißen umzog. Ich schob den Stab der Kriegsgöttin in eine der seitlichen Taschen meiner Hose, zog den Reißverschluss der Jacke hoch und atmete noch einmal tief durch, ehe ich die Tür zum Flur wieder öffnete.

Dieses Mal war Lean da und brachte mich nach unten. Er trug eine Cargohose und ein graues T-Shirt, um seine Hüften war ein Waffengurt geschnallt. Wie es aussah, rechnete er mit dem Schlimmsten.

»Das Drachenfeuer ist doch viel effektiver gegen die Berkan als Waffen«, merkte ich an, während wir im Fahrstuhl waren, der uns nach unten in die Tiefgarage brachte.

Lean schaute mich nicht an. »Die Waffen sind nicht für die Berkan gedacht.«

Meine Lippen wollten erst die Worte *»Wofür dann?«* formen, doch da fiel es mir wie Schuppen von den Augen und ich konnte mir meine unausgesprochene Frage selbst beantworten. Die Waffen waren für die Menschen. Falls sie uns erneut angreifen sollten.

Ich wollte etwas erwidern, wollte ihm diesen Unfug ausreden, ihn anschreien, dass es Bullshit war und die Menschen nicht unsere Feinde waren. Immerhin hatte ich Wolf gesehen, sie waren doch meine Familie. Aber die Worte blieben mir im Hals stecken, denn irgendwie wusste ich nicht mehr, was richtig oder falsch war.

Natürlich durften die Menschen, die noch außerhalb der Mauer lebten, nicht einfach mutwillig getötet werden. Aber ich verstand auch, dass die Wandler sich verteidigen mussten, wenn die Gruppe erneut angriff. Schließlich hatte es gestern Tote gegeben.

Wir kamen an einem schwarzen Range Rover an, der in der Tiefgarage stand. Tanya und Kartha, die dunkelhaarige Wandlerin, waren bereits da. Von Greyer war nichts zu sehen. Ich hatte gehofft, dass er hier sein und uns verabschieden würde.

»Er ruht sich aus. Gestern wurde er verletzt. Ich weiß es, auch wenn er es nicht zugeben würde«, beantwortete Tanya mir meine unausgesprochene Frage. Ich fuhr herum und sah sie verwirrt an. »Greyer. Er ist nicht hier. Nach ihm suchst du doch, oder?«

Ich spürte, wie meine Wangen heiß wurden, und wandte den Blick ab. Was zur Hölle war in letzter Zeit nur los mit mir? Greyer war doch auch nur irgendein Wandler! Trotzdem spürte ich, wie Sorge in mir aufkeimte, als Tanya erwähnte, dass er verletzt worden war.

Außerdem wollte ein ziemlich abgefahrener Teil in mir mehr von ihm, wollte wissen, wie es sich anfühlte, wenn wir einander wirklich berührten, wenn wir uns küssten. All die Gedanken an ihn wollten auf genau diese Situation hinaus, seit er mich am Abend zuvor zu meinem Zimmer begleitet hatte.

»Ich suche bestimmt nicht nach ihm.« Ohne noch einmal den Blick umherschweifen zu lassen, stieg ich in das Fahrzeug und schlug die Tür lauter als nötig zu. Ich atmete tief durch, schnallte mich an und blickte stur aus dem Beifahrerfenster, während die anderen einstiegen.

Lean startete den Motor und lenkte den SUV aus der Tiefgarage.

Dunkelheit empfing uns, nur wenige Sterne waren an dem teils bewölkten Himmel zu sehen. Die Sonne kündigte sich ganz still und heimlich im Osten an. Man konnte das kaum erwähnenswerte hellere Blau am Horizont fast nicht sehen.

Wir fuhren über den Platz, wo vor wenigen Stunden noch ein hässlicher Kampf gewütet hatte. Mittlerweile waren weder die toten Körper der Berkan noch sonst irgendwelche Zeichen der Zerstörung zu sehen. Einzig und allein das gewaltige Loch, welches die Mauer zerrissen hatte, zeugte von dem, was geschehen war.

Lean hielt bei den Wachen, die uns augenblicklich durchfahren ließen. Sie nickten uns zu und Lean erwiderte den Gruß.

»Geht es ihm gut?«, fragte ich in die Stille hinein.

»Natürlich. Es war nur ein oberflächlicher Kratzer, nichts, was Greyer umbringen würde«, beruhigte Tanya mich und ich biss mir auf die Unterlippe. Ich wandte den Blick nach draußen, beobachtete unsere Umgebung, doch irgendwann holte die Müdigkeit mich ein und ich döste tatsächlich ein.

***

Ich träumte. Ich wusste, dass es ein Traum war, weil ich ihn schon einmal geträumt hatte. Nur war dieses Mal die Sichtweise eine andere. Anstatt, dass ich der Dracarian war und die Schmerzen spürte, als die Wandler getötet wurden, stand ich selbst in einer Ecke des steinernen Raumes.

Ich sah auf meine Hände, betrachtete die abgetragenen Kampfstiefel an meinen Füßen und erkannte Strähnen meines langen verfilzten Haares. Wieso war ich dieses Mal selbst in dem Traum und schlüpfte nicht in den Körper eines anderen?

Diese ... Träume waren so verwirrend.

Ich schaute auf und musste mit ansehen, wie ein Wandler die anderen tötete. Ich vermutete, dass es sich um Kasimir handelte, denn in meinem vorherigen Traum war er so genannt worden. Alles, was er ausstrahlte, war Finsternis. Ich konnte sehen, wie in seinen stahlgrauen Augen das rubinrote Licht des Lebenssterns funkelte, der Wahnsinn stand ihm offen ins hämische Gesicht geschrieben.

Ich wollte etwas unternehmen, als er Luran sagte, er hätte mehr von ihr erwartet, doch ich war wie in Beton gegossen; meine Füße vermochten es einfach nicht, sich zu bewegen.

Ganz plötzlich schien die Zeit stillzustehen und ich spürte den Wind im Haar, der von dem rubinroten Lichtstrahl des Dracarian ausgelöst wurde. Ich fühlte die Kälte im Raum, als wäre ich nicht mehr nur eine stille Beobachterin, sondern befände mich in dem Saal, in dem mit mir nun vier Leichen am Boden lagen ...

Mein Herz pochte laut und hart gegen meinen Brustkorb, sein Schlag hallte hoch bis in die Kehle. Ich ging einen Schritt vor, konnte mich jetzt endlich bewegen, trat aus dem schützenden Schatten einer Steinsäule und gab mich zu erkennen. Einen kurzen Moment blickte ich Kasimir an.

Sein rabenschwarzes Haar war schulterlang und glatt, im schwachen Licht der Öllampen schimmerte es blau und violett. Sein schmales Gesicht war bösartig, die spitze Nase viel zu lang. Die Lippen verzogen sich zu einem düsteren Lächeln, als er seinen Kopf zu mir umdrehte und mich aus grauen Augen direkt ansah.

In diesem kurzen Moment saugte ich jedes kleinste Detail in mir auf: Ich prägte mir sein Gesicht ein, das zeigte, dass er nicht älter als Ende dreißig sein konnte. Seine Statur, die schlank und doch offenbar muskulös war, denn ich konnte die geformten Muskeln deutlich unter seinem Hemd ausmachen. Er wirkte stark, war aber kein Kraftprotz – und doch schien alles an ihm Angst einflößend zu sein.

»Hallo Tochter«, sagte er dann mit einer tiefen Stimme, die mir Gänsehaut über die gesamte Haut jagte.

***

Ich schreckte hoch und war wieder im Hier und Jetzt. Mittlerweile war es etwas heller geworden, doch die Zeiger auf der Uhr bedeuteten mir, dass ich nur für etwa zwanzig Minuten eingenickt war.

»Alles okay?«, fragte Lean, der meine Verwirrtheit wohl bemerkte. Ich murmelte etwas Bejahendes und strich mir das wirre Haar aus der Stirn. Angestrengt blickte ich auf die Kegel der Scheinwerfer, die uns den Weg durch das Geröll und die zerstörte Umgebung wiesen. Doch auch wenn ich äußerlich ganz entspannt wirkte, meine Gedanken rasten.

Kasimir hatte mich in diesem Traum *Tochter* genannt. Wieso sollte ich so etwas völlig Wirres träumen? Hatte er sich durch irgendeine absurde Verbindung einen Weg in mein Unterbewusstsein gesucht und mir nur das gesagt, was ich eigentlich mein ganzes Leben lang schon hätte wissen müssen? War ich vielleicht mit ihm verbunden, weil sein Blut in meinen Adern floss?

Ein Schauer fuhr mir eiskalt über den Rücken und ich fröstelte, zog die Ärmel meiner Jacke über die Hände. Was war da nur vor sich gegangen?

»Macht euch bereit zum Aussteigen, ab hier können wir mit dem Wagen nicht weiter«, merkte Lean an und lenkte den Range Rover neben einen entwurzelten Baum.

Hier würden wir mit dem Auto tatsächlich nicht vorankommen. Ich löste den Sicherheitsgurt und öffnete die Beifahrertür. Kalte Luft wurde mir vom Wind ins Gesicht geblasen und ich fröstelte sofort erneut, auch wenn ich nicht wirklich wusste, ob wegen des Windes oder weil mir der Traum noch immer in den Knochen steckte.

Ich würde mit irgendjemandem darüber reden müssen. Um Antworten zu bekommen. Zu wem machte es mich, wenn ich Kasimirs Tochter war? Ausgerechnet der Wandler, der sein Volk hatte leiden lassen, der seinesgleichen getötet hatte. Vielleicht spielte mir mein Verstand aber auch nur einen Streich und die Strapazen der letzten Tage waren einfach zu viel gewesen, sodass ich völlig wirres Zeug träumte.

»Ist alles in Ordnung mit dir? Du siehst etwas verstört aus.« Tanya war neben mir aufgetaucht, die Stirn nachdenklich gerunzelt.

Ich schüttelte den Kopf. »Nein, es ist nichts. Ich habe nur schlecht geträumt. Lass uns lieber los.« Ohne Tanya die Chance zu geben, noch etwas zu sagen, ging ich voran und schaltete meine Taschenlampe ein. Indessen versuchte ich die Gedanken an den Traum irgendwie beiseitezuschieben.

Ich musste mich konzentrieren, denn keiner von uns wusste, was uns hier erwarten würde. Wäre ich unaufmerksam, würde ich über kurz oder lang einen Fehler begehen und der könnte einen von uns vielleicht das Leben kosten. Doch die Bilder hatten mich fest im Griff und ich ließ mich zurückfallen, damit ich auf einer Höhe mit Tanya war.

»Kann ich dich etwas fragen?«, begann ich und die blonde Wandlerin nickte.

Mein Herz schlug nervös gegen den Brustkorb, in den hintersten Ecken meines Selbst hatte ich gehofft, dass sie verneinen und mir sagen würde, ich solle mich auf die Mission konzentrieren.

»Bisher habe ich nur Schlechtes über diesen Kasimir gehört ... war er schon immer so? Oder gab es eine Zeit, in der er nicht so war?«

Anders als erwartet bekam ich keinen skeptischen Blick von Tanya. Vielleicht hatte sie schon auf diese Frage gewartet, denn offenbar war Kasimir ja ein großer Teil der wandlerischen Geschichte.

»Er war nicht immer so voller Zorn, nein. Es gab eine lange Zeit, in der er friedlich war, in der ihm das, was wir hatten, reichte. Kasimir bildete mich aus, er war zwar ein strenger Lehrer, doch auch der beste. Ich lernte von ihm alles, was ich heute kann. Als der Dracarian ihn auserwählte und ihn zum Hüter des Lebenssterns machte, ging es bergab. Die Macht des Sterns brachte ihn um den Verstand und ließ ihn Dinge sehen, die grausam und größenwahnsinnig waren. Er wollte mehr für die Wandler, mehr für sich selbst. Ein Planet reichte ihm nicht mehr, weswegen er andere bereisen und deren Völker unterwerfen wollte. Leider war es ihm gleich, dass auch Wandler auf seinem grausamen Weg sterben konnten. Er tötete sie sogar selbst, denn er wollte nur das große Ganze erreichen, was in seinen Augen offenbar das einzig Richtige für die Wandler war.«

Sie hielt einen kurzen Moment inne und ich konnte ihr ansehen, dass sie mit ihren Gedanken völlig woanders war. Schließlich schüttelte sie den Kopf und sah mich mit einem schmalen Lächeln an.

»Kasimir wird nicht mehr an die Macht kommen. Er ist auf Davantos in einem Gefängnis unter der Erde. Dort wird er nicht so schnell rauskommen, denn die Erde schwächt uns. Kombiniert mit dem noch immer zerstörten Dracarian ist es ihm unmöglich zu fliehen. Aber genug der dunklen Zeit der Wandler, wir sollten uns auf das Jetzt konzentrieren.«

Sie richtete den Blick wieder nach vorn und ich merkte, dass dieses Gespräch beendet war.

Meine Gedanken rasten und drehten sich um Kasimir. Was, wenn er tatsächlich mein Vater war? Ich würde es den Wandlern nicht einfach so sagen können, sie würden mich wegsperren oder Schlimmeres. Angst schlich sich zu meinen wirren Gefühlen, doch ich fasste einen Entschluss: Ich durfte den Wandlern nichts von meiner Vermutung mitteilen.

Darauf bedacht, mich so leise wie möglich vorwärts zu bewegen, hielt ich den Blick gesenkt und achtete auf den Weg vor mir. Relativ schnell verließen wir die Straße und liefen durch die Natur der Heide, die nur durch die Kegel unserer Taschenlampen erhellt wurde.

Ein einziges Mal war ich mit meinen Eltern hier gewesen, hatte eine Kutschfahrt mitmachen müssen und war völlig genervt gewesen, weil ich keine Lust auf den Familienausflug gehabt hatte. Damals wäre ich eigentlich lieber mit Sina shoppen gefahren, doch daraus wurde nichts, denn unser Trip in die Lüneburger Heide war schon lange geplant gewesen. Jetzt wünschte ich mir, nur noch einmal mit meinen Eltern in dieser blöden Kutsche sitzen zu können, die Sonne im Gesicht und den leichten Wind in den Haaren. Aber das war nicht mehr möglich.

»Wo genau hast du den Splitter gesehen, Romy?«, sprach Lean mich an und holte mich aus den Erinnerungen zurück ins Hier und Jetzt. Ich schaute ihn an, ehe ich mich kurz umsah, um Orientierung zu finden.

»Dort. In der Nähe des Wilseder Berges«, erwiderte ich und deutete mit der Taschenlampe in die Richtung.

Es war unnatürlich ruhig hier. Wir liefen den Weg entlang, bis wir zum Wilseder Berg kamen, selbst dort war weit und breit keine Spur von irgendwelchen Überlebenden oder von einem Berkan. Ich wollte mir deswegen keine Gedanken machen, wollte einfach froh sein, dass wir nicht angegriffen wurden, doch die Ruhe war etwas, womit ich nicht umgehen konnte. Dazu hatte diese Welt mir schon zu oft gezeigt, wie grausam sie sein konnte.

Je näher wir dem Berg kamen, desto heftiger spürte ich den Splitter. Er begann zu flüstern, rief mich zu sich und wollte, dass ich ihn fand. Ich konnte bereits das Feuer tanzen sehen, bevor die Wandler auch nur spürten, dass er in der Nähe war.

»Da vorn ist er«, sagte ich und deutete auf einen leuchtend rubinroten Punkt etwa dreihundert Meter von uns entfernt. Lean, Tanya und Kartha blieben stehen, blickten in die Richtung, in die ich deutete. Auch sie konnten den warmen Schein nun sehen und spürten die Macht, die von dem Splitter ausging.

»Unglaublich«, hörte ich Lean flüstern, derweil wir uns wieder in Bewegung setzten.

***

Auch auf dem Rückweg blieb es geisterhaft ruhig. Das ungute Gefühl in meiner Magengegend war schlimmer geworden und irgendwie fühlte ich mich beobachtet, spürte, dass sich in unserer Nähe irgendjemand – oder *etwas* – aufhielt. Ich spürte einen Blick in meinem Rücken und sah mich nicht nur einmal um, doch alles, was mir entgegenblickte, waren die Farben der viel zu frühen Morgenstunde.

Verwirrt schüttelte ich den Kopf, wurde das seltsame Gefühl jedoch nicht ganz los. Auch als wir in den Range Rover stiegen, spürte ich noch immer den Blick im Nacken. Ich legte meine Hand auf die Tasche, in der sich der Splitter befand, und atmete tief durch.

Die Wärme, die sich durch den Stoff hindurch auf meiner Handfläche verbreitete, schenkte mir etwas Ruhe. Doch die Ruhe währte nicht sehr lange.

Kurz nachdem wir wieder auf der Straße waren, um zurück zur Elbphilharmonie zu fahren, erschien eine Silhouette im Rückspiegel, die sich deutlich dunkler vom langsam wach werdenden Himmel abhob. Ich beugte mich weiter vor, um in den Außenspiegel sehen zu können. Ich konnte nicht erkennen, ob es ein Berkan war oder nicht. Doch was ich erkennen konnte, war, dass die Silhouette sich mit einer wahnsinnigen Geschwindigkeit direkt auf uns zubewegte.

»Da kommt was auf uns zu«, hörte ich mich noch sagen, sah im Außenspiegel, wie die Silhouette sich zu einem Pick-up herauskristallisierte und unseren Wagen rammte. Ich schlug mit dem Kopf auf dem Armaturenbrett auf, Sterne tanzten vor meinen Augen und Schwärze waberte in meinem Blickfeld. Ich stöhnte auf, hielt mir den Kopf.

»Romy! Bist du verletzt?«, rief Tanya vom Rücksitz. Ich schüttelte den Kopf, doch bevor ich antworten konnte, versetzte uns der andere Wagen einen weiteren Stoß. Lean umklammerte das Lenkrad, versuchte gegen die Kraft des anderen Fahrzeuges zu lenken.

»Verdammt«, knurrte er. »Romy, nimm eine der Waffen. Mach schon!« Ich dachte nicht nach, sondern griff nach der Pistole, die an seinem Gürtel befestigt war. Mit zitternden Fingern ließ ich die Scheibe des Beifahrerfenster hinunter und richtete die Waffe nach draußen.

In dem Moment gab der Fahrer des schwarzen Pick-ups Gas und war binnen Sekunden mit uns auf einer Höhe. Der Fahrer blickte mich an, hinter ihm beugte sich ein mir sehr bekanntes Gesicht vor: Luca. Meine Lippen öffneten sich automatisch, um seinen Namen zu formen, doch es kam kein Ton aus meinem Mund.

Noch ehe ich auf die Rufe von Lean reagieren konnte, riss der mir unbekannte Fahrer das Lenkrad herum und rammte uns seitlich so heftig, dass Lean die Kontrolle über den Range Rover verlor. Wir kamen von der Straße ab, die Welt drehte sich, als der Wagen sich überschlug. Die Pistole fiel mir aus den Händen, Glas knirschte, als die Windschutzscheibe in einem Netz aus Rissen schließlich brach.

Kurz erwischte mich die Bewusstlosigkeit, ehe ich noch halb weggetreten die Augen wieder öffnete. Mein Kopf pochte unaufhörlich, in der Gegend meines rechten Oberarmes spürte ich einen heftigen Schmerz. Die Welt hatte aufgehört sich zu drehen, doch ich sah alles nur verschwommen.

»Lean?«, murmelte ich mit schwerfälliger Zunge und blickte zum Fahrersitz des Wagens. Der Platz war leer. Panik breitete sich in meiner Brust aus. Ich riss den Blick los, schaute zu den Resten der Windschutzscheibe und versuchte im Kegel der Scheinwerfer etwas zu erkennen. Vielleicht war er herausgeschleudert worden. Durch die ruckartige Bewegung meines Kopfes verschwamm die Sicht noch mehr, Schwindel packte mich und alles wollte sich wieder drehen.

Dumpfe Schritte hallten in meinem Kopf nach, als Leute sich näherten. Die Schwärze leckte erneut an mir, streckte ihre kalten Finger nach mir aus und ich wollte es zulassen, wollte diesen Moment nicht weiter erleben müssen.

Ein letztes Mal hob ich schwach den Blick und erkannte, wie ein Mann sich hinhockte. Es sah aus, als würde er an der Decke baumeln, dabei waren wir es, deren Wagen auf dem Dach gelandet war. Ein Gesicht erschien, dann riss jemand mir die Tasche aus den schlaffen Händen.

»Nicht«, hörte ich mich flüstern, war aber nicht sicher, ob der Fremde mich auch tatsächlich hören konnte. Meine Augen fielen zu, es wurde immer schwerer, mich wach zu halten. Schon bald hatte die Schwärze der Bewusstlosigkeit gewonnen und alles, was mir blieb, war das verschwommene Bild von meinem besten Freund, der mit in dem Wagen gesessen hatte.

***

Als ich die Augen wieder öffnete, befand ich mich in meinem Zimmer im *Westin Hotel*. So langsam war ich es leid, immer wieder ausgeknockt zu werden und in meinem verdammten Zimmer wach werden zu müssen. Ich nahm eine Bewegung aus den Augenwinkeln wahr und drehte vorsichtig den Kopf –

mein Schädel pochte und dröhnte, als hätten Elefanten Fußball damit gespielt.

»Da bist du ja wieder«, sagte Greyer mit einem schwachen Lächeln auf den Lippen. Ich war überrascht ihn hier zu sehen.

»Du«, krächzte ich. Greyer zuckte mit den Schultern. Doch ehe er mir erklären konnte, weswegen ausgerechnet er an meinem Bett saß, kamen mir die Bilder des Unfalls wieder in den Sinn und ich runzelte die Stirn. »Wir wurden ... von der Straße gedrängt, habe ich recht? Was ist mit den anderen?«

»Ihnen geht es gut, sie heilen schneller, als du es tust. Es war eine Gruppe Menschen, die euch von der Straße gedrängt hat. Warum sie euch nicht getötet haben, wissen wir nicht, allerdings haben sie den Splitter entwendet.« Greyer sagte noch etwas, doch meine Gedanken drifteten bereits zu dem Moment zurück, in dem ich Luca auf dem Beifahrersitz gesehen hatte.

Ich atmete tief durch und zwang mich, die aufkommenden Tränen zu unterdrücken. Warum Luca? Warum ausgerechnet er? Wie konnte er da mitmachen, mich angreifen, wenn er doch mein bester Freund war?

»Luca war dort. Er ... ich habe ihn gesehen. Irgendetwas stimmt nicht, ich muss ...« Ich ließ den Satz unbeendet, denn was musste ich? Ich wusste es nicht. Mein Körper reagierte automatisch und ich wollte mich aufsetzen, aufstehen, um irgendwohin zu gehen, und Luca endlich zur Vernunft bringen. Greyer vereitelte meinen Plan, indem er sanft die Hände auf meine Schultern legte und mich zurück in die Kissen drückte.

»Du kannst noch nicht aufstehen, okay? Außerdem ist das nicht alles ...«

Verwirrt blickte ich ihn an. »Reicht das nicht?«

»Ksenia, eine meiner Späherinnen, ist seit ein paar Tagen verschwunden. Wir glauben, dass die Menschen sie in ihrer Gewalt haben. Bei den Dingen, die derzeit geschehen, ist es nicht einmal weit hergeholt. Wir glauben, dass sich ein Krieg zusammenbraut, Romy.«

Ein Schnauben verließ meine Kehle und ich schüttelte energisch den Kopf. Das war völliger Irrsinn! Meine Leute würden doch keinen Krieg vom Zaun brechen, sie würden nicht einfach gegen die Wandler ziehen. Sie wussten doch ganz genau, dass sie keine Chance hatten.

»Nein«, widersprach ich und spürte den Kloß in meinem Hals. Tränen schnürten mir zusätzlich die Kehle zu. »Sie würden euch nicht einfach angreifen und einen Krieg lostreten, Greyer. Ich … wenn ich nur mit ihnen reden und ihnen alles erklären könnte!« Verzweifelt wischte ich mir eine Träne von der Wange, die sich ungefragt einen Weg hinunter gesucht hatte.

Greyer nahm meine Hand in seine und verschränkte unsere Finger miteinander. »Als Tanya dich bewusstlos und blutüberströmt hergebracht hat, Romy, hatte ich Angst um dich. Eine Angst, die ich erst ein Mal zuvor in meinem Leben gespürt habe. Ich dachte, du würdest sterben.«

Einen Moment lang sah ich ihn an. Und für den Bruchteil einer Sekunde wünschte ich mir, dass er diese Worte gesagt hatte, weil er wirklich Angst um *mich* gehabt hatte. Nicht nur, weil ich diejenige war, die die Splitter zurückholen und aufspüren konnte. Langsam entzog ich ihm meine Hand.

»Hattest du wirklich meinetwegen Angst oder doch eher, weil ich weitere Splitter finden muss und ihr auf mich angewiesen seid?«, sprach ich meine Gedanken aus. Die Worte hatten meine Lippen schneller verlassen, als ich es hätte kontrollieren können. Greyers Iriden blitzten kurz türkis auf, ehe der Schimmer seiner Drachenaugen wieder verschwand.

»Um deinetwillen, Romy. Du bist kein Mittel zum Zweck, du bist wichtig für mi… für jeden von uns.«

Ich wusste, was er hatte aussprechen wollen. Und innerlich verfluchte ich ihn dafür, dass er nicht den Mumm besaß, mir die Wahrheit ins Gesicht zu sagen. Doch genauso sehr, wie ich mich aufregen wollte, so sehr klopfte mein Herz auch in der Brust, seit er die Worte gesagt hatte. Noch immer war diese Art von Gefühlen völlig neu für mich, denn immerhin war Greyer ein Wandler.

Ich hatte bereits einiges dazugelernt, doch ich konnte auch nicht einfach vergessen, was in den letzten Monaten alles geschehen war. Und noch immer verstand ich nicht, wie ich diese Anziehung verspüren konnte.

Mit aller mir verbliebenen Kraft musste ich mich beherrschen, nicht einfach die Hand auszustrecken und ihn zu berühren. Ich wollte seine Hand erneut halten, fühlen, wie seine Finger sich mit meinen verflochten, und sehen, wie unsere Hände perfekt zueinanderpassten. Als wären sie füreinander bestimmt, als wären *wir* füreinander bestimmt.

Doch so schnell dieser magische Moment gekommen war, so schnell war er auch vorbei und meine Vorstellungen zerplatzten wie eine Seifenblase.

Denn es klopfte an der Tür – und ohne dass ich »Herein!« antwortete, wurde die Tür aufgerissen und Lara und Sina traten ein.

»Ich werde deine Aufmerksamkeit nun nicht mehr für mich allein beanspruchen«, sagte Greyer und stand auf. Nicht, ohne sich noch einmal zu mir herunterzubeugen und mir einen Kuss auf die Stirn zu setzen. Die Haut, die von seinen Lippen berührt wurde, kribbelte noch lange, nachdem er bereits gegangen war.

»Wir haben uns solche Sorgen gemacht!«, rief Lara aus und setzte sich auf die linke Seite meines Bettes. Ich stemmte mich vorsichtig in eine sitzende Position und strich mir das ungekämmte Haar aus der Stirn. Wie ich schon wieder aussah, wollte ich eigentlich gar nicht wissen.

»Es ist alles okay«, erwiderte ich mit einem beschwichtigenden Lächeln und richtete meine Aufmerksamkeit auf Sina. »Luca war da, Sina. Er ... er war in dem Wagen, der uns gerammt hat.«

Meiner eigentlich besten Freundin schien alles aus dem Gesicht zu fallen, als ich die Worte ausgesprochen hatte. Mechanisch schüttelte sie den Kopf, sie wollte offenbar meinen Worten keinen Glauben schenken.

»Das kann nicht sein, du irrst dich. Luca ist ein guter Mensch, Romy, und dein bester Freund. Er würde dich nie einfach zurücklassen, nachdem er geholfen hat, deinen Wagen zu verunfallen.«

»Glaub mir, ich wollte es auch nicht wahrhaben, aber ich weiß, was ich gesehen habe. Er war es. Es muss sich einiges geändert haben, seit ich nicht mehr bei ihnen bin.«

»Nein ich ... ich glaube dir nicht.« Sina schüttelte vehement den Kopf, wirbelte herum und verschwand aus meinem Zimmer. Ich schloss für einen kurzen Moment die Augen und massierte meine Stirn. Das Pochen war wieder stärker geworden.

»Sie wird sich einkriegen, da bin ich mir sicher.« Lara griff nach meiner

Hand. Ich lächelte sie müde an und nickte, obwohl ich nicht ganz davon überzeugt war, dass Sina sich beruhigen und mir glauben würde. Andererseits fand ich es ziemlich dreist von ihr, jetzt so einen Aufriss zu machen, weil Luca bei der Gruppe Menschen dabei gewesen war, wenn sie ihn doch sowieso schon längst aufgegeben hatte.

Immerhin war sie nicht zu uns zurückgekehrt, hatte Luca nicht gesucht, hatte nicht einmal versucht hier rauszukommen. Mit welchem Recht stellte sie mich jetzt also als Lügnerin dar?

»Ich habe mir Sorgen gemacht, als Lean mir erzählt hat, was passiert ist«, gestand Lara und ich drückte sanft ihre Hand. Sie war mir in den letzten Tagen eine wirklich gute Freundin geworden.

»Es ist alles in Ordnung, mich kriegt so schnell nichts klein. Ich bin nur ein bisschen erschöpft.«

Lara nickte und erhob sich sogleich. »Ruh dich noch etwas aus, okay? Ich komme in ein paar Stunden mit etwas zu essen wieder.«

»Danke, Lara.«

Sie schenkte mir noch ein aufmunterndes Lächeln, ehe auch sie aus der Tür verschwand und bloße Stille hinterließ. Ich lehnte den Kopf gegen die Wand und schloss die Augen. Ich wünschte mir, dass ich es mir vielleicht doch nur eingebildet hatte und der Beifahrer gar nicht Luca gewesen war.

Als ich mir die dunkle Erinnerung zurück vor Augen rief, konnte ich jedoch klar erkennen, dass es sich um keinen anderen als meinen besten Freund gehandelt hatte. Und er musste mich ebenfalls gesehen haben, als er sich vorgebeugt hatte.

Ich rutschte wieder nach unten, um mich hinzulegen. Vorsichtig bettete ich meinen pochenden Kopf auf die weichen Kissen und schloss die Augen. In dem ganzen Chaos war ein Gedanke trotz allem völlig klar: Ich musste meine Gruppe finden und endlich die Fronten klären.

Kapitel 11

Romy

Es war mal wieder so eine Nacht, in der ich von Papas Tod träumte. Die Bilder verfolgten mich und nachts, wenn ich allein mit meinen Gedanken und meinem Unterbewusstsein war, krochen sie aus ihren Verstecken und ließen mich seinen Tod immer und immer wieder erleben.

Oft änderte sich die Umgebung oder die Szenerie, doch nie die Art, wie er starb. Immer und immer wieder musste ich also mit ansehen, wie er gefressen wurde, wie sein Körper im Maul eines Berkan erschlaffte und er mich anstarrte, voller Schreck und Schmerz. Seine blauen Augen, die nicht mehr leuchteten und mich anklagend anblickten und offenbar fragen wollten, warum ich ihm nicht geholfen hatte.

Dieses Mal war der Traum allerdings etwas anders gewesen.

Ich sah meinen Vater sterben. Doch jetzt wurde er nicht von einem Berkan getötet; Kasimir stand vor ihm, riss ihm den Kopf ab und hielt ihn in die Höhe. Sein wahnsinniges Lachen hallte noch immer in meinem Kopf wider und ließ sich nicht verdrängen.

Krachend fiel die kleine Lampe zu Boden, die ich gerade mit einer ungelenken Armbewegung vom Nachttisch gefegt hatte, als die Tür aufgerissen wurde.

»Ist alles in Ordnung?«, fragte Jendrik besorgt, als er in der Tür stand. Ich strich mir noch einige schweißnasse Strähnen aus dem Gesicht. Die Traumbilder waren alle so real … Ich schlug die Decke beiseite und stand zittrig auf.

»Ich … Es ist alles okay, ich brauche nur eine Sekunde für mich, in Ordnung?«

Er verstand den Wink, neigte kurz den Kopf und ging schließlich aus dem Zimmer und schloss die Tür. Ich setzte die Füße auf dem Boden auf, blieb allerdings noch einen Atemzug lang sitzen.

Kurz verbarg ich das Gesicht in den Händen, schloss die Lider und rief mir Kasimirs Gesicht noch einmal vor Augen. War ich tatsächlich seine Tochter? Mein Herz krampfte sich bei diesem Gedanken zusammen und ich stand auf, um mir etwas anzuziehen. Dann öffnete ich die Tür und ging hinaus auf den Flur.

Natürlich folgte mir Jendrik, der diese Nacht wohl Wachdienst hatte, als ich zu den Treppen lief. Ich drehte mich zu ihm um. »Bitte, ich muss ein bisschen allein sein, okay?«

Er hob abwehrend die Hände und blieb stehen, während ich die Treppen nach oben lief. Der Drang, dem Himmel nah zu sein, überkam mich und ich hatte nicht vor, ihn zurückzuhalten.

***

Auf der Aussichtsplattform des Gebäudes begrüßte mich kalte Nachtluft. In der Ferne zogen Wolken auf und wollten den ansonsten sternenklaren Himmel verdunkeln. Der Wind frischte auf und zerrte an meinem Haar. Ich schloss die Augen und wollte, dass meine Gedanken von der nächsten Böe davongetragen wurden, damit ich sie nicht weiter erdulden musste.

Es waren so viele. Die Frage, wer mein Vater war und was das aus mir machte. Die Erkenntnis, dass Luca versucht hatte mich zu töten, weil ich bei den Wandlern gewesen war. Noch immer schmiedete ich an einem Plan, hier herauszukommen, um meine Gruppe zu suchen und ihnen alles zu erklären. Mein Kopf schien platzen zu wollen, weil alles einfach ein reines Chaos war.

»Des Nachts ganz allein hier oben? Was ist los, Romy?« Die sanfte Stimme von Greyer zog mich aus meinem Gedankenkarussell.

»In dem Wagen, der uns gerammt hat, saß mein bester Freund Luca. Ich hätte ihm nie im Leben zugetraut, dass er zu so etwas fähig wäre. Er hat sich verändert, seit ich fort bin, und ich glaube, dass ich die einzige Chance bin, Frieden herzustellen.«

Erst jetzt drehte ich mich um und blickte Greyer ins Gesicht, der viel näher war, als ich gedacht hatte. Seine Miene gab keinerlei Emotionen oder Gedanken preis, er blickte mich einfach nur aus diesen unergründlichen Augen an.

»Ich *muss* sie finden, Greyer. Ich muss mit ihnen reden, vielleicht kann ich sie zur Vernunft bringen. Du sagtest selbst, dass sich ein Krieg zusammenbraut, und ich glaube, du hast recht.«

»Ich kann dich nicht gehen lassen, Romy. Es ist zu gefährlich. Wenn sie dich das eine Mal angegriffen haben, werden sie auch nicht vor einem zweiten Angriff zurückschrecken. Wir können dich nicht verlieren.«

»Was willst du dann tun? Sie werden mit Sicherheit nicht auf die Wandler hören, eher werden sie euch alle mit einem Kopfschuss außer Gefecht setzen! Außerdem haben sie den Splitter, früher oder später müssen wir also so oder so zu ihnen und ihn zurückholen, wenn ihr jemals nach Hause wollt«, rief ich aufgebracht und warf die Arme in die Luft.

Es war frustrierend, dass Greyer mich partout nicht gehen lassen wollte. Ich ließ den Blick schweifen und sah zu der zerstörten Stadt. Würden die Menschen und die Wandler endlich Frieden schließen, dann würde der Dracarian wiederhergestellt werden können. Die Stadt könnte neu aufgebaut werden und der erste Schritt in Richtung Normalität wäre getan.

Doch was bedeutete für mich schon normal? Ich hatte keine Ahnung, was ich tatsächlich war. Würde ich überhaupt auf der Erde bleiben, wo mich alle Menschen, die ich kannte, hassten, oder würde ich mit nach Davantos gehen? Meine Zukunft war so ungewiss, wie sie es bisher noch nie gewesen war.

Greyer tauchte direkt neben mir auf und lehnte sich gegen die Brüstung, nicht ohne mich aus den Augen zu lassen. Hitze durchströmte mich, als er so nah bei mir war. Sein Ellbogen war nur wenige Zentimeter von meiner Hand entfernt gegen das Geländer gestützt. Es wäre so einfach gewesen, ihn zu berühren, doch ich unterdrückte den Drang.

»Das ist aber noch nicht alles, richtig?«

Ich konnte nicht widerstehen und sah ihm endlich ins Gesicht. Mein Herz klopfte wild in meiner Brust, nur weil er hier war und sich für mich interessierte. Langsam schüttelte ich den Kopf.

»Es ist einfach ... alles. Weißt du, selbst wenn die Welt wiederhergestellt ist, habe ich noch immer keine Ahnung, wer ich überhaupt bin. Wer war mein Vater, wie hat meine Mutter ihn kennengelernt und warum hat sie mir verschwiegen, dass Hendrik nicht mein leiblicher Vater war? Es sind so viele Fragen in meinem Kopf, so viele ungeklärte Dinge, die mir vorenthalten, wer oder was ich wirklich bin.«

Es tat gut, die Worte auszusprechen und Greyer mitzuteilen, worüber ich mir tatsächlich den Kopf zerbrach. Die Ehrlichkeit zwischen uns war etwas vollkommen Neues, doch ich war froh, in ihm einen Gesprächspartner gefunden zu haben. Dennoch sagte mir irgendetwas in meinem Inneren, dass ich die Träume für mich behalten sollte. Schließlich hatte Kasimir den Wandlern dieses Chaos beschert, da sollte ich nicht herausposaunen, dass ich glaubte, er wäre mein Vater.

»Es gab einen Wandler – Valentin. Er war oft tagelang verschwunden. Mittlerweile glaube ich, dass er die Zeit auf der Erde verbracht hat.«

Ein schwaches Lächeln stahl sich auf meine Lippen. Es war wirklich nett von Greyer, dass er irgendwie versuchte herauszufinden, wer mein Vater war.

»Wo ist er jetzt?«, fragte ich und sah erneut in sein markantes Gesicht. Greyers Miene verfinsterte sich und er wandte den Blick von mir ab, sodass ich nur noch sein Profil sehen konnte. Die Sehnen an seinem Hals traten deutlich hervor und verliehen seinen kantigen Zügen noch mehr Attraktivität. Ich biss mir auf die Zunge.

»Kasimir tötete ihn. Ich bin wirklich schlecht im Aufheitern.« Ein heiseres Lachen. Dann fuhr er sich durch das kinnlange Haar. »Valentin war es, der mir von der Prophezeiung erzählte. Er war einer der wenigen Seher auf Davantos und prophezeite mir, ich würde auf der Erde ein Kind finden, welches halb Mensch und halb Wandler ist. Er sagte, nur diesem Kind wäre es möglich, die Splitter des Dracarian zu finden.«

»Hat er dir auch gesagt, dass ihr euch in Hamburg niederlassen sollt, oder weswegen habt ihr euer Lager hier aufgeschlagen?«, fragte ich. Ich wollte Greyers Redseligkeit ausnutzen, um so viel zu erfahren, wie es ging.

Noch immer waren die Wandler mir ein Rätsel und ich wusste schließlich nicht, wann wir das nächste Mal Zeit hatten, um uns über alles zu unterhalten. Zugegeben, ich genoss diesen Moment und die Ehrlichkeit, die zwischen uns lag, zu sehr, als dass ich jetzt einfach hätte schlafen gehen können.

Außerdem lenkte mich die Geschichte der Wandler etwas von meinen eigenen Problemen ab.

»Nein, das hat er nicht. Wir fanden hier den ersten Splitter des Dracarian und, da die einzelnen Teile des Lebenssterns sich gegenseitig noch immer Kraft geben, war es klar, dass wir die übrigen vier Splitter in der Umgebung finden würden. Ohneeinander können die Splitter nicht existieren, sie ziehen sich an. Also blieben wir hier, um weiterzusuchen. Dafür musste die Mauer her, damit wir nicht ständig von den Berkan angegriffen wurden und die Menschen, die wir fanden, sicher waren. Da wir allerdings nicht wussten, wo wir dich finden würden, blieben die Wandler in diversen Ländern und hielten nach dir Ausschau. Dabei retteten wir immer mehr Menschen und beschützten sie vor den Berkan.«

Ich biss mir auf die Zunge und betrachtete die Wolken, die näher und näher kamen und die Sterne verdeckten. Auch wenn ich bereits gewusst hatte, dass die Wandler gar nicht so böse waren, wie ich vorher gedacht hatte, so war es doch irgendwie seltsam zu hören, wie die Wandler die Menschen gerettet hatten.

Ich erinnerte mich daran, wie wir gekämpft hatten und geflohen waren, immer rastlos und zum Schluss auch hoffnungslos. Und das Schlimmste war, dass nur mir die Augen geöffnet worden waren. Jakob wusste es nicht besser, ebenso wenig wie Luca, meine Mutter, Wolf, Marie und all die anderen, die vielleicht gar nicht mehr am Leben waren.

Die Sehnsucht nach meiner Familie und meinen Freunden kehrte mit aller Heftigkeit zurück und am liebsten hätte ich einfach angefangen zu weinen. All den Frust, die Sorge und alle Gefühle herausgeschrien, während die Tränen mir über die Wange gelaufen wären. Doch ich tat nichts von alledem, räusperte mich und strich mir eine Strähne hinters Ohr.

»Darf ich dich noch etwas fragen?«

Greyer schenkte mir ein Grinsen und zuckte mit den Schultern. »Alles, was du willst. Ich gab dir das Versprechen, deine Fragen zu beantworten, weißt du nicht mehr?«

Mein Herz setzte einen kurzen Schlag aus und ich musste wegsehen, als er mich mit intensivem Blick musterte. Als hätten wir eine gemeinsame Geschichte. Es war verrückt, so völlig verrückt! Doch mit jedem Schlag, den mein Herz tat, mit jedem Atemzug, der meine Lungen von Neuem füllte, gewannen die Gefühle, die ich für Greyer hegte, mehr an Kraft.

Es war so falsch, mich der Anziehungskraft hingeben zu wollen; schließlich war er ein Wandler, doch schien es für mich nichts Richtigeres zu geben.

»Dein Tattoo ... was bedeutet es?«, fragte ich dann und zwang meinen Verstand eine andere Richtung einzuschlagen.

»Es ist unsere Geschichte. Jeder Anführer der Wandler trägt es. Nachdem Kasimir den Rat getötet hat und eingesperrt wurde, führte ich die Wandler an. Jedes Zeichen stammt aus dem Vertrauen und der Liebe meines Volkes. Je mehr Wandler mir folgen, mir bedingungslos vertrauen, desto größer wird es.«

Der Drang, mehr als die schwarzen Linien an seinem Hals sehen zu wollen, steigerte sich in diesem Moment extrem. Ich wollte all die Runen und Symbole erkunden, die seinen Körper schmückten. Natürlich war das völlig unmöglich, denn schließlich würde Greyer sich nicht einfach ausziehen und mir das Tattoo zeigen. Oder?

Nein! Wieso auch? Nur weil ich dumm genug war Gefühle für ihn zu entwickeln, hieß es noch lange nicht, dass er ebenso empfand wie ich.

»Ich schätze, es bedeckt mehr als nur deinen Hals?«, rutschte es mir heraus, was Greyer wieder ein breites Grinsen entlockte. Augenblicklich spürte ich, wie meine Wangen heiß wurden, und wandte mich von ihm ab. Der Wind blies mir ins Gesicht und sorgte nur bedingt für eine Abkühlung.

»Richtig. Vielleicht zeige ich es dir mal«, erwiderte er und zwinkerte, als ich ihn entsetzt anblickte. Ein warmes Lachen verließ seine Lippen und ich konnte nicht anders, als ungläubig mit einzustimmen.

Der erste Regentropfen fiel auf meine Wange und ich blickte hinauf in die dunklen Wolken. »Wir sollten wieder reingehen.«

»Vorher muss ich dir noch etwas zeigen«, erwiderte Greyer.

Mir blieb nicht viel Zeit, verwirrt zu sein, denn er nahm bereits meine Hand und kletterte die Brüstung hinauf, um auf das wellenförmige Dach der

Elbphilharmonie zu kommen. Ich ließ mich von ihm hinaufziehen und versuchte das Kribbeln in meinem Bauch zu ignorieren, während wir uns gegenüberstanden und er meine Hände festhielt.

»Sieh genau hin«, murmelte er und plötzlich breiteten sich majestätische Flügel auf seinem Rücken aus. Die grauen Schwingen, die trotz der Dunkelheit silbern schimmerten, schlossen uns ein, als würden wir in einer Blase gefangen sein, die uns nichts von Wind und Regen spüren ließ. Staunend betrachtete ich seine Flügel, doch mein Blick blieb erneut an seinem Gesicht hängen, welches von silbernen Schuppen geschmückt wurde.

»Das ist unglaublich«, flüsterte ich leise.

»Es ist nur deinetwegen möglich. Sieh«, fügte er hinzu und deutete auf unsere Hände. Silberne Schuppen huschten über seine Finger; dort, wo unsere Hände einander berührten, änderten sie ihre Farbe in ein warmes Dunkelrot, welches dann weiter über meine Haut kroch. Es verschlug mir den Atem. Es schien mir so unmöglich zu sein, dass die Drachenschuppen auf meiner Haut entlangglitten, und doch war es auf der anderen Seite auch selbstverständlich – denn *das* war ich doch nun mal, oder? Die Wandlerin in mir jedenfalls.

***

Der Hass, den ich anfangs gegen die Wandler gehegt hatte, verschwand mit jedem Tag mehr. Einerseits machte es mir etwas Angst, doch andererseits war es mir einfach nicht möglich, sie aus tiefstem Herzen zu hassen. Dazu hatte ich sie zu gut kennengelernt und gesehen, dass sie nicht die Monster waren, die wir aus ihnen gemacht hatten.

Die Nacht auf dem Dach würde mir für immer in Erinnerung bleiben. Ich war fast traurig, dass das Unwetter heftiger geworden war und Greyer und mich gezwungen hatte, wieder ins Innere des Hotels zu gehen. Nun brachte er mich zu meinem Zimmer, damit ich wenigstens noch ein paar Stunden Ruhe fand. Vor meiner Tür blieben wir stehen.

»Nun …«, begann er und legte eine Hand in den Nacken. Ich stand mit dem Rücken zur Tür und sah zu ihm hoch. Mein Herz klopfte erneut wie wild, als er die andere Hand gegen die Tür stützte und mich einkesselte. Seine Augen ruhten auf meinem Gesicht, mein Puls beschleunigte sich und mir wurde furchtbar warm.

»Danke für die Ablenkung«, brachte ich heraus, um die Stille zu füllen, die aufgetreten war.

Er nickte leicht, sein Blick fand meine Lippen. Doch erneut stieß er sich ab und brachte etwas Abstand zwischen uns.

»Wieso?«, flüsterte ich und spürte den Stich im Herzen, den seine erneute Ablehnung auslöste.

Verwirrt drehte er sich wieder zu mir um und blickte mich an.

»Wieso willst du mich nicht küssen?« Die Worte waren heraus, ehe ich Kontrolle über sie hätte erlangen können. In ein, zwei Schritten war Greyer bei mir, plötzlich lagen seine Hände an meiner Taille und er sah mich eindringlich an.

»Wandler lieben nicht einfach, Romy. Ein Kuss ist erst der Anfang eines Versprechens, welches uns mit der Zeit für immer aneinander binden würde. Ich will dir diese Bürde nicht auferlegen, wenn es vielleicht gar nicht dein Wunsch ist.«

»Aber es ist mein Wunsch«, brachte ich heraus und legte eine Hand auf seine Brust. Ich spürte, wie sein Herz gegen seinen Brustkorb schlug. Sein Blick aus blauen Augen fand erneut meinen und es fühlte sich wie eine Ewigkeit an, bis sich unsere Lippen endlich trafen.

Greyer hatte recht.

Dieser Kuss war nicht einfach nur ein Kuss. Er war der Anfang eines Versprechens, welches wir uns stumm gaben. Alles um mich herum schien zu verblassen, in meinem Bauch tanzten eintausend Schmetterlinge und alles, was in diesem Moment wichtig war, waren er und ich. Das Gefühl seiner weichen Lippen auf meinen, seine Hände, die mich fester umfassten und an seinen Körper pressten.

Jetzt endlich die Bestätigung zu haben, dass nicht nur ich so fühlte, pumpte pures Glück durch meine Venen. Wie hatte ich ihm so lange widerstehen können? Meine Lippen öffneten sich ganz selbstverständlich und gewährten seiner Zunge Einlass, ich spürte nur noch ihn – und mit Sicherheit hätte kein Blatt mehr zwischen uns gepasst, doch er war bei Weitem nicht nah genug. Meine Finger gruben sich in sein Haar und ich war mir sicher, niemals mehr ohne ihn auskommen zu können.

Plötzlich kamen schnelle Schritte polternd näher und die Blase um uns herum zerplatzte erneut. Greyer löste sich von mir und sah Lean an, der den Flur entlanggerannt kam. Ich rechnete es ihm hoch an, keinen unflätigen Kommentar abzulassen. Doch er sah nicht aus, als stünde ihm der Sinn nach Scherzen.

»Ksenia ... sie ist zurück«, berichtete er Greyer atemlos. Greyer warf mir einen Blick zu, ehe er an Lean vorbeilief – in die Richtung, aus der er gekommen war.

***

Ich hatte nicht lange überlegt und war Greyer hinunter in einen der Salons gefolgt, wo sich eine Traube von Wandlern bereits gebildet hatte. Als ich mich durch sie hindurchgekämpft hatte, sah ich die Wandlerin, die völlig zerschunden auf einem Sessel saß. Tanya und Kartha waren bei ihr. Ihr Gesicht war vollkommen malträtiert worden, dunkelblaues Blut tränkte ihre teils zerrissene Kleidung.

»Ksenia, was ist geschehen?« Greyer fiel vor ihr auf ein Knie und legte ihr die Hand an die Wange, als sie bitterlich zu weinen anfing. Ihre Lippe war aufgeplatzt, ein Auge vollkommen zugeschwollen. Ich hätte nie gedacht, dass es irgendetwas gab, womit die Wandler verletzt werden konnten, ohne dass es sofort heilte.

»Es tut mir so leid.« Ksenia schluchzte und verbarg ihr Gesicht hinter den aufgeplatzten und verkrusteten Händen. Offenbar war sie eine ganze Weile gefoltert worden.

»Es ist alles in Ordnung, bitte, du brauchst dich nicht zu entschuldigen, Ksenia. Was ist passiert?« Greyer sah sie eindringlich an, während ihr Schluchzen langsam verebbte und sie sich deutlich zusammenriss, um ihrem Anführer zu berichten.

»Eine Gruppe von Menschen hat mich überrascht und entführt. Sie ... sie haben zwei Splitter des Dracarian und können uns damit verletzen. I...ich weiß nicht, wie sie davon erfahren haben«, stotterte sie und zog die Nase hoch, bevor sie fortfuhr. »Ich musste der Anführerin erzählen, wie wir zu töten sind. Ich wollte es nicht, Greyer, das musst du mir glauben. Doch sie haben Atera einfach so in den Kopf geschossen – und sie ... sie folterten mich. Ich erzählte ihr, dass Wandler nur durch Waffen zu töten sind, die von Davantos kommen. Sie glaubte mir nicht und sie wusste, dass alles gelogen war, als meine Haut verätzte, während sie mit einem Berkanzahn mein Fleisch aufschnitt.«

Sie machte eine kurze Pause und zitterte so heftig, dass ich fürchtete, sie würde zerbersten.

»Atera hat es nicht geschafft ... sie wollten sehen, ob ihre Vermutung, dass auch die Berkan uns töten können, wahr ist, und stießen ihm bei vollem Bewusstsein den Zahn ins Herz. Er ist tot, Greyer, meinetwegen.«

Ein weiteres Schluchzen zerriss den Raum und ich empfand tiefes Mitleid für Ksenia. Doch gleichzeitig rasten meine Gedanken und ein Bauchgefühl sagte mir, dass ich längst wusste, um welche Gruppe Menschen es sich handelte. Als Ksenia sich beruhigt hatte, blickte sie mich an.

»Die Anführerin hat auch nach dir gefragt«, wimmerte sie leise; Tanya und Kartha warfen ungläubige Blicke in meine Richtung. Ich spürte die Augen jedes Wandlers auf mir. Mein Herz rutschte mir bis auf den Boden, doch ich konnte mich nicht aufhalten. Die Worte wollten gesagt werden.

»Was hat sie dir gesagt?«

»Ihr Name ist Victoria. Und sie wird nicht ruhen, bis alle Wandler tot sind.«

Ich fühlte mich, als hätte man mich geschlagen. Die Anführerin der Gruppe war meine Mutter?! Was zur Hölle war geschehen, seitdem ich fort war? Ich erinnerte mich nur zu deutlich an sie, wie sie in ihrer verdammten Ecke saß und mich völlig ignoriert hatte. Sie hatte nichts getan und jetzt sollte sie die Anführerin der Gruppe sein, die Wandler folterte? Vehement schüttelte ich den Kopf.

»Nein, das kann nicht wahr sein! Meine Mutter würde so etwas nicht tun.«

»Romy, du hast Ksenia gehört. Ich denke nicht, dass sie sich das ausdenkt.« Greyer kam zu mir und hielt mich sanft an den Schultern fest. Ich befreite mich aus seinem Griff. Der Drang, nach meiner Gruppe zu suchen und mit ihnen zu reden, war von Neuem entflammt und loderte heftiger in mir als je zuvor.

»Ich muss zu ihnen. Meine Mutter würde mir niemals etwas antun, ich muss zu ihr und ihr Vernunft einreden!«

»Und wenn es ihr egal ist, dass du ihre Tochter bist? Du hast Ksenia gehört, Romy, sie wird alle Wandler töten! Du bist zur Hälfte Wandlerin, was meinst du, was sie dir antun wird, wenn sie erfährt, dass du uns geholfen hast?!« Wut tobte wie ein Sturm in Greyer, Schuppen huschten über seine Haut und die Augen flammten türkis auf.

»Ich muss es wenigstens versuchen. Ich werde hier bestimmt nicht tatenlos herumsitzen und darauf warten, dass meine Mutter gegen mich in den Krieg zieht!« Meine Stimme war vor Zorn lauter geworden und ich blendete die übrigen Wandler vollkommen aus. Greyer atmete tief durch, rief sich wieder zur Besinnung und fuhr sich durch das Haar.

»Du wirst nicht gehen. Das ist mein letztes Wort.«

»Du kannst mich nicht gefangen halten!«, schrie ich.

»Wenn das der einzige Weg ist, dass du überlebst, werde ich es tun!«, erwiderte er mit lauter Stimme und ich zuckte unter der Heftigkeit seiner Worte zusammen. Tränen der Wut sammelten sich in meinen Augen und ich brauchte all meine Selbstbeherrschung, um sie nicht fließen zu lassen. Was war in den letzten Minuten nur geschehen, dass wir nun hier standen und uns anschrien?

Auch wenn ich liebend gern weiter diskutiert und meine Meinung vertreten hätte, so wusste ich ganz genau, dass es keinen Sinn machte. Ich würde ihn in dem Glauben lassen, dass er mich einsperren konnte.

Doch er konnte mich nicht kontrollieren, mir nicht vorschreiben, was ich zu tun oder zu lassen hatte. Ich würde gehen und meine Gruppe finden. Nichts würde mich davon abhalten können.

Kapitel 12

Greyer

Ksenias Zustand war ernst. Ich wollte mir gar nicht ausmalen, was sie für Schmerzen hatte erleiden müssen. Die Wut den Menschen gegenüber wuchs mit jeder Sekunde. Ja, wir waren auf ihren Planeten gekommen – und ja, verdammt, es waren Städte zerstört und Menschen getötet worden. Aber nicht wir hatten getötet, sondern die Berkan. Das gab ihnen nicht das Recht, einen von uns zu foltern.

»Es tut mir so leid, Greyer«, flüsterte Ksenia immer und immer wieder und ich drückte sie sanft auf die Liege, die in Abrahams Behandlungszimmer stand. Vorsichtig strich ich ihr die Tränen von den Wangen und schüttelte den Kopf.

»Nichts davon ist deine Schuld, Ksenia. Sie haben dich gefoltert und Atera getötet, um an die Informationen zu kommen. Ich bin froh, dass wenigstens du zurückkehren konntest, auch wenn mir schleierhaft ist, wie du es geschafft hast. Abraham wird sich um deine Verletzungen kümmern und ich werde Aaron sagen, dass er auf dich aufpassen soll, in Ordnung? Dir wird nichts mehr passieren.«

Sie nickte schwach. »Sie sind nicht zu unterschätzen, hörst du? Sie haben mich gehen lassen, Greyer, damit ich euch diese Nachrichten übermitteln kann. Ich hätte nicht fliehen können.«

Als Abraham hereinkam, um seiner Arbeit nachzugehen, wandte ich mich von ihr ab. »Werd erst einmal gesund, Ksenia. Das hat oberste Priorität.«

Auf dem Flur atmete ich tief durch und schloss für einen kurzen Moment die Augen. Was die Menschen getan hatten, war unverzeihlich, doch keiner von uns war wirklich auf einen Krieg aus. Wir mussten uns etwas überlegen, um ebendas zu verhindern.

***

Im Restaurant warteten Jendrik, Darian, Lean, Tanya und Kartha bereits auf mich.

»Wie geht es ihr?«, fragte Tanya.

»Den Umständen entsprechend. Sie wird wieder, denke ich. Lean, pass auf Romy auf. Ich weiß nicht, ob sie auf mich hört und hierbleibt.«

Der dunkelblonde Wandler nickte, machte kehrt und verließ das Restaurant. Ich erlaubte mir, mir kurz über das Gesicht zu fahren und einen Wimpernschlag lang ratlos zu sein. Die ganze Zeit über war es ruhig gewesen, was hatte sich jetzt geändert? Sie mussten weitere Leute gefunden haben, die kämpfen konnten. Sonst hätten sie uns niemals angegriffen, würden niemals einen Krieg vom Zaun brechen.

»Wie sieht der Plan aus? Wir müssen den Krieg verhindern«, merkte Kartha an.

Ein Schnauben von Jendrik. »Sie haben Ksenia gefoltert und Atera getötet. Vielleicht sollten wir es drauf ankommen lassen und den Menschen den Arsch aufreißen!«

»Genug!«, rief ich und schaute Jendrik scharf an. »Wir werden nicht gegen die Menschen kämpfen – und erst recht niemanden töten. Dafür sind wir nicht hergekommen.«

»Also willst du ihnen das durchgehen lassen?« Die Entrüstung war Jendriks Stimme deutlich anzuhören.

Ehe ich etwas sagen konnte, äußerte sich Tanya dazu: »Wir müssen in Erwägung ziehen, dass Romy vielleicht doch unsere einzige Chance ist. Wenn wir sie mit ihnen reden lassen …«, überlegte sie laut und ließ den Rest des Satzes im Raum hängen.

»Nein. Ausgeschlossen. Wir schicken sie nicht dorthin«, unterband ich ihren Vorschlag augenblicklich. Romy zu den Menschen zu schicken, die offenbar vor nichts zurückschreckten, behagte mir nicht. Ich würde sie nicht opfern können. Nicht einmal, wenn es die leiseste Chance gab, dass diese Leute auf Romy hören würden. Das Risiko war einfach zu groß.

»Du bist blind, Greyer! Deine Gefühle für dieses Mädchen lassen dich nicht rational denken!« Tanyas gelbe Drachenaugen flammten auf und ich spürte, wie die Wut sich erneut in meinem Inneren zusammenbraute.

»Meine Gefühle tun hier nichts zur Sache! Romy ist wichtig für jeden von uns, außerdem ist sie eine Wandlerin. Wir opfern unsere Leute nicht, Tanya!« Meine Stimme war lauter geworden.

Ein abfälliges Schnauben entkam Tanyas Lippen. »Die Menschen haben die letzten beiden Splitter. Wozu brauchen wir Romy noch, wenn wir wissen, wo sich die Splitter befinden?« Ihre Stimme war eiskalt, ganz so, als würde sie Romy tatsächlich opfern wollen.

Heißer Zorn pulsierte durch meine Adern. Alles in mir sträubte sich dagegen, Tanya recht zu geben. Ich würde Romy nicht opfern, nicht in diesem oder jedem anderen Leben.

»Wir werden sie nicht dorthin schicken! Es muss einen anderen Weg geben, um den Krieg zu verhindern!«, polterte ich. Die Schuppen auf meiner Haut flossen unruhig auf und ab, ich spürte das feine Kribbeln, welches sie auf meinem Arm und am Hals hinterließen. Meine Gefühle waren ein reines Durcheinander und ich musste einmal tief durchatmen, um mich zu beruhigen. »Niemand wird hier geopfert. Das ist mein letztes Wort«, stellte ich deutlich ruhiger klar und ließ Tanya nicht noch einmal zu Wort kommen. »Wenn irgendjemand an meinen Entscheidungen zweifelt, kann er diesen Raum gerne verlassen.«

Keiner der hier Anwesenden traute sich, mir den Rücken zu kehren. Jeder wusste, was ich für die Wandler getan hatte, und nur, weil ich diese Entscheidung nun mal traf, würde niemand mich als Anführer infrage stellen.

»Gut«, presste ich hervor. »Dann können wir ja jetzt einen Plan schmieden.«

Kapitel 13

Jakob

Mein Herz schlug kräftig, fast, als würde es ausbrechen wollen. Ich spürte es deutlich, das Pochen, Wummern, wie von einem viel zu lauten Bass, der aus Boxen dröhnte und den Boden zum Vibrieren brachte. Schweißperlen rannen mir die Schläfen hinab. Wann war es so verdammt warm geworden? Ich hastete den Flur hinunter, meine schweren Schritte hallten dabei unnatürlich laut von den kahlen Krankenhauswänden wider.

Als ich am Ziel ankam, hielt ich inne und zwang mich zu atmen. Die Luft drang nur stoßweise zwischen meinen Lippen hervor und ich atmete einmal, zweimal tief durch, wischte mir mit dem Handrücken über die schweißnasse Stirn und schloss kurz die Augen.

Ruhig, Jakob. Vielleicht stimmt es gar nicht.

Doch mein Herz sagte mir etwas anderes. *Wünschte* sich etwas anderes.

Ich streckte die Hand nach dem Türgriff aus und spürte, wie sie zitterte. Noch ein tiefer Atemzug, doch mein Herzschlag wollte sich nicht beruhigen.

Egal. Dann so.

Ich stieß die Tür auf. Luca schaute hoch wie ein verschrecktes Eichhörnchen, ehe er tief die Luft ausstieß.

»Du bist es nur«, gab er zurück und fuhr mit seiner Arbeit, den Boden zu wischen, fort. Ich trat in den dunklen, nur durch den Lichteinfall der geöffneten Tür erhellten Raum und tastete nach dem Lichtschalter.

»Wieso ist es hier so dunkel?«, fragte ich, fand den Schalter und knipste das Licht an.

»Nein!«, rief Luca, doch es war zu spät. Das grelle Licht schien viel zu hell zu sein. Es entblößte das, was Luca wahrscheinlich während seiner Putzaktion nicht sehen wollte: Pfützen königsblauen Blutes.

»Was ist hier passiert?« Meine Stimme war nicht mehr als ein Flüstern. Die

Szenerie, die sich mir darbot, ließ mich für den Moment den Grund vergessen, weswegen ich Luca so dringend gesucht hatte. Von seinem Wischer tropfte das durch das Putzwasser verdünnte Wandlerblut und ich schüttelte mechanisch den Kopf.

Ja, ich war gegen die Wandler. Und ja – *verdammt, ja!* –, ich wollte, dass sie ihre Sachen packten und von unserem Planeten verschwanden! Aber das hier zeigte ein Massaker!

»Sie hat eine Befragung mit einer Wandlerin durchgeführt. Sie ... sie hat ihre Antworten bekommen.« Lucas Stimme brach ab und er senkte den Blick. Ich hingegen konnte nur auf die Blutlachen, die noch darauf warteten, aufgewischt zu werden, starren. Fassungslos sah ich mich weiter um, entdeckte einen Stuhl, an dessen Beinen und Armlehnen lederne Fesseln baumelten, ebenfalls mit Blut besprenkelt.

»Das ...« Ich wollte etwas sagen, doch mir fehlten die Worte. Wäre ich die letzten Tage nicht unterwegs gewesen, hätte ich vielleicht etwas ändern können. Diesen Wahnsinn stoppen können! Denn das war es, wonach es hier drin aussah: Wahnsinn. Victoria war wahnsinnig geworden.

»Jakob ... hast du schon mal daran gedacht, dass es vielleicht falsch ist, was wir tun?« Luca hob den Blick und sah mich endlich an. Seine Augen waren rot gerändert und schlagartig war der Grund, weshalb ich ihn gesucht hatte, wieder präsent. Ich atmete tief durch, fuhr mir durch das länger gewordene dunkle Haar und schüttelte den Kopf. Eher, um mich selbst davon zu überzeugen als ihn.

»Ich heiße ihre Methoden nicht gut, aber wir müssen mit allen Mitteln versuchen unseren Planeten zurückzugewinnen. Das weißt du genauso gut wie ich.«

Die Ausdruckslosigkeit in meiner Stimme war klar und deutlich zu hören. Doch würde ich meinen Emotionen freien Lauf lassen, dann würde Luca Hoffnung schöpfen, dass ich mich auch aus diesem Krankenhaus und von der Gruppe befreien wollte. Aber sie waren noch immer unsere einzige Chance zu überleben. Deswegen konnte ich Luca nicht das geben, worauf er so sehr hoffte.

»Was hast du in dem Truck gesehen?«, fragte ich dann.

Luca, der den Wischmopp gerade auswrang, hielt in seiner Bewegung inne, als hätte ihn jemand abgeschaltet. Ich wartete geduldig auf seine Antwort, auf irgendeine Reaktion, doch die blieb aus. Er schüttelte nur langsam den Kopf und fuhr fort, den Wischer sauber zu machen.

»Luca!« Ich hatte die Stimme erhoben und trat weiter in den Raum hinein.

»Ich habe gar nichts gesehen«, murmelte er. Ein Knurren drang aus meiner Kehle, der Junge machte mich wahnsinnig! Wütend entriss ich ihm den Wischer und stieß ihn zu Boden, sodass der Holzstab laut scheppernd in der Blutlache aufkam. Kleine königsblaue Spritzer verteilten sich weiter in dem Raum, doch es kümmerte mich nicht.

»Ich will wissen, was du gesehen hast. Erzähl es mir!«

Meine Hand war vorgeschnellt und ich hatte ihn am Oberarm gepackt. Seinem schmerzverzerrten Gesicht zufolge bohrte ich meine Fingerkuppen zu fest in sein Fleisch.

»Ich konnte es nicht genau sehen, Jakob! Ich ... vielleicht hat mir mein Verstand auch einfach einen Streich gespielt! Du weißt, dass sie nicht am Leben sein kann.«

Ich lockerte meinen Griff und legte dafür beide Hände auf seine Schultern. Dann suchte ich Lucas Blick und sah ihm in die Augen.

»War sie in diesem Wagen?«

»Ich glaube schon«, flüsterte er und schlug den Blick nieder, als würden die Erinnerungen zu schmerzhaft sein. »Wir sind dem Wagen gefolgt und als wir uns neben ihn gesetzt haben, konnte ich kurz zum Beifahrerfenster hineinschauen. Ich ... ich glaube sie war es, Jakob. Aber sie ist bei den Wandlern, sie ist nicht mehr die Alte.«

»Was ist dann passiert?« Mein Atem und mein Herzschlag beschleunigten sich. Adrenalin pumpte augenblicklich durch meine Adern und ich wollte mich an den Funken Hoffnung klammern, dass Luca sie vielleicht wirklich gesehen hatte. Erst einmal war es ganz egal, dass sie bei den Wandlern war und vielleicht nicht mehr auf unserer Seite kämpfte.

Sie war am Leben.

Sie *musste* es einfach sein!

»Wir haben den Wagen von ihnen gerammt, sodass er sich überschlagen hat. Dann haben wir den Splitter mitgenommen, wie Wolf und Victoria es uns aufgetragen haben. Niemand in diesem Auto hat sich bewegt, Jakob. Und dann sind wir gefahren.« Er riss sich von mir los und ging an mir vorbei auf den Flur.

Mit Gefühlen, die einem reinen Achterbahnchaos glichen, blieb ich allein zurück und wusste nicht, was ich denken sollte. Niemand in dem Wagen hatte sich bewegt. Aber das hieß noch lange nicht, dass alle Insassen tot waren, oder?

Ich schüttelte den Kopf und stieß einen Laut purer Verzweiflung aus. Meine Beine setzten sich automatisch wieder in Bewegung, ohne mir zu sagen, wohin sie gehen wollten. Ehe mein Verstand realisierte, was ich im Begriff war zu tun, war es bereits zu spät.

Ich hatte mir einen der Wagenschlüssel genommen und war durch den Haupteingang nach draußen gelaufen. Hektisch drückte ich auf den Schlüssel und sah mich um, bis ich das blinkende Fahrzeug endlich fand. In wenigen Schritten war ich dort, riss die Fahrertür auf und stieg ein.

Im Rückspiegel konnte ich Luca sehen, der an einem Fenster stand und zu mir herüberstarrte. Für den Bruchteil einer Sekunde überlegte ich ihn mitzunehmen. Ich wusste nur, dass es irgendwo in der Lüneburger Heide passiert sein sollte, wie sollte ich also den genauen Standort finden?

Verdammt!

Ich schlug aufs Lenkrad und stieg aus dem Wagen aus. Dann drehte ich den Oberkörper zu Luca herum und breitete die Arme aus. Er blickte mich noch einen Moment an, ehe er vom Fenster verschwand. Ich stieß ein Seufzen aus und fuhr mir durch das Haar. Das tat ich viel zu oft, wenn ich verzweifelt und emotionsgeladen war.

Sekunden verstrichen und ich glaubte schon, dass Luca nicht zu mir kommen würde, als die Tür aufging und seine schmale Silhouette auftauchte. Es wurde bereits dunkel, doch das war mir egal. Ich musste da hin. Ich musste sehen, was passiert war, und mir meine eigene Meinung darüber bilden, ob sie überlebt hatte oder nicht. Wenn niemand mehr in dem Wagen war, dann war es doch realistisch, dass sie es geschafft hatte, oder?

Ich stieg wieder in den Wagen und Luca gesellte sich wortlos zu mir. Nachdem seine Tür zugefallen war, startete ich den Motor und schaltete das Licht ein. Ohne noch einmal in den Rückspiegel zu blicken, gab ich Gas und ließ den Motor aufheulen.

***

Wir schwiegen während der Fahrt. Es war irgendwie ein unangenehmes Schweigen, das ich brechen wollte, aber ich wusste nicht wie. Was konnte ich schon sagen, das Lucas Stimmung irgendwie hob?

Es wird schon alles gut werden?

Sie ist sicher am Leben?

Wir werden keine Leichen in dem Wagen finden?

Das alles waren unnötige Floskeln, die keiner von uns mehr glaubte. Anfangs konnte man sich noch sagen, dass alles gut werden würde, dass die Menschen es schon schafften. Aber mittlerweile verlor auch ich langsam die Hoffnung, selbst wenn unsere Gruppe immer weiter wuchs und wir sicherlich schon mehrere Hundert Leute bei uns hatten.

»Hier musst du rechts rein, dann geradeaus. Du kommst genau darauf zu«, ertönte Lucas Stimme durch die Dunkelheit des Wageninneren.

Rein aus Gewohnheit setzte ich den Blinker und warf einen Blick in den Außenspiegel, ehe ich abbog. Es war definitiv albern, doch manche Dinge konnte man nicht einfach so abstellen, als hätte man sie nie gelernt oder getan.

Als ich in der Ferne eine Blech-Silhouette am Straßenrand ausmachte, verlangsamte ich das Tempo. Meine Hände krallten sich um das Lenkrad, die Knöchel traten weiß hervor und ich presste die Kiefer aufeinander.

Wir kamen zum Stehen und ich zog die Handbremse an, ehe ich mit mechanischen Bewegungen den Motor abstellte, den Zündschlüssel jedoch im Schloss ließ, damit das Abblendlicht weiterhin auf das auf dem Dach liegende Auto schien.

»Ich habe dir gesagt, es ist übel«, flüsterte Luca und ich nickte kurz.

»Es ist nicht deine Schuld.« Mein Blick huschte zu ihm hinüber und ich wusste, dass ich die Worte ernst meinte. Es war nicht seine Schuld, dass wir das Auto verfolgt hatten. Das war unsere Anweisung gewesen und keiner von uns hatte gewusst, dass *sie* in dem Wagen sein könnte.

Mit einem Herzschlag, der an das hektische Flattern von Kolibriflügeln erinnerte, öffnete ich schließlich die Fahrertür und stieg aus dem Wagen. Ich schlug sie wieder zu und ging die paar Schritte auf das Wrack zu.

Rein gewohnheitsmäßig lag meine rechte Hand an der Pistole, die im Hosenbund steckte. Falls dort tatsächlich noch ein lebender Wandler drin war, würde ich reagieren können. Und hoffentlich nicht selbst getötet werden.

Ich ging in die Hocke. Glasscherben knirschten unter meinen Stiefeln und ich zog eine Taschenlampe hervor, um das Wageninnere, das nicht von den Scheinwerfern in meinem Rücken beleuchtet wurde, zu erhellen.

Blaues sowie rotes Blut klebten auf dem Asphalt, an den Kopfstützen und an einigen Glassplittern. Doch ich fand keine reglosen Körper, was Erleichterung durch meine Adern pumpte.

Schließlich stand ich auf und ging zurück zum Wagen. Luca, der sitzen geblieben war, schaute mich hoffnungsvoll an, als ich die Fahrertür öffnete und einstieg. Meine Hände legten sich wie selbstverständlich auf das Lenkrad.

»Und?«

»Nichts. In dem Wagen ist niemand mehr.«

Kapitel 14

Romy

Es war gar nicht so einfach, sich aus der Drachenstadt hinauszuschleichen. Das Erste, was ich nicht bedacht hatte, war Lean. Ich hatte keine Chance, einfach aus meinem Zimmer zu spazieren, ohne dass es ihm auffallen würde. Ich musste mir dringend etwas einfallen lassen. Mein erster Gedanke war, dass ich mich in der Zeit des Schichtwechsels davonschleichen könnte.

Doch die Zeitspanne war wahnsinnig kurz und ich würde es vermutlich nicht schaffen, beide Wachen auszutricksen. Also musste ich Lean irgendwie ablenken und da blieb mir nur eine einzige Möglichkeit: Lara. Ich wusste, dass er etwas für sie empfand, ebenso wie sie für ihn. Der Plan war gemein und ich würde mich entschuldigen müssen, wenn ich zurückkehrte, doch in diesem Moment war es mir egal. Ich musste hier einfach herauskommen.

Also öffnete ich die Tür einen Spalt und lugte mit dem Kopf um die Ecke, um Lean sehen zu können.

»Psst! Lean«, rief ich.

Dieser reagierte sofort und kam ein Stück auf mich zu. Er runzelte die Stirn, weil ich die Tür krampfhaft festhielt, damit er den Rest meines Körpers nicht sah – immerhin hätte ich längst meine Schlafsachen tragen sollen, anstatt Cargohose, Pullover und Kampfstiefel. Auch wenn ich hier alle Sachen hatte, die ich mir hätte wünschen können – meine ausgelatschten Stiefel waren einfach die bequemsten. Und eigneten sich am besten für mein Vorhaben.

»Ist alles in Ordnung, Romy?«, fragte er leise und beugte sich etwas zu mir vor. Sein dunkelblondes Haar fiel ihm in die Stirn, die er leicht gerunzelt hatte.

»Ja, mit mir schon, natürlich. Ich ... habe eine Nachricht von Lara für dich.«

Ich senkte die Stimme und blickte mich im Flur um, um zu sehen, ob sich auch niemand in unmittelbarer Nähe befand. Es war still und leer. Perfekt.

»V...von Lara? Warum sollte sie dich schicken, um mir etwas zu sagen?« Skeptisch hob er die Augenbrauen, während ich mich an meinem besten wissenden Grinsen versuchte.

»Weil sie schon alles vorbereitet. Sie hat mich gebeten, dir zu sagen, dass sie im Wellnessbereich auf dich wartet. Und du sollst für eine Erfrischung sorgen.« Tatsächlich funktionierte es und Leans Blick wirkte interessiert. Er richtete sich auf, setzte eine ernste Miene auf und schüttelte den Kopf.

»Ich bin für die Wache eingeteilt, Romy. Ich kann meinen Platz nicht einfach verlassen. Was, wenn dir etwas passiert? Greyer wird durchdrehen.«

Ich verdrehte gekonnt die Augen. »Was soll mir bitte schön passieren, Lean? Ich werde mich gleich schlafen legen und in ein paar Stunden kommt doch eh eine Ablösung. Mach schon, lass dir diesen Abend mit Lara nicht nehmen. Ihr beide könnt bestimmt etwas Spaß gebrauchen.« Ich wackelte mit den Augenbrauen. Zwar fühlte ich mich in diesem Moment wie eine Achtjährige, doch irgendwie musste ich Lean ja rumkriegen. Er musste hier schleunigst verschwinden.

»Wenn Greyer das erfährt ...«

»Wird er nicht!«, fiel ich ihm ins Wort. »Ich werde ihm nichts sagen, versprochen.«

»Ich habe dabei kein gutes Gefühl.«

Wie konnte jemand nur so stur und pflichtbewusst sein?! Diese Schiene fuhr er definitiv nicht mit, also seufzte ich theatralisch und strich mir eine Strähne hinters Ohr. Ich schüttelte leicht mitfühlend den Kopf und blickte zu Boden. »Dann werde ich nach unten gehen und Lara sagen müssen, dass du kein Interesse an ihr hast.«

»Untersteh dich!«, rief er zu laut.

»Sssch!«

Augenblicklich sah Lean sich ebenfalls im Flur um. Wir beide lauschten, doch offenbar hatte niemand seinen kurzen Ausbruch bemerkt. Er fuhr sich durch das Haar und atmete tief durch. »Ich bin zurück, noch ehe die Ablösung kommt, in Ordnung? Und wenn dir irgendetwas seltsam vorkommt, dann weißt du ja, wo du mich findest.«

Ich nickte eifrig. »Gute Nacht, Lean«, flötete ich mit einem diebischen Grinsen und schloss die Tür. Adrenalin begann durch meinen Körper zu pumpen, als ich tatsächlich hörte, wie seine Schritte sich entfernten. Ich atmete tief durch, wartete noch einen Moment länger, bis ich sicher sein konnte, dass er fort war.

***

Mein Herz klopfte mir bis zum Hals, als ich zum Treppenhaus lief und dieses hinunterrannte. Ich würde durch die Tiefgarage gehen und von dort aus sehen, wie ich mich am besten aus der Stadt schleichen konnte. Durch den Angriff der Berkan vor wenigen Tagen war das Tor noch immer nicht gänzlich repariert worden. Es war gar nicht so leicht für die Wandler, genügend Stahl zu finden, der ein bisschen was aushielt. Und dann musste daraus ja auch noch ein Tor gebaut werden.

Als ich die Tür aufstieß, die mich in die Tiefgarage brachte, hätte ich vor Erleichterung fast gelacht. Die erste Hürde war geschafft und ich war bereits hier unten, bevor Lean mich hätte aufhalten können. Lara war natürlich nicht im Wellnessbereich und so würde er bestimmt sehr bald erfahren, dass ich ihn getäuscht hatte.

Ich sah ihn praktisch vor mir, wie er zurück nach oben rannte, meine Tür aufriss und sehen wollte, ob ich da war. Ich hatte Kissen unter die Bettdecke gestopft, damit es den Anschein hatte, als würde jemand darunter liegen. Nun hoffte ich, dass Lean tatsächlich auf diese kleine Täuschung hereinfiel, auch wenn ich es irgendwie nicht glaubte. Er ahnte bestimmt bereits, dass ich ihn hintergangen hatte und deswegen von einem Date mit Lara erzählt hatte.

Als ich dem Ausgang näher kam, zog ich mir die Kapuze meines Pullovers tief ins Gesicht, um unerkannt zu bleiben. Vielleicht hatte ich Glück und nicht jeder Wandler würde mich sofort erkennen.

Auch wenn ich nicht wirklich daran glaubte. Langsam arbeitete ich mich

Stück für Stück zwischen den Häusern zum Tor voran, bis ich schließlich dort ankam und feststellen musste, dass ich da mit Sicherheit nicht unentdeckt hinauskommen würde.

»Mist«, fluchte ich leise und presste mich enger an die Wand des Hauses, als zwei Wandler wenige Meter vor mir nebeneinander hergingen. Ich hörte sie irgendwas vom Tor reden, doch ich konnte die Worte nicht zu einem sinnvollen Satz aneinanderreihen. Das Blut rauschte mir in den Ohren und ich zweifelte bereits, dass mein Plan aufgehen würde.

Plötzlich griff eine Hand nach mir und ich dachte schon, dass alles vorbei sein würde. Als ich mich jedoch umdrehte und die Person die Mütze vom Kopf zog, fielen mir fast die Augen aus dem Kopf.

»Sina?«, fragte ich ungläubig. »Was zur Hölle tust du hier?!«

»Ich bin dir gefolgt. Du hattest recht, Romy. Ich hätte versuchen müssen zu euch zurückzukommen, um euch alles zu erklären. Ich hätte alles dafür tun müssen – und alles, was ich wirklich getan habe, war gar nichts.«

Ich schüttelte den Kopf und packte ihre Unterarme, damit sie endlich still war. »Es ist ja schön, dass du das endlich einsiehst, Sina, aber ich habe keine Zeit dafür.«

»Ich weiß ... aber wie willst du hier herauskommen, wenn überall Wandler sind?«

Für einen Wimpernschlag entglitten mir die Gesichtszüge. Schnell schüttelte ich den Kopf, wollte protestieren und mein Vorhaben verneinen. Sina kam mir zuvor.

»Leugne es nicht. Ich bin nicht hier, um dir Vernunft einzureden, Romy. Himmel, das könnte ich doch gar nicht! Ich bin hier, um dir zu helfen. Du musst mit deiner Mutter sprechen, sonst wird es einen Krieg geben. Und den kann keiner gewinnen.«

Perplex blickte ich sie an. Kurz überlegte ich, ob das hier ein Traum war oder ob meine eigentlich beste Freundin mir gerade wirklich half, aus der Drachenstadt zu fliehen. Doch was, wenn das eine Falle von Greyer war und er sie darauf angesetzt hatte, mir zu folgen?

Nein.

Fast schämte ich mich für diesen Gedanken. Ich ließ ihre Arme los und zog sie stattdessen in eine feste Umarmung.

»Ich danke dir, Sina.«

»Grüßt du Luca von mir? Sag ihm, dass es mir leidtut.« Ich nickte an ihrer Schulter und schloss für einen kurzen Moment die Augen. Dann lösten wir uns voneinander.

»Wie ist dein Plan?«, fragte ich sie und sie schaute zu den Wandlern, die am Tor standen.

»Ablenkung«, erwiderte sie und zuckte mit den Schultern. »Versteck dich, bis sie weit genug weg sind.«

Ohne dass ich noch etwas hätte erwidern können, lief sie um das Gebäude herum. Ich verbarg mich in den Schatten des Hauses und wartete ab.

»Berkan! Hierher!«, schrie Sina plötzlich und ich konnte beobachten, wie die Wandler in ihre Richtung liefen. Ich atmete ein letztes Mal tief durch, dann rannte ich über das freie Feld, hin zum Tor, wo ich hinausschlüpfte und mich an der Mauer entlangdrückte, sodass der übrig gebliebene Wachposten mich von seinem Ausguck nicht sehen konnte. Ein letztes Mal blickte ich noch zur Drachenstadt, dann sah ich zu, dass ich das Weite suchte.

***

Was ich bei meinem Plan nicht ganz durchdacht hatte, war, dass jetzt finsterste Nacht herrschte. Ich musste dringend einen Unterschlupf finden, der wenigstens bis zum Morgengrauen sicher war, mich allerdings weit genug von den Wandlern entfernen, damit sie mich nicht sofort fanden und zurückholten.

Die Speicherstadt hinter mir lassend, schlich ich zwischen den zerstörten Häusern entlang, bis ich die U-Bahnstation des Rathauses fand. Ich hatte Glück, dass die Elbphilharmonie am Rande der Mauer lag und ich somit keine weite Strecke laufen musste, um tatsächlich davonzukommen. Ich lief die Treppen nach unten und quetschte mich an Geröll vorbei.

Erst jetzt traute ich mich, mithilfe einer Taschenlampe Licht ins Dunkel zu bringen. Vorher hätten die Wandler mich vielleicht gesehen und dann wäre ich schneller wieder hinter der Mauer gewesen, als ich mir hätte erklären können.

Dann schlug ich ein improvisiertes Lager auf und versuchte wenigstens einige Stunden Schlaf zu bekommen.

***

Noch bevor die Sonne aufging, hatte ich mein Lager abgebrochen und war weitergezogen. Es war seltsam, wieder durch die zerstörten Straßen zu laufen, fast fühlte es sich fremd an, obwohl ich genau das eine so lange Zeit getan hatte.

Meine Gedanken kehrten zu meiner Mutter zurück und ich fragte mich tatsächlich zum ersten Mal, was geschehen würde, wenn wir uns wiedersahen. Glaubten sie alle, dass ich tot war? Oder wussten sie mittlerweile, dass die Wandler nichts Böses im Sinne hatten?

Vermutlich nicht.

Mir kam es plötzlich nicht mehr so spanisch vor, dass sie mich möglicherweise töten würden, wenn sie wüssten, wozu ich fähig war. Und vielleicht war Victoria nicht mehr die, die ich gekannt hatte. Schließlich führte sie zusammen mit Wolf unsere Gruppe an.

Ein kleiner Teil in mir hoffte einfach, dass sie froh wäre, mich am Leben zu wissen. Sie würde mich in den Arm nehmen, mir sagen, dass sie mich vermisst und Angst um mich gehabt hatte. Dann würden wir uns Zeit nehmen und sie könnte mir alles erklären, mir erzählen, wer wirklich mein Vater war. Und vielleicht würde dann wieder alles gut werden.

Vielleicht war es aber auch einfach nur naiv von mir, so zu denken. Ich wusste, was das Leben außerhalb der Mauer mit einem machte, und ich wusste, wie ich auf Sina reagiert hatte, die den Wandlern vertraut hatte.

Würden sie mir ebenfalls vorwerfen, dass ich nicht sofort ausgebrochen war? Würden sie herausfinden, dass ich den Wandlern sogar half? Vermutlich wussten sie es bereits, denn immerhin hatte Luca mich gesehen. Ich wusste, dass es so war, denn seine blaugrauen Augen verfolgten mich seitdem die ganze Zeit.

Eine Weile lief ich Richtung Norden, um zum Stephansplatz zu gelangen. Luca hatte mir damals nicht erzählt, wo die Station der Bundeswehr war, doch vielleicht konnte ich in unserem alten Unterschlupf einen Hinweis finden.

Ich blickte gen Osten, als die Sonne aufging, und verweilte für einen kurzen Moment. Eine Brise erfasste mein Haar und ließ es tanzen, fast bildete ich mir ein, ich könne meinen Vater wiedersehen, wie er mit einer Tasse Kaffee auf die Dachterrasse ging und dem Sonnenaufgang zusah.

Wie gerne hätte ich nur einen einzigen Moment noch mit ihm zusammen gehabt! Ihm gesagt, dass er für immer mein Papa bleiben würde, ganz egal, ob er mein Erzeuger war oder nicht. Er war stets mein Held gewesen, hatte alles für mich getan und mir immer wieder kleine Aufmerksamkeiten mitgebracht, auch wenn die vielleicht total peinlich waren.

Einmal brachte er mir eine Spider-Man-Maske mit, weil ich ein totaler Fan von Marvel war. Sie hing vermutlich immer noch in meinem Zimmer an der Wand, wenn unser Haus nicht völlig zerstört worden war.

Es war dumm, meinen Gedanken hinterherzuhängen und Erinnerungen zu jagen. Ich hätte aufmerksamer sein müssen, das war schon in der Vergangenheit oft mein Problem gewesen. Denn, als ich jetzt um die nächste Straßenecke bog, war es zu spät, um aus der Misere rauszukommen.

Weniger als zehn Meter vor mir stritten sich zwei Berkan um einen toten Hund. Ich blieb wie angewurzelt stehen, hoffte inständig, dass sie mich nicht gehört hatten. Ein wildes Knurren ertönte und der kleinere stürzte sich auf den etwas größeren. Ein Jaulen, dann das Geräusch von aufeinanderschlagenden Zähnen.

Ich hielt die Luft an, fürchtete, die Berkan könnten mein wild klopfendes Herz hören. Vorsichtig setzte ich einen Schritt nach hinten, einen weiteren und dann noch einen. Die Hausecke war nicht weit von mir entfernt, doch plötzlich flatterte neben mir etwas und ich erschreckte mich so heftig, weil alle meine Sinne auf die Berkan fixiert waren, dass ich ein kurzes Aufquietschen nicht verhindern konnte.

Sofort lag die Aufmerksamkeit der streitenden Berkan auf mir. Zwei gewaltige Köpfe ruckten zu mir herüber, Geifer tropfte von den Eckzähnen der Bestien. Den Bruchteil einer Sekunde blieb ich stehen, dann rannte ich los. Der dumpfe Galopp hinter mir zeigte, dass sie mir folgten. Ich rannte weiter, schlug einen Haken und blickte kurz zurück. Sie hatten sich getrennt. Verdammt!

Schlitternd kam ich zum Stehen und rief das Drachenfeuer herbei, das zu meinem großen Glück sofort auf den Ruf reagierte. Ich formte einen flammenden Ball und warf ihn dem ersten Berkan entgegen, dessen Haut sofort in Flammen aufging.

Plötzlich wurde ich von den Füßen gerissen und kam einige Meter weiter hart auf dem Boden auf. Ich keuchte, ließ mir allerdings keine Zeit, um zu verschnaufen, sondern sprang augenblicklich wieder auf die Beine. Keine Sekunde zu spät, wie ich feststellen musste, denn der kleinere Berkan stürzte sich in blinder Gier bereits auf mich.

Ich tauchte unter seinen riesigen Pranken hindurch. Meine Hand fuhr automatisch an die Hüfte, wo eigentlich mein Messer hätte sein sollen. Doch natürlich war es nicht mehr an Ort und Stelle, weil die Wandler mir die Waffen abgenommen hatten, als sie mich mit sich genommen hatten.

Verdammt, das könnte eng werden!

Ich warf mich erneut zu Boden und rollte mich aus der Gefahrenzone, kroch, so schnell ich konnte, hinter einen Geröllhaufen. Meine linke Schulter pochte heftig, der Aufprall würde bestimmt eine dicke Prellung hinterlassen. Doch darüber konnte ich mir jetzt keine Gedanken machen. Ich blickte hinter dem improvisierten Versteck hervor und sah den Berkan, der auf mich zu gerannt kam.

»Bitte lass mich das überstehen«, murmelte ich vor mich hin und riss die Hände hoch, um eine Feuerwand aus dem Boden schießen zu lassen. Der Berkan versuchte noch zu stoppen, doch er schlitterte regelrecht in den Tod.

Erschöpft ließ ich die Hände sinken, was auch das Feuer dazu brachte, in sich zusammenzusinken. Schwer atmend kroch ich von den brennenden Bergen aus Fleisch, Gift und Knochen fort und hievte mich mithilfe einer alten Bank wieder auf die Füße. Meine Schulter protestierte und ich presste die Lippen aufeinander. So leicht würde mich keiner kleinkriegen!

Meinen linken Arm haltend schleppte ich mich weiter, um aus der Gefahrenzone zu entkommen. Doch kaum hatte ich mich zwischen zwei Häusern niedergelassen, um meine Schulter abzutasten, hörte ich auch schon knirschende Schritte und das vertraute Klicken von Waffen.

Ich wirbelte herum und blickte zwei Soldaten entgegen, die ihre Gewehre auf mich gerichtet hatten. Zorn loderte in mir auf. Konnte ich nicht eine Sekunde verschnaufen? Und warum zur Hölle hielten sie ihre verdammten Gewehre auf mich gerichtet?

Unter Schmerzen reckte ich beide Hände in die Höhe. »Ich bin keine Bedrohung.«

»Ach ja? Wir erkennen einen Scheißwandler, wenn wir ihn vor uns haben«, sagte einer der beiden.

»Da bin ich mir nicht so sicher.« Hitze durchfloss mich. Die Wut über diese beiden Männer loderte in mir wie ein Feuer, das auszubrechen drohte. Es war fast, als würde die Wandlerin in mir die Kontrolle übernehmen. Deswegen verzogen sich meine Lippen zu einem Grinsen, als ich die Macht in mir spürte, und ich wusste, dass meine Augen rubinrot aufleuchteten und die Pupille sich vertikal durch die Iris zog.

Ein Knurren stieg in meiner Kehle auf.

Ich hatte mich nur auf den konzentriert, der gesprochen hatte. Mir war entgangen, dass der andere sich weggeschlichen und an mich herangepirscht hatte. Ein verräterisches Knirschen hinter mir machte mich auf ihn aufmerksam; die starke toughe Wandlerin in mir wurde in den Hintergrund gebannt – und hinterließ nur die *normale* Romy, die mit dieser Situation völlig überfordert war.

Mir blieb keine Zeit zu reagieren, denn der Lauf seines Gewehres raste bereits auf meinen Hinterkopf nieder.

Dann war da nur noch die vertraute Dunkelheit.

Kapitel 15

Romy

Offenbar schien es bereits in meinen Alltag zu gehören, Kopfschmerzen zu haben.

Als ich wieder zu Bewusstsein kam, war es still. Ich öffnete die Augen und spürte den Schmerz in meinem Kopf und meiner Schläfe deutlich, als ich versuchte mich aufzurichten. Prompt knallte ich mit dem Kopf irgendwo gegen und zuckte zusammen. Meine Sicht klärte sich und langsam konnte ich erkennen, weswegen ich mich nicht aufrichten konnte: Ich war in einem verdammten Käfig eingesperrt.

Panik breitete sich in mir aus und als ich die Hände an die Gitterstäbe legte, um erfolglos daran zu rütteln, kam einer der Soldaten in den Raum. Es war trostlos hier; die Neonröhren an der Decke gaben kaum Licht ab, die Wände waren kahl, ohne Farbe oder Tapeten.

»Sie ist wach«, sagte der Soldat in sein Funkgerät, welches an seiner Schulter befestigt worden war. Erneut rüttelte ich an den Gitterstäben.

»Lass mich hier raus! Ich bin kein Wandler, okay?«

Der Soldat blickte mich abschätzend an und legte beide Hände an sein Gewehr. Vermutlich wollte er mir mit dieser Geste nur beweisen, dass er definitiv am längeren Hebel saß.

Schritte ertönten und als drei weitere Personen in mein Sichtfeld traten, blieb mir fast das Herz stehen. Es waren Luca und Jakob, die eine kahlköpfige Frau flankierten.

Ich musste zweimal hinsehen, um diese Gestalt als meine Mutter zu identifizieren. Sie hatte ihre langen, vermutlich vollkommen verfilzten Haare vollständig abrasiert. Ihr sonst so liebevolles Gesicht war zu einer harten Maske verzerrt, keinerlei Emotionen steckten in den braunen Augen, die mir eigentlich immer Zuneigung und mütterliche Liebe entgegengebracht hatten. Dennoch klammerte ich mich hoffnungsvoll an eine der Gitterstangen.

»Ihr seid tatsächlich am Leben«, hauchte ich – überwältigt, sie gesund zu sehen. Jakobs Blick glitt zu mir, einen kurzen Moment schien er völlig überrumpelt zu sein, doch er rührte sich nicht von seinem Posten neben meiner Mutter.

Auch Luca, der doch eigentlich hätte zu mir laufen und mich augenblicklich befreien müssen, erkannte ich kaum wieder. In letzter Zeit schien sich unglaublich viel verändert zu haben, was die Freude auf dieses Wiedersehen überschattete.

»Lasst mich frei, ich bin es. Romy!«

»Du meinst wohl eine Wandlerin«, meldete sich meine Mutter voller Abneigung zu Wort. Die Erleichterung, die mich eben noch durchflutet hatte, verpuffte und schlug rasend schnell in Zorn um.

»Du müsstest doch wohl am besten wissen, *was* ich genau bin«, knurrte ich. Meine Finger verkrampften sich um die Gitterstangen, die Knöchel traten bereits weiß hervor. »Immerhin warst du diejenige, die mit einem Wandler geschlafen hat, oder etwa nicht?«

Vorsichtig, als würden sie nicht wissen, ob sie sich tatsächlich zeigen sollten, züngelten Flammen des Drachenfeuers um meine Finger und ich wusste, dass meine Augen erneut die rubinrote Farbe angenommen hatten. Ich hatte schlichtweg keine Kontrolle über mich. Die Emotionen kochten über, die Wut auf meine Mutter kämpfte sich an die Oberfläche und ließ die Wandlerin in mir hervorbrechen, schneller, als dass ich es hätte verhindern können.

Alles, was ich im Gesicht meiner Mutter sehen konnte, war Abneigung und Hass. Als wäre ich ein ekelerregendes Reptil, welches vernichtet werden musste. »Wenn sie versucht zu fliehen, schießt du«, wies sie den Soldaten an, der durchgegeben hatte, dass ich wach war.

»Was? Victoria, sie ist doch immer noch deine Tochter …«, warf Luca erschrocken ein. Meine Mutter jedoch schnaubte nur abfällig.

»Nein. Sie kommt ganz und gar nach ihrem missratenen Vater«, sagte sie an Luca gewandt. Dann blickte sie wieder zu mir. »Denkst du wirklich, ich hätte mit ihm geschlafen, wenn ich gewusst hätte, dass er eine Missgeburt ist? Ich habe es erst sehr viel später erfahren, aber als du auf die Welt kamst, ahnte ich schon, dass du genau wie er sein würdest! Sieh dich nur an, Romy. Du bist mehr ein Tier als ein Mensch.«

Der Hass in ihrem Blick zerstörte etwas in mir. Ich hatte mich um sie gesorgt, mich um sie gekümmert und hätte alles dafür getan, dass sie aus ihrer Starre und ihrem Kummer erwachte, um wieder am Leben teilzunehmen. Dass das hier jetzt das Resultat war, erschütterte mich bis ins Mark.

Und der Fakt, dass Jakob absolut nichts tat, um mich zu verteidigen, verletzte mich ebenso wie der Verrat meiner Mutter. Einzig und allein Luca schien noch bei Verstand zu sein.

Vielleicht hatte er mich doch nicht erkannt, als der Wagen uns gerammt hatte. Er zögerte den Bruchteil einer Sekunde, als die anderen sich umdrehten und gingen. Ich wusste, dass das meine einzige Chance sein könnte.

»Luca, bitte«, hielt ich ihn verzweifelt auf. »Bitte hilf mir, hier herauszukommen. Die Wandler wollen nichts Böses, sie müssen nur die Splitter bekommen, dann sind sie fort. Bitte, Luca, erinnere dich an jenen Tag, die Wandler haben nie jemanden getötet. *Wir* eröffneten das Feuer. Du kannst diesen Kriegspfad doch nicht wirklich gutheißen!«

Meine Worte hatten ihn wenigstens dazu gebracht stehen zu bleiben. Jetzt drehte er sogar den Kopf in meine Richtung und sah mich gequält an. In den letzten Wochen, die ich ihn nicht gesehen hatte, schien er älter geworden zu sein.

Sein Gesicht war schmaler, die Wangenknochen zeichneten sich deutlich ab. Sein dunkelblondes Haar war kürzer, hier und da erkannte man die groben abgehackten Spitzen, wo die Schere oder vielleicht auch ein Messer angelegt worden war. Ich betete, dass er mir helfen würde, dass noch ein Quäntchen von meinem besten Freund übrig war, wenn ich schon meine Mutter und Jakob verloren hatte.

»Ich … muss noch was erledigen«, murmelte er und wandte sich wieder zum Gehen. Meine einzige Chance wollte sich einfach davonmachen.

Verzweifelt umklammerte ich die Gitterstäbe fester. »Sina lebt!«, rief ich ihm hinterher, was ihn dazu brachte, erneut stehen zu bleiben. Fassungslos blickte er mich an, wollte schon widersprechen, doch ich sah zu, dass ich schnell weiterredete. »Es stimmt. Die Wandler haben sie zu sich geholt und gesund gepflegt. Sie ist am Leben, Luca, und ich soll dir von ihr sagen, dass es ihr leidtut. Sie konnte nicht nach uns suchen, nachdem sie gesund geworden war. Bitte, du musst mir glauben, die Wandler sind ganz anders, als wir dachten.«

»Das ist nicht fair, Romy ...«, brachte er keuchend hervor und ich konnte die Tränen sehen, die in seinen Augen glitzerten. »Du weißt ganz genau, wie viel sie mir bedeutet hat. Mir jetzt Märchen zu erzählen ist grausam.« Er schüttelte den Kopf, wandte sich von mir ab und ging. Ich schlug enttäuscht gegen die Eisenstangen und lehnte die Stirn dagegen.

Wie zur Hölle sollte ich hier nur rauskommen?

Alles, was ich den Wandlern gepredigt hatte, entpuppte sich als eine einzige Lüge. Ich hatte ihnen versichert, dass meine eigene Mutter mir niemals etwas tun würde, dass ich sie zur Vernunft bringen konnte. Und was hatte ich jetzt erreicht? Nichts.

Ich saß in einem verdammten Käfig und wie es aussah, hatten sich alle gegen mich gestellt. Sogar Jakob. Und meine einzige Chance hatte sich eben aus dem Staub gemacht. Die Wahrheit über Sina zu sagen war eine Verzweiflungstat gewesen, aber natürlich nicht gelogen. Wie sollte ich es schaffen, ihn dazu zu kriegen, mir zu glauben?

Ich schloss die Augen und unterdrückte die Tränen, die sich einen Weg über mein Gesicht bahnen wollten. Ganz bestimmt würde ich jetzt nicht weinen. Egal, wie aussichtslos diese Situation gerade aussah, ich würde irgendwie einen Weg finden, diesen verdammten Krieg abzuwenden.

***

Irgendwann dämmerte ich etwas weg. Der harte Boden unter mir war kalt, irgendwo tropfte es leise, vermutlich eine defekte Leitung oder Ähnliches. Ich wusste es nicht, wusste nicht einmal, wo genau in Hamburg ich mich befand. Geschweige denn, ob ich mich überhaupt noch in Hamburg befand. Vielleicht hatten sie die Wandler, die an der Grenze Wache gehalten hatten, umgebracht. Ich traute ihnen bereits alles zu.

Als Schritte ertönten, richtete ich mich, soweit es ging, auf, strich mir die Strähnen aus dem Gesicht und blickte zu der Tür, die wenige Sekunden später geöffnet wurde. Eine heiße Macht sickerte pulsierend durch meine Adern, als meine Mutter durch die Tür kam und in ihren Händen die zwei übrigen Splitter des Dracarian hielt. Ich rutschte zu den Gitterstangen und sah sie an.

»Du hast sie«, flüsterte ich fassungslos. »Das kannst du den Wandlern nicht wegnehmen, Ma! Bitte, sie gehen, wenn sie alle Splitter haben!« Wieder umschlossen meine Hände verzweifelt die Gitterstäbe und wieder brachte es rein gar nichts. Victoria belächelte mich mit einem kühlen Ausdruck im Gesicht. Ich wusste, dass sie in mir nicht mehr ihre Tochter, sondern nur noch die Wandlerin sah.

»Du bist bereits vollkommen wie dein Vater«, spie sie aus und betrachtete mich voller Verachtung. »Ich habe nie gewollt, dass es so weit kommt.«

Die Tränen, die erneut an die Oberfläche drangen, konnte ich dieses Mal nicht aufhalten. Die Gewissheit, dass meine eigene Mutter mir ein Leben lang verheimlicht hatte, wer ich eigentlich war, riss mir den Boden unter den Füßen weg. Es fühlte sich schlimmer an als Verrat.

»Wie konntest du mir achtzehn Jahre lang vorgaukeln, dass Hendrik mein Vater war? Wusste er es überhaupt? Dass ich gar nicht seine Tochter war?« Anstatt zurückzurudern und sich zu entschuldigen, hallte ein eiskaltes Lachen plötzlich durch den Raum und ließ mich zusammenzucken.

»Ich habe Hendrik wirklich geliebt. Wieso also hätte ich diese Liebe mit einer so hässlichen Wahrheit belasten sollen?« Ihr Blick glitt zu den Splittern, die in einem warmen Rot leuchteten. Ich konnte die Flammen erkennen, die darin tanzten. »Die Wandler haben mir alles genommen. Und jetzt werde ich ihnen alles nehmen.«

Ich presste die Lippen kurz aufeinander. In diesem verdammten Käfig würde ich nichts ausrichten können. Eine einzige Frage brannte mir auf der Zunge und ich musste sie loswerden: »Sag mir die Wahrheit. Wer ist mein Vater?«

»Sein Name ist Kasimir«, erwiderte sie, ehe sie mich wieder verließ. Ich war völlig fassungslos. Die Tür hatte sich inzwischen geschlossen und ich war allein mit meinen Gedanken, dass es doch kein Albtraum gewesen war.

Kasimir war tatsächlich mein Vater. Der schlimmste Wandler aller Zeiten, derjenige, der sein eigenes Volk auseinandergerissen und seinesgleichen abgeschlachtet hatte, war mein Vater.

Irgendwie hatte ich es durch die Träume bereits geahnt, doch die Wahrheit nun aus ihrem Mund zu hören ließ mich mit blanker Verzweiflung ringen. Aber ich war nicht wie er, würde niemals meine eigenen Leute töten, um an mein Ziel zu kommen. Ich war mehr als das Kind eines Wahnsinnigen.

***

Die Stunden verflogen. Vielleicht waren es auch Tage. Anfangs versuchte ich aus dem Käfig zu kommen, aber als ich die Sicherheit der Mauer verlassen hatte, hatte ich den Stab der Kriegsgöttin vergessen. Er lag warm und trocken in meinem Zimmer im Hotel.

Verflixt! Seltsamerweise konnte das Drachenfeuer den Gitterstangen nichts anhaben. Ich wusste nicht, ob die Stäbe durch irgendetwas verstärkt worden waren oder ob es an mir lag, dass ich sie nicht einfach schmelzen konnte. Jedenfalls war dieser Käfig ausbruchsicher und ich konnte nichts anderes tun, als stumm dazusitzen und abzuwarten, was als Nächstes passieren würde.

Dreimal kam jemand, stellte mir etwas zu essen vor die Gitterstäbe und verschwand wieder. Manchmal hörte ich, wie die Soldaten sich unterhielten. Sie redeten davon, dass sie bald losziehen und die Drachenwandler ein für alle Mal auslöschen würden.

Ich konnte mir kaum vorstellen, wie die Menschen in einen Krieg gegen die Drachenstadt zogen. Aber ich hatte absolut keine Ahnung, wie viele Soldaten sie in diesem Stützpunkt gefunden hatten. Vielleicht waren mittlerweile auch andere Gruppen aufgetaucht, Überlebende, die sich dieser Sache angeschlossen hatten.

Ich wusste es nicht, denn ich war wochenlang fort gewesen und hatte keine Vorstellung davon, was meine Mutter und Wolf gemeinsam erreicht hatten. Und das machte mir Angst. Ich erkannte Victoria nicht wieder, sie hielt ihre eigene Tochter gefangen und verabscheute mich für das, was ich von Geburt an nun mal war.

Die Stunden nahmen jeden Rest Hoffnung mit sich. War es das also gewesen? Würde ich hier festsitzen, darauf wartend, dass ein Krieg endete, und ich selbst konnte nichts unternehmen? Und wenn sie wiederkamen, was würden sie mit mir anstellen? Ich war in ihren Augen schließlich durch und durch eine Wandlerin. Vielleicht würden sie mich auch mit sich nehmen und filmreif vor den Augen der anderen Wandler töten. Vor Greyers Augen!

Greyer.

Was er wohl gerade machte? Ob er ahnte, dass es nicht mehr lange dauerte, bis die Menschen die Drachenstadt angriffen? Ob er nach mir suchte? Ich rief mir das Bild seines Gesichts noch einmal ins Gedächtnis und schloss die Augen. Eine einzige Träne stahl sich ihren Weg aus meinen Augenwinkeln, doch es war mir egal, denn die Tränen waren berechtigt.

Vielleicht würde ich Greyer nie wiedersehen und das Letzte, was wir miteinander erlebt hatten, war ein Streit. Vielleicht hätte ich auf ihn hören sollen. Mich einfach nicht einmischen sollen. Doch wie hätte ich denn wissen können, dass meine Mutter so reagierte und eine solch heftige Wandlung durchlebt hatte? Es war fast vollkommen unmöglich, dass sie wie eine Kriegsgöttin eine Gruppe Menschen anführte, die bereit war, ihr in den Krieg zu folgen.

Hätte man mir vor wenigen Monaten gesagt, was alles passieren würde, hätte ich vermutlich gelacht. Ich hätte niemals gedacht mich in solch einer Situation wiederzufinden. Es war einfach völlig absurd.

Ich meinte, in der Ferne Schüsse zu hören, doch vielleicht halluzinierte ich auch schon und hatte Wahnvorstellungen. Kurz darauf herrschte eine alles verschlingende Stille.

Ich richtete mich auf und strich mir das Haar aus der Stirn. Es war ruhig, viel zu ruhig. Waren sie aufgebrochen? Mein Herz sank einige Etagen tiefer, als ich schrie und an den Gitterstäben rüttelte, doch kein Soldat kam zu mir, um mich ruhigzustellen. Offenbar war tatsächlich niemand mehr hier.

Plötzlich schwang die Tür doch auf und ich zuckte zusammen, weil ich fürchtete, augenblicklich Bekanntschaft mit dem Lauf eines Gewehres zu machen. Doch anstatt eines einsamen Soldaten, der zurückgelassen wurde, um auf mich aufzupassen, kam Luca herein. Die Hoffnung kehrte schlagartig zu mir zurück und ich richtete mich so weit auf, wie der enge Käfig es zuließ.

»Luca! Was ist da draußen passiert?«

»Victoria ist völlig verrückt geworden«, sagte er, während er den passenden Schlüssel für meinen Käfig suchte. »Sie hat ihre eigenen Leute erschossen, weil die nicht in den Krieg gegen die Wandler ziehen wollten.«

»Sie hat *was?*«, fragte ich ungläubig und starrte ihn an, als das Schloss endlich klickte und die Tür sich öffnete. Seine blaugrauen Augen betrachteten mich besorgt und er nickte zur Bestätigung des Schlimmsten.

»Drei Männer haben gezweifelt. Sie alle sind jetzt tot.« Seine Stimme war nicht mehr als ein heiseres Flüstern. Ich kletterte aus dem Käfig und zog ihn in eine halsbrecherische Umarmung, die er augenblicklich erwiderte.

»Du hast mir so gefehlt«, murmelte ich. Er nickte, schob mich allerdings recht schnell wieder zurück.

»Wir müssen uns beeilen und die Wandler warnen.«

***

»Woher kommt der plötzliche Sinneswandel?«, fragte ich Luca, als wir zusammen durch die kahlen Gänge der Station liefen. Bei einem der toten Soldaten blieb er stehen, suchte nach etwas in seinen Taschen und förderte schließlich eine Pistole zutage. Er reichte sie mir.

»Die wirst du vielleicht brauchen.« Am Ausgang blieb Luca noch einmal stehen und sah mich an. »Wegen Sina. Ich … ich glaube dir. Und wenn sie in der Drachenstadt ist, mit anderen Menschen, dann müssen wir den Krieg verhindern. Zu viele Unschuldige würden sterben.«

»Wir müssen Greyer warnen, bevor es in einem Blutbad endet. Du hast recht, komm.«

Als wir auf der Straße waren und ich mich noch einmal zum Gebäude umdrehte, erkannte ich das Bundeswehrkrankenhaus von Wandsbek. Also war es gar keine wirkliche Station der Deutschen Bundeswehr gewesen, sondern ein Krankenhaus, welches sie als Stützpunkt bezogen hatten.

»Wir müssen vor ihnen bei der Speicherstadt ankommen. Kannst du nicht irgendwie fliegen oder so?«

Ich lachte. »Schön wär's. Aber so viel Wandlerin steckt dann offenbar doch nicht in mir.«

»Mist. Ich dachte, du wärst echt cool.«

Ich lächelte, während wir uns einen Weg suchten, um ungesehen zur Speicherstadt zu gelangen. Dort würde es am einfachsten sein, Greyer zu finden und ihn zu warnen. Wie wir allerdings vor den anderen ankommen sollten, wusste ich nicht. Wir mussten uns einfach schneller bewegen und hoffen, dass wir keinem Berkan begegneten.

»Lass uns nah am Wasser bleiben. Ich weiß, dass sie die Route durch die Stadt nehmen, um mehrere Möglichkeiten für ein Versteck zu haben. Sie sind einfach zu viele.«

»Wie viele?«, fragte ich leise, während wir uns zum Eilbekkanal durchschlugen. Luca zuckte leicht mit den Schultern, als wüsste er nicht genau, wie viele es waren.

»Ich weiß nicht genau. Aber an die dreihundert müssten es schon sein.«

»Dreihundert?!«, wiederholte ich entsetzt.

»Sssch!«, wies Luca mich an und ich zwang mich, ruhig zu bleiben. Gegen dreihundert Menschen, die bereit waren alles zu geben, würden die Wandler niemals eine Chance haben, auch wenn sie schneller und stärker waren. Immerhin wussten die Menschen jetzt, wie sie zu töten waren.

»Aber normale Waffen können die Wandler doch nicht töten … Wie denken sie, den Krieg gewinnen zu können?«

»Victoria hatte eine Wandlerin als Geisel. Sie hat sie gefoltert, bis sie ihr sagte, wie sie zu töten sind. Daraufhin hatten wir endlich eine Verwendung für die Zähne, Krallen und Stacheln der Berkan. Nachdem du fort warst, sind einige Dinge passiert, weißt du? Deine Mutter konnte es nicht verkraften, dich auch noch verloren zu haben. Sie redete endlich wieder und beteiligte sich an allem, doch sie war völlig verändert. Sie schlug vor, aus Teilen der Berkan Waffen zu bauen, denn wir hatten gesehen, wie ein Wandler von einem Berkan getötet worden war. Sie hoffte, glaube ich, dass das die Antwort auf ihre Fragen war, und als die Wandlerin es vor ein paar Tagen bestätigte, war die Zeit gekommen. Wir hatten schon lange den Plan, wie wir vorgehen würden; uns fehlte nur noch der letzte Tropfen, der das Fass zum Überlaufen brachte. Die Aussage der Wandlerin war ebendieser Tropfen.«

Ich schüttelte den Kopf, konnte ihm keine Antwort geben. Das alles war einfach verrückt. Sie hatten es schon seit Wochen geplant. Ich konnte mir kaum vorstellen, dass einzig und allein mein Verschwinden der Auslöser gewesen sein sollte, doch was wusste ich schon von meiner Mutter?

Erst als wir in der Nähe des Hauptbahnhofs ankamen, überholten wir die Gruppe. Das war vielleicht unser einziger Vorteil.

Luca und ich waren viel schneller als dreihundert Leute. Sie mussten aufpassen, dass diese Menge nicht ausfindig gemacht wurde, kamen nur langsam voran und konnten keine Fahrzeuge benutzen, weil sie sonst zu schnell entdeckt worden wären. Ich konnte die Masse an Menschen sehen, die dort kampierte. Die Sonne war schon fast untergegangen, vermutlich würden sie warten wollen, bis es finsterste Nacht war. So würde ich es jedenfalls machen.

Als ich sah, wie sie in das Gebäude des Hauptbahnhofs gingen, um dort Unterschlupf zu finden, hielt ich Luca am Arm fest. Verwirrt sah er mich an, während ich den Blick noch immer starr auf die Menschen gerichtet hatte.

»Das wird nicht funktionieren.«

»Was? Romy, bitte, wir sind fast da!«, flüsterte Luca eindringlich. Ich schüttelte den Kopf.

»Du musst vorgehen. Frag nach Greyer und sag ihm, dass dreihundert Soldaten vor seinen Mauern warten und einen Krieg losbrechen wollen. Er wird dir glauben.«

Er griff nach meiner Hand und zwang mich ihn anzusehen. Sorge stand in seinen Augen. Und Unverständnis.

»Nein, der Plan ist doch, dass wir das zusammen machen!«

Ich schüttelte den Kopf. »Meine Mutter hat noch immer zwei Splitter des Dracarian. Ich muss sie zurückholen. Nur so haben die Wandler eine Chance.«

»Das ist Selbstmord, das weißt du.«

»Vielleicht. Aber sie ist immer noch meine Mutter. Wer weiß, möglicherweise werde ich sie endlich zur Vernunft bringen können.«

Ich konnte Luca deutlich ansehen, wie sehr ihm das missfiel. Er zog mich erneut in eine Umarmung und drückte mir einen Kuss auf die Wange.

»Versprich mir einfach, dass du am Leben bleibst.«

Ich nickte zur Antwort, dann drehte er sich um und hastete in Richtung der Mauer. Ich ließ mich an einer Wand hinunterrutschen und atmete tief durch. Ehrlich gesagt war mir schleierhaft, wie ich es schaffen sollte, die Splitter zu finden, ohne entdeckt zu werden. Ich hoffte, dass es einfacher werden würde, als ich dachte, nahm all meinen Mut zusammen und schlich näher zum Hauptbahnhof.

Zum Glück fand ich meine Mutter ziemlich schnell. Sie stand mit Wolf auf einer kleinen, durch heruntergekommene Gebäudeteile entstandenen Anhöhe und hielt eine Rede. Darüber, dass die Menschen sich heute ihre Heimat, ihren Planeten wieder zurückholen würden.

Ich verbarg mich im Schatten, beobachtete die Szenerie für einen kurzen Moment und schüttelte den Kopf. Es war heftig, was in den letzten Wochen geschehen war. Leise schlich ich weiter voran, bis ich zu einem kleinen Raum kam, der vor der Zerstörung mal eine Bäckerei gewesen sein musste. Ein Soldat stand mit seinem Gewehr vor dem Eingang; er bewachte etwas. Sein Gesicht war mir fremd; auch als ich meine Erinnerungen durchwühlt hatte, blieb er mir unbekannt. Ich hoffte einfach, er hätte mich vorher nicht schon einmal gesehen, sodass er mich auch nicht erkennen würde.

»Hey, du!«, rief ich harsch und trat aus den Schatten. Ich hatte die Pistole sichtbar in meinen Hosenbund gesteckt und trat auf ihn zu, als würde ich genau hierhergehören. »Victoria will dich sehen, irgendwas wegen der Missgeburten. Ich lös dich so lange ab.«

Mit hochgezogener Augenbraue betrachtete er mich skeptisch. »Wer willst du sein, dass du mir Befehle erteilst, Mädchen?«, schnauzte er und ich zwang mich zu einem ungläubigen Schnauben. Gelassen verschränkte ich die Arme, blickte mich kurz um und zuckte mit einer Schulter, als mein Blick wieder zu dem Soldaten zurückkehrte.

»Na ja, da werde ich ihr und Wolf mal ausrichten, dass du dich den Befehlen unserer Anführer widersetzt. Dann will ich nicht in deiner Haut stecken, Mann.«

Er verdrehte die Augen, doch die Masche schien zu funktionieren. Mit dem Kinn deutete er auf meine Waffe, während ich mir meine Fingernägel besah, um möglichst entspannt und gleichgültig zu wirken. Dass mein Herz wie wild klopfte und ich Angst hatte, erwischt zu werden, musste ich nicht unbedingt heraushängen lassen.

»Kannst du denn damit umgehen, Mädchen?«

Ich hob die Brauen. »Wenn ich wollte, könnte ich dir direkt zwischen deine Augen schießen, du Vollidiot. Sieh zu, dass du sie nicht länger warten lässt.«

Ohne etwas zu erwidern, ging er tatsächlich in die Richtung, wo auch die anderen Soldaten waren. Ich stellte mich kurz vor den Eingang, wartete einen Moment ab und ging schließlich in den kleinen Laden hinein. Dunkelheit begrüßte mich und ich brauchte einen Moment, ehe meine Augen sich daran gewöhnt hatten.

Alle meine Sinne fokussierten sich auf die Splitter, auf die warme pulsierende Macht, die von den Teilen des Dracarian ausging, doch auch als alle Fühler ausgestreckt waren, spürte ich sie nicht hier. Ein Fluch wollte mir über die Lippen kommen, als ich Schritte hörte und herumwirbelte.

»Suchst du die hier?«, fragte meine Mutter und hielt die zwei Splitter in ihrer rechten Hand in die Höhe. »Du hättest besser im Käfig bleiben sollen.« Mit links griff sie nach hinten und zog eine Pistole aus ihrem Hosenbund, die sie sogleich auf mich richtete. Abwehrend hob ich die Hände in die Höhe und schüttelte den Kopf.

»Du musst das nicht tun, Ma. Bitte, gib den Wandlern einfach die Splitter und sie werden verschwinden. Das muss nicht so enden, es sind zu viele Leben, die wir aufgeben müssten.«

Hier standen wir also. Meine eigene Mutter hielt eine Waffe auf mich, bereit abzudrücken und ihre einzige Tochter zu töten. Es war fast komisch, wie die Zeit uns alle verändert hatte. Ich war nicht mehr die Romy, die ich noch vor ein paar Monaten gewesen war, wusste jetzt, dass ich etwas Größeres vor mir hatte als ein einfaches Leben auf diesem Planeten.

Die ganze Menschheit würde sich verändern, wenn das hier vorbei war, und ich war nicht bereit zu sterben, ohne zu sehen, wie wir uns weiterentwickeln würden. Denn zweifellos mussten die Menschen lernen und akzeptieren, dass wir nicht die Einzigen in diesem riesigen Universum waren. Vielleicht würde irgendwann etwas noch Schlimmeres die Erde heimsuchen, etwas, was keinen Grund hatte, sondern einfach gerne tötete. Vielleicht waren die Wandler das Friedlichste gewesen, was uns hätte erwischen können, und vielleicht wartete noch so viel mehr irgendwo da draußen.

»Warum sollte ich Gnade walten lassen? Die Wandler haben ganze Städte zerstört. Tausende Menschen wurden getötet, sie haben mir meinen Mann und meine Tochter genommen! Jetzt sehe ich nur noch das Monster in dir, Romy. Du bist gestorben, als du verschwunden bist.«

Ich wollte etwas erwidern, doch plötzlich erzitterte die Erde und von draußen ertönte ein dunkles Kampfgebrüll. Mein Blick schweifte vom Lauf der Waffe zu den Soldaten, die mit erhobenen Gewehren zum Ausgang rannten. Ein weiteres tiefes Brüllen, eines, welches sich mir bereits bis ins Mark verewigt hatte. Ich wusste, dass sie hier waren, noch bevor irgendwer es aussprechen konnte.

»Was ist da los?!«, rief meine Mutter und griff nach dem Arm eines vorbeieilenden Soldaten. Schweiß stand ihm auf der Stirn und die blanke Angst war in sein Gesicht geschrieben. Die dunklen Augen hatte er weit aufgerissen.

»B...Berkan, Frau Dornfeld, s...sie greifen uns an«, stotterte er. Meine Mutter ließ ihn los und verpasste ihm einen Stoß, der ihn zum Weiterlaufen brachte.

»Weißt du, Romy, ich frage mich, wann du die Seiten gewechselt hast. Wenn Hendrik dich so sehen würde, wäre er sicherlich enttäuscht, dich bei den Wandlern zu wissen.«

Mit diesen Worten warf sie mir einen letzten Blick zu, ehe sie die Pistole lud und nach draußen in die Menge rannte.

Einen Moment lang blieb ich wie angewurzelt stehen, konnte nicht fassen, was hier gerade passiert war. Doch es blieb keine Zeit, wir mussten kämpfen, sonst würden die Berkan weitere Leben nehmen.

Und es würde doch in einem Blutbad enden.

Kapitel 16

Greyer

Vier Tage war sie bereits fort. Ich hätte ahnen müssen, dass sie nicht auf mich hören und sich davonschleichen würde. Doch dass sie es tatsächlich geschafft hatte, obwohl ich Lean auf sie angesetzt hatte, wunderte mich. Ich hatte draußen nach ihr gesucht, aber nirgendwo war ein Anhaltspunkt, der mir verriet, wo sie sein könnte. Und so kamen die Tage und gingen wieder, ohne dass eine Spur von ihr zu finden war.

Es machte mich wahnsinnig. Ich wusste ganz genau, dass sie zu ihren Leuten gegangen war, doch ich wusste nicht, wo diese sich befanden. Wenn sie nicht bereits tot war – denn ich traute den Menschen so einiges zu. Auch, dass diese Victoria ihre eigene Tochter tötete.

Die Tür wurde geöffnet und Tanya kam in den Raum. Augenblicklich lag meine Aufmerksamkeit auf ihr, der Funken Hoffnung, der in mir wohnte, leuchtete vorsichtig auf.

»Und?«, fragte ich.

Sie schüttelte den Kopf. »Nichts von Romy. Aber vor der Mauer war etwas anderes.« Sie gab jemanden hinter sich ein Zeichen, dass er jetzt eintreten durfte. Aaron kam in mein Sichtfeld, neben ihm ein dunkelblonder Junge, den ich noch nie zuvor gesehen hatte. Angst stand auf seinem Gesicht und ich wusste, dass es sich um einen der Menschen handeln musste.

»Er ist einer von ihnen«, stellte ich fest und der Junge nickte.

»M…mein Name ist Luca. Victoria hat Romy gefangen, aber ich habe sie befreit. Sie hat mir gesagt, dass ich euch warnen soll. Am Hauptbahnhof rasten dreihundert Soldaten, die nur darauf warten, euch anzugreifen. Romy will den Krieg verhindern, genau wie ich.«

»Wo ist Romy jetzt?« Mein Herz schlug zwei Takte schneller. Alle meine Sinne schärften sich, ich spürte das Prickeln in den Fingerspitzen, welches von der Anspannung kam. Ein kleiner Teil von mir fürchtete sich vor dem, was Luca nun sagen würde, fürchtete, dass es bereits zu spät und Romy nicht mehr zu retten war. Doch der andere, bei Weitem größere Teil von mir verzehrte sich nach der Wahrheit. Vier Tage hatte ich in Ungewissheit gelebt, ich musste jetzt die Wahrheit erfahren.

»Sie ist noch mal zurück zu ihrer Mutter, um die Splitter zu holen.«

Ich stieß einen Fluch aus und drehte mich von dem Jungen weg. Sie war unverbesserlich! Wie konnte ein Mädchen so töricht sein und zurück zu den Menschen gehen, die sie töten wollten? Victoria war sicherlich nicht dumm, sie wusste ganz genau, *was* ihre Tochter war.

»Greyer ...«, begann Tanya und ich schloss für einen Moment die Augen, suchte die Ruhe, die sich tief in meinem Inneren irgendwo befand.

»Wir müssen uns bereit machen, Tanya. Wir werden diesen Leuten zuvorkommen und ihnen einen Besuch abstatten, sodass die Menschen hier innerhalb der Mauern in Sicherheit sind.« Ich blickte Tanya an, diese nickte entschlossen.

»Ich kümmere mich darum.«

»Du wirst uns zu ihnen führen«, wies ich den Jungen an, der halbwegs entschlossen nickte. Ihm war die Angst noch immer ins Gesicht geschrieben, doch ich rechnete es ihm hoch an, dass er nun hier stand und uns warnte.

Bevor ich zu den anderen ging, suchte ich noch einmal mein Schlafzimmer auf. Ich öffnete die unterste Schublade der Kommode, zog den doppelten Boden hoch und förderte die drei Splitter des Dracarian zutage. Sicher würden wir sie gebrauchen können.

Kapitel 17

Jakob

Ich war wie in einem Rausch gefangen. Kaum hörte ich das Brüllen der ersten Berkan, die uns gefunden hatten, pumpte unaufhörlich Adrenalin durch meine Adern. In Gedanken war ich zuvor bei Romy gewesen, die kein Mensch, sondern eine Wandlerin war. Sie war ... sie war eine von *denen*.

Mit aller mentalen Kraft schob ich auch die letzten Bilder von ihr fort. Die Hoffnung, dass sie doch noch am Leben war, war aufgeblüht, als ich sie in dem Käfig gesehen hatte. Fast hatte ich so etwas wie Erleichterung verspürt, doch dann standen ihre Hände in Flammen und ihre Augen waren wie die der Wandler. Glutrot mit vertikal verzogener Pupille.

Sie war eine Wandlerin!

Und auch wenn mich das verstören oder den Hass auf sie hätte schüren sollen, so konnte ich es nicht – sie hassen. Oder verabscheuen. Sie war doch immer noch Romy. Die junge Frau, in die ich mich verliebt hatte. Doch nun konnte ich nur an die spitzen Zähne der Berkan denken, die nach unserem Fleisch gierten.

»Vorsicht!« Aleksandars Warnruf wurde zu mir herübergetragen und ich riss mich aus dem Gedankenstrudel, der mich wieder mit sich zu reißen drohte.

Im letzten Moment warf ich mich zur Seite und rollte über die rechte Schulter ab; der Berkan, der mich als seine nächste Mahlzeit angesehen hatte, sprang ins Leere und stieß ein Knurren aus. Blitzschnell war ich wieder auf den Füßen, zog eine Handgranate von meinem Gürtel und warf sie dem Berkan ins geöffnete Maul.

Die Zeit schien stehen zu bleiben, während der Berkan sich auf die wuchtigen Pranken hievte und zu mir herüberrennen wollte – dann endlich detonierte die Granate in den Tiefen seines Schlunds und die Heftigkeit der Explosion zerriss ihn.

Ich nahm die Waffe, die ich bei meiner Ausweichaktion verloren hatte, wieder auf und kämpfte mich weiter vor. Das hier durfte nicht das Ende sein, doch es waren so viele Berkan.

Um mir einen Überblick zu verschaffen, peilte ich ein eingestürztes Gebäude an. Wie von selbst rannte ich los, die Treppen hinauf, bis ich am höchsten noch stehenden Punkt des Gebäudes ankam. Mein Blick glitt über das Schlachtfeld: Es waren mindestens zwei Dutzend Berkan, die sich hier zusammengefunden hatten. Der Hauptbahnhof, der jetzt hinter mir lag, bot keinerlei Deckungsmöglichkeiten, weswegen wir den Kreaturen hilflos ausgeliefert waren.

Dann erfasste ich etwas ganz anderes. Etwas, womit ich überhaupt nicht gerechnet hatte.

Einige Meter von mir entfernt sah ich, wie eine Wandlerin mithilfe des Feuers die Berkan tötete. Ich kniff die Augen zusammen und versuchte zu erkennen, wer es war. Sie wirbelte herum, schoss einen Feuerball auf einen der Berkan und duckte sich unter einer Pranke weg, die noch nach ihr schlagen wollte.

Dann erkannte ich sie.

Es war Romy.

Wenn es überhaupt noch möglich war, beschleunigte sich mein Herzschlag weiter. Mein ganzer Körper schien unter Strom zu stehen, denn ich hastete, so schnell ich konnte, die Treppen wieder hinunter, um zu ihr zu gelangen.

In dem Moment war es mir egal, dass sie eine Wandlerin war. Es spielte keine Rolle, wie sie herausgefunden hatte, dass sie nicht ganz menschlich war – denn das musste sie zum Teil immer noch sein. Schließlich hatte ich das rote Blut im Wagen gesehen.

Mit schnellen Schritten rannte ich zwischen den Geröllstücken hindurch, griff nach einem Speer, der neben einem toten Soldaten am Boden lag, und kämpfte mich weiter zu ihr vor. Zwei Berkan stürzten sich auf sie und wenn ich ihr nicht half, würde sie es vielleicht nicht schaffen.

Und das konnte ich auf keinen Fall zulassen.

Kapitel 18

Romy

Außerhalb des Hauptbahnhofes herrschte das reine Chaos. Auf die Schnelle hatte ich keine Möglichkeit, die Berkan zu zählen, doch es schienen weit mehr als ein Dutzend zu sein. Die Berkan hatten die Menschen völlig überrumpelt und ich hatte keine Ahnung, woher so verdammt viele kamen. Die Masse musste sie einfach angelockt haben.

Bevor einer der Soldaten mit Haut und Haaren gefressen werden konnte, rief ich das Drachenfeuer zu mir und schleuderte einem Berkan einen Feuerball gegen den Kopf. Kreischend schlug er mit den gewaltigen Pranken nach den Flammen, die ihn rasend schnell und erbarmungslos auffraßen. Die Flammen züngelten warm und kraftvoll über meine Finger, leckten an meinen Unterarmen und verliehen mir die Stärke, mich gegen die Bestien zu stellen.

Neben mir nahm ich eine Bewegung wahr und als ich dorthin sah, war da meine Mutter, die mich perplex anstarrte.

»Ich stehe auf der Seite des Lebens, Ma.« Ohne auf eine Antwort von ihr zu warten, lief ich weiter nach vorn, mitten hinein in den Kampf, um den Soldaten zu helfen. Es waren einfach zu viele Berkan, die in blinder Gier durch die Menschenmenge pflügten, als wären sie nichts weiter als ein Snack.

Einen weiteren erwischte ich an der Flanke, der Mann vor mir tat das Übrige mit einem selbst gemachten Speer – er rammte ihn in den Schädel des Ungeheuers. Kurz trafen sich unsere Blicke und die groben Narben, die sich über seine Haut zogen, hätte ich überall erkannt.

»Jakob«, sagte ich atemlos, überlegte nicht lang und fiel ihm um den Hals. Es dauerte den Bruchteil einer Sekunde, ehe Jakobs Finger sich in den Stoff meines Pullovers krallten und ich die angenehme Wärme seiner Nähe spürte. Es tat gut, ihn wiederzusehen. Ihn am Leben zu wissen. »Ich bin so froh, dass du lebst.«

Er hielt mich eine Armeslänge von sich und betrachtete mich von oben bis unten, der Kampf schien für den Moment in weite Ferne zu rücken. »Gleichfalls. Es tut mir leid, dass ich mich wie der letzte Idiot aufgeführt habe, als Victoria dich gefangen genommen hat.«

Ein weiterer Berkan schlitterte geifernd auf uns zu und ich konnte im letzten Moment noch unter seinen gewaltigen Pranken wegtauchen. Ich warf mich zu Boden, rollte mich ab und sprang augenblicklich wieder auf. Das Drachenfeuer zischte leise, als ich es formte und in einer Säule nach vorn schickte, wo es den Berkan mit voller Wucht traf.

Das Tier kreischte und begann wie verrückt zu rennen, als würde es die Flammen irgendwie abhängen können. Ein paar Meter weiter brach es schließlich zusammen. Ich richtete meine Aufmerksamkeit wieder auf Jakob.

»Nicht nur für euch ist es seltsam, dass ich zur Hälfte Wandlerin bin. Ich habe es mir bestimmt nicht ausgesucht. Komm, wir müssen die Berkan in Schach halten, bis die Wandler kommen.«

»Bis die Wandler kommen?«

Ich nickte, denn ich war mir sicher, dass Luca Greyer finden und ihm die Nachricht überbringen würde. »Ich habe Luca zu ihnen geschickt, nachdem er mich befreit hat. Die Wandler wollten nie unseren Tod.«

Zu spät bemerkte ich den Berkan in meinem Rücken. Ich hörte noch, wie Jakob meinen Namen schrie, und als ich mich umdrehte, bereit, das Feuer zu rufen, wäre es eigentlich zu Ende gewesen. Der Berkan setzte zu einem Sprung an, die Pranken hungrig nach mir ausgestreckt, das Maul weit aufgerissen.

Urplötzlich kreischte er, seine ganze linke Hälfte ging in lichterlohen Flammen auf und ich konnte mich gerade noch ducken, als er zu Boden krachte und reglos liegen blieb. Vor mir zog Tanya die hellblauen Flügel ein und landete elegant auf den Füßen. Der Blick aus ihren gelben Drachenaugen blitzte zu mir herüber, als ihre Lippen sich zu einem Grinsen verzogen.

»Du musst noch so viel lernen, Romy«, sagte sie und mir fiel ein Stein vom Herzen. Just in diesem Moment tauchte auch Luca an meiner Seite auf und nickte mir tapfer zu. Erleichterung durchflutete mich. Ich war stolz auf Luca, dass er tatsächlich über seinen Schatten gesprungen war und die Wandler um Hilfe gebeten hatte.

»Wo ist Greyer?«, fragte ich ihn. Er deutete in die Richtung, aus der er gekommen war. Ich wollte gerade loslaufen, da packte mich jemand am Handgelenk und hielt mich auf. Ich blickte zurück, sah Jakob in das mit Blut bespritzte Gesicht. In seinen dunklen Augen stand die eine Frage – die, die er nie aussprechen würde.

Nach all der Zeit, die ich fort gewesen war, empfand er noch immer dasselbe für mich. Er wollte mich nicht gehen lassen, wollte nicht, dass ich mich so weit von ihm entfernte, dass er mir nicht mehr helfen konnte, wenn irgendwas schieflief. Trotz all des Hasses gegen die Wandler hatte Jakob seine Gefühle für mich nicht aufgegeben.

Ich wand meinen Arm aus seiner Hand, ergriff diese aber im selben Atemzug und drückte sie sanft. »Du weißt, dass ich nicht hierbleiben kann«, stellte ich zaghaft fest und ein gequälter Ausdruck huschte über seine haselnussbraunen Augen.

»Hatte ich denn jemals eine Chance?«

Vorsichtig schüttelte ich den Kopf, was ihn dazu brachte, meine Hand loszulassen. Ich biss mir auf die Zunge, konnte aber auch nicht länger hier verweilen.

»Es tut mir leid, Jakob.« Dann drehte ich mich auf dem Absatz um und rannte in die Richtung, aus der Luca gekommen war. Es war nicht so leicht, Greyer in all dem Chaos zu finden. Unmittelbar neben mir riss ein Berkan einen Soldaten von den Füßen und schüttelte ihn so lange in der Luft, bis sein Körper erschlaffte und sich nicht mehr bewegte.

Ich konnte Aaron erkennen, der einen Feuerball auf den Berkan schoss, binnen Sekunden wuchsen seine Flügel aus dem Rücken und er erhob sich in die Lüfte. Ich war stehen geblieben und musste mich umsehen, die Orientierung wiederfinden, als ich einen Soldaten entdeckte, der mit einem Speer auf Aaron zielte. Wütend warf ich die Flammen in die Richtung und der Soldat fluchte laut, als der Holzspeer mit Berkanspitze in Flammen aufging. Er warf mir einen zornigen Blick zu.

»Wir sind nicht eure Feinde«, keifte ich und konnte kaum fassen, dass die Menschen noch immer versuchten die Wandler zu töten.

Mitten in dem Getümmel machte ich dann endlich Greyers hellblonden Haarschopf aus. Ich ließ den Soldaten stehen und rannte los, kletterte über Geröllteile und rettete einen weiteren Menschen vor einem Berkan, indem ich die Flammen auf das Ungeheuer hetzte.

»Greyer!«, rief ich, als ich in seiner Nähe war. Er schaute hoch – und gerade als er mich entdeckte, hörte ich, wie ein Schuss abgefeuert wurde. Es war zu spät, Greyer konnte nicht mehr ausweichen.

Die Kugel traf ihn mitten in die Brust und er fiel auf die Knie.

»Nein!«, schrie ich und rannte auf ihn zu, doch urplötzlich waren da zwei Hände, die mich gewaltsam festhielten und mich nicht zu ihm ließen. Dunkelblaues Blut tränkte sein Shirt, seine türkisfarbenen Augen leuchteten gefährlich in der Dunkelheit. Ich wollte mich losreißen, doch der Griff des Soldaten war fest.

Dann trat auch der Schütze in mein Sichtfeld.

Es war meine Mutter.

»Was hast du getan?!«, schrie ich, während Tränen mir die Sicht nehmen wollten. Der Soldat trat mir heftig in die Kniekehle, sodass ich nach vorn stürzte. Ich war in dem Schraubstockgriff gefangen und keuchte, als er mir die Arme noch ein Stück weit nach hinten zog. Ich konnte nicht verstehen, wie sie die Wandler noch immer tot sehen wollte, wenn sie es doch waren, die ihren Leuten das Leben retteten.

Und dann auch noch Greyer. Wut begann in meinen Adern zu kochen und in einer Pfütze unter mir konnte ich sehen, wie meine Augen rot glühten. Das Wasser der Pfütze bewegte sich stetig durch die niederprasselnden Regentropfen. Ich hatte gar nicht bemerkt, wie es zu regnen angefangen hatte.

»Wir haben uns etwas geschworen, Romy. Und zwar, dass wir die Wandler ein für alle Mal auslöschen würden. Und wir fangen mit dem hier an!«, rief sie und trat auf Greyer zu. Doch anstatt, dass Greyer irgendetwas sagte, was ihn hätte retten können, stahl sich ein Grinsen auf seine Lippen.

»Dann hätten Sie die Splitter nicht mitbringen dürfen.« Die Macht schien förmlich zu explodieren, Greyer öffnete seine Hand und förderte die drei Splitter zutage, die in seinem Besitz waren. Wie durch Zauberei erhoben sich die Splitter meiner Mutter aus ihrer Tasche und fanden den Weg zu den anderen.

Greyer musste es gewusst haben. Die Splitter zogen einander an, sie gaben sich gegenseitig Kraft und würden zueinander zurückfinden, wenn sie in unmittelbarer Nähe waren.

Die fünf Splitter setzten sich wieder zusammen und tauchten die ganze Szenerie in ein warmes rubinrotes Leuchten, dessen Macht jeder von uns deutlich spüren konnte. Ich riss meinen Arm nach vorn und schlug dem Soldaten den Ellbogen in die Weichteile. Ohne zu zögern, rannte ich zu Greyer und stürzte vor ihm auf die Knie.

»Es ist in Ordnung«, sagte er und Tränen stiegen in mir hoch. Meine Hand fand seine, er lehnte die Stirn gegen meine und ich schloss für einen kurzen Moment die Augen.

»Nichts ist in Ordnung, Greyer«, flüsterte ich aus Angst, ihn vielleicht für immer verlieren zu müssen. »Es tut mir leid, dass ich nicht auf dich gehört habe. Du hast recht gehabt.«

Er schüttelte den Kopf, nahm meine Hand und führte sie zu seiner Brust – unterhalb des Schlüsselbeins, genau dort, wo die Kugel ihn getroffen hatte. Doch da war nichts als glatte Haut. Verwirrt schlug ich die Augen auf und sah ihn an.

»Der Dracarian. Es geht mir gut.«

Ich stieß einen erstickten Laut aus und küsste ihn.

Doch die Freude wegen Greyers Überleben verpuffte binnen Sekunden. Ein grausames Kreischen zerriss den Himmel, dunkle Wolken türmten sich, Blitze erhellten das ansonsten schwarze Himmelszelt und teilten es. Ich blinzelte gegen die Dunkelheit an und konnte erst die riesige Silhouette eines Drachen sehen, als ein weiterer Blitz die Nacht erhellte.

Je näher der Drache dem Boden kam, desto deutlicher konnte ich erkennen, dass dieser wie keiner zuvor war. Seine Schuppen waren rabenschwarz, die Augen ein klares helles Silber. Als er die Flügel zur Gänze ausbreitete, sahen alle anderen Wandler erbärmlich klein aus. Noch bevor der gigantische Drache gelandet war, zogen sich die Schuppen zurück und ein hochgewachsener schlanker Mann kam auf dem Boden an. Und er war schön, keine Frage.

Sein langes schwarzes Haar glänzte seidig im zuckenden Licht der Blitze. Die gerade Nase, die ein bisschen zu lang war, das spitze Kinn und die katzenhaften stahlgrauen Augen ergänzten seine exotischen Züge perfekt.

Ich wusste, wer dort auf dem Dach vor uns stand, noch bevor er es auch nur aussprechen sollte. Ich wusste, dass es Kasimir war, der auf die Erde gekommen war, der sich aus seinem Gefängnis tief unter Davantos hatte befreien können.

Wachsam blickte er über die Menge, selbst die Berkan schienen den Atem anzuhalten. Noch bevor er etwas sagen konnte, wurde die Nacht von einem dunklen Brüllen durchbrochen und ich konnte die ersten Drachen sehen, die sich vollständig verwandelten.

Jetzt, da der Dracarian zusammengesetzt war, war es den Wandlern wieder möglich, ihre wahre Gestalt anzunehmen. Greyer stand auf, Schuppen huschten unaufhörlich über seine Haut. Ich klammerte mich an seine Hand, hielt sie fest, als wäre sie mein Rettungsanker. Und vielleicht hoffte ich auch ein bisschen, ich würde seiner sein.

»Na, na«, tadelte Kasimir mit dieser tiefen Bassstimme, die ich schon in meinen Träumen gehört hatte, und verschränkte fast schon lässig die Arme vor der Brust.

Seine hellen Augen bildeten einen heftigen Kontrast zu seinem übrigen Erscheinungsbild. Alles, was er trug, war rabenschwarz. In natura wirkte er um einiges gefährlicher als im Traum. Und dort hatte ich mich schon vor ihm gefürchtet.

»Eigentlich hätte ich mehr Wiedersehensfreude erwartet, schließlich seid ihr mein Volk. Da kann man doch verlangen, dass ihr mich vermisst habt, oder?«

Überfordert mit der Situation blickte ich mich um. Ich konnte den Drachen mit den orangen Schuppen sehen – die so orange waren wie der Sonnenuntergang. Lean. Etwas weiter vorn vermutete ich Aaron mit den dunkelgrünen Schuppen und den violetten Augen. Sie alle waren hier und würden kämpfen – für die Menschen, für sich selbst.

»Wie kannst du es wagen, auf die Erde zu kommen?!«, schrie eine Frauenstimme und ich konnte Tanya erkennen, die auf einem Vorsprung stand. Die Schuppen tanzten auf ihrer Haut, ihre Flügel erzitterten bei der Kraft ihrer Stimme. Voller Hass blickte sie Kasimir an.

»Oh, Tanya, wie schön dich zu sehen und wie nett, dass du nach meinen Beweggründen fragst. Ich bin hier, um das zu Ende zu führen, was ich auf Davantos angefangen habe. Die Herrschaft über alle Planeten, angefangen mit dieser kleinen Erde hier.« Er machte eine kurze Kunstpause, in der er majestätisch die Arme ausstreckte. »Wir sind Drachenwandler! Wir sind gottähnliche Geschöpfe, die viel mehr erwarten können, als einen einzigen lausigen Planeten!«

»Wir werden nicht zulassen, dass du die Erde genauso zerstörst, wie du Davantos zerstört hast!«, brüllte Greyer und Kasimirs Aufmerksamkeit zuckte zu ihm. Seine Lippen verzogen sich zu einem Grinsen, die Augen kniff er zu Schlitzen zusammen, was ihn nur noch gefährlicher wirken ließ.

»Greyer«, flüsterte ich, um ihn aufzuhalten, doch es war bereits zu spät.

»Wie geht es deinem Vater, kleiner Greyer? Oh, ich vergaß. Den habe ich ja getötet.« Ein grauenvolles Lachen erfüllte das Szenario und Greyer stieß ein wütendes Brüllen aus.

Augenblicklich veränderte sich seine Gestalt und ich wurde heftig zur Seite gestoßen, prallte auf dem Boden auf. Ein riesiger silbergrauer Drache erhob sich in die Lüfte.

Kasimir riss die Arme nach oben, in einer einzigen fließenden Bewegung schwang auch er sich in die Lüfte und verwandelte sich in den schwarzen Drachen, der größer als Greyer war. Durch das Portal am Himmel konnte ich kleine dunkle Schatten erkennen, die rasend schnell gen Boden segelten.

»In Deckung!«, schrie ich, als ich die geflügelten Ungeheuer erkannte.

Ihre Körper waren dünn, fast nur Haut und Knochen. Die dunkelbraune schlammige Haut spannte sich über den Körpern, Löcher klafften in den Flügeln. Ihre Gesichter schienen nur aus einem riesigen Maul zu bestehen, Nase und Augen waren zu klein, um wirklich erwähnenswert zu sein. Ich sah, wie meine Mutter halb versteinert dastand und Kasimir anstarrte.

»Ma!« Ich hetzte nach vorn und konnte sie im letzten Moment noch zu Boden reißen, bevor die Klauen der neuen Kreaturen sie erwischt hätten. Perplex sah sie mich an. Adrenalin schoss durch meine Adern und ich musste mich konzentrieren, um klare Gedanken fassen zu können.

Ich presste mich gegen den Gesteinsbrocken in meinem Rücken und sah immer wieder zu den beiden kämpfenden Drachen. Die anderen hatten sich ebenfalls in die Lüfte erhoben und versuchten, die Kreaturen abzufangen, während die Menschen weiterhin gegen die restlichen Berkan kämpften. Ich musste helfen.

»Bitte, lass dich nicht umbringen, okay?«, sagte ich zu meiner Mutter, die nur kurz nickte. Ich schaute mich in der näheren Umgebung um und entdeckte den Dracarian, der zwischen Geröll feststeckte. Sofort sprang ich aus meinem Versteck und hetzte zu dem Lebensstern. Als ein Berkan mir in die Quere kommen wollte, riss ich instinktiv die Hände hoch und rief eine Flammenwand zu mir, die ihn versengte.

Der Dracarian lag schwer und warm in meinen Händen, als ich ihn endlich hatte. Doch er tat nichts, leuchtete nicht auf und schien keine Macht versprühen zu wollen. Verzweifelt schüttelte ich den Lebensstern.

»Komm schon, du musst ihnen helfen!« Enttäuschung machte sich breit, als der Stern noch immer nicht reagierte. Plötzlich schien ich in meiner eigenen kleinen Blase gefangen zu sein, als ich mich auf dem Schlachtfeld umsah.

Die Berkan rissen die Menschen, die kaum eine Chance gegen sie hatten. Die geflügelten Monster, die Kasimir mitgebracht hatte, waren in der Überzahl und griffen die Drachen an. Egal wohin ich sah, dort wartete der Tod auf mich.

Blut rauschte mir in den Ohren, als ich schließlich den Blick hob und den Kampf zwischen Greyer und Kasimir wahrnahm. Von hier aus schien es, als wäre Greyer unterlegen, vermutlich war er noch von dem Schuss verletzt, auch wenn er das niemals zugeben würde. Mit einem markerschütternden

Brüllen biss Kasimir Greyer in den Hals und rammte ihn in den Boden eines Flachdaches. Regen peitschte mir ins Gesicht und irgendetwas setzte in mir aus, als ich sah, wie die majestätischen silbernen Drachenflügel aus meinem Blickfeld verschwanden und der menschliche Körper von Greyer zurückblieb.

Kasimir stieß ein siegreiches Brüllen aus. Meine Beine setzten sich wie von selbst in Bewegung und ich rannte zur zerstörten Außenfassade des Gebäudes, auf dem Greyer lag. Mein Herzschlag pochte hoch bis in die Kehle, während ich mit unmenschlicher Kraft und Schnelligkeit die Geröllbrocken erklomm, um auf das Dach zu gelangen.

Ein entfernter Schrei ertönte, doch ich konnte den Blick nicht von dem Körper abwenden, der vor mir lag. Tränen wollten mir die Sicht nehmen und ich ging vor Greyer auf die Knie. Seine Lippen waren mit blauem Blut benetzt – sein gesamter Oberkörper aufgerissen.

»Nein«, brachte ich keuchend hervor und umfasste kraftlos sein Gesicht. Greyer blickte mich an, seine Augen verloren langsam das glänzende Licht.

»Romy ... V...Vorsicht!«, rief er mit letzter Kraft und als ich mich umdrehte, kam eines der geflügelten Ungeheuer auf mich zu. Ehe ich es abwehren konnte, ergriff es mich mit seinen Klauen und warf mich vom Dach. Ich stürzte mehrere Meter in die Tiefe und kam hart auf der Straße auf, alle Luft wich mir aus den Lungen.

Der Himmel wurde erneut von einem Blitz zerrissen, meine Sicht verschwamm. Ob wegen des Regens, der Tränen oder der Bewusstlosigkeit, die mich mit sich ziehen wollte, wusste ich nicht. Doch plötzlich spürte ich eine Kraft neben mir pulsieren.

Mühevoll wandte ich das Gesicht nach rechts und erkannte den Lebensstern, der nun in einem warmen Rot leuchtete. Mit letzter Kraft streckte ich meinen Arm nach dem Dracarian aus, hörte das aufgeregte Flüstern, das aus dessen Innerem kam.

»Bitte hilf mir, Kasimir zu stoppen«, wollte ich sagen, aber ich wusste nicht, ob die Worte meine Lippen überhaupt verlassen hatten. Doch ich spürte, wie die Macht auf mich übergriff, spürte, wie Schuppen über meine Haut huschten und wie mein Körper sich veränderte, wieder an Kraft gewann.

Der Dracarian hatte meine Bitte erhört!

Dunkelrote Schuppen bedeckten meinen Drachenkörper, der Lebensstern pumpte reine Macht in mich, indem er fest verwachsen in meiner Brust prangte. Instinktiv breitete ich die Flügel aus und schwang mich in die Lüfte.

Kapitel 19

Romy

Die heiße Macht des Dracarian füllte mich bis in die Flügelspitzen aus. Und auch wenn ich nicht mehr im Körper einer jungen Frau steckte, so fühlte ich mich ebenso nutzlos wie vorher.

Der massige Drachenkörper wollte mir nicht so gehorchen, wie ich es ihm befahl. Die Pranken waren zu groß, der meterlange Schweif brachte mich aus dem Gleichgewicht – und nur weil ich Flügel hatte, hieß das noch lange nicht, dass ich tatsächlich fliegen konnte.

Alles andere als majestätisch versuchte ich mich in der Luft zu halten und auf Kasimir zuzufliegen, ihn von Tanya, die er gerade angreifen wollte, wegzureißen. Er drehte sich in der Luft und ich bekam die volle Breitseite seines mit Stacheln besetzten Schweifs gegen die Brust und trudelte im Taumel durch die Luft, wie ein Marienkäfer, der die Orientierung verloren hatte.

»Du musst dich wieder fangen!«, schrie mir eine Stimme in meinem Kopf zu und ich spürte einen Schub Macht, der durch mich hindurchfloss. Mit einem verzweifelten Brüllen, das tief aus meiner Kehle drang, gewann ich wieder an Gleichgewicht und schlug mit den Flügeln, sodass ich auf einer Stelle blieb.

Es war keine Zeit, verwirrt zu sein oder mich zu fragen, wer zu mir gesprochen hatte, denn Kasimir und die Ungeheuer, die er mit auf die Erde gebracht hatte, erkämpften sich ihren Weg durch die Schar der Wandler. Zwei, drei kräftige Flügelschläge später hievte ich mich höher in die Luft, bekam langsam ein Gefühl für meinen neuen Körper und wusste, was ich zu tun hatte.

Und doch war alles so unwirklich. Es kam mir vor, als würde all dies in Zeitlupe geschehen, als würde ich nicht in rasender Geschwindigkeit auf Kasimir zuhalten, der sich gerade auf Lean stürzte. Meine Klauen erwischten Kasimir an der Seite, er brüllte auf und blickte mich voller Hass an.

»Du wirst mich nicht aufhalten können, Tochter«, hörte ich seine Stimme in

meinem Kopf und setzte erneut zum Angriff an. Dieses Mal sah Kasimir meine Klauen allerdings kommen und fing sie ab, drückte seine Krallen in meine Haut, was mich aufbrüllen ließ. Er presste mich nach unten, schlug kraftvoll mit den Flügeln – und ich hatte keine Chance, von ihm fortzukommen.

Plötzlich jedoch ließ er mich los und blieb majestätisch in der Luft stehen; keinen Bruchteil einer Sekunde später spürte ich den harten Aufprall, der mir alle Luft aus den Lungen presste. Mein menschlicher Körper wäre bereits in tausend Teile zersprungen, doch nicht meine Drachengestalt. Wütend kämpfte ich mich wieder in die Luft, sah die Überraschung in Kasimirs Augen und hielt genau auf ihn zu.

Mit einem Brüllen, das aus den Tiefen meiner Seele kam, schlug ich die Klauen in die Haut des schwarzen Drachen und riss ihn mit mir nach oben in die Lüfte. Seine Flügel flatterten hektisch, weil er von mir loskommen wollte, doch ich gab ihm keinerlei Freiraum.

Ich sah ihm in die stahlgrauen Drachenaugen, die Funken sprühen wollten. So viel Hass lag in ihnen, so viel Wut und Zorn loderten in seinem Inneren auf.

Es stimmte, dass die Augen die Spiegel der Seele waren. Denn ich konnte die pechschwarze Tiefe seiner Seele deutlich erkennen, als ich in seine blickte.

Mit den Pranken packte er mich plötzlich am Nacken und ich spürte, wie die Spitzen seiner Klauen in mein Fleisch eindrangen. Ein Brüllen brach aus mir heraus, wurde jedoch von einem Strudel aus Erinnerungen fortgerissen ...

***

Wir waren nicht mehr hier, bekämpften uns nicht mehr. Wir waren in einem Krankenhaus. Ich stand seitlich hinter Kasimir, konnte erst nicht richtig erkennen, was er dort so genau betrachtete. Doch als ich näher trat und schließlich neben ihm stehen blieb, sah ich die kleine Wärmekammer, in der ein winziges Baby lag und schlief.

»Wusstest du, dass du damals kaum überlebt hast?«, fragte Kasimir an mich gerichtet – und erst jetzt verstand ich, dass ich das kleine Würmchen war, welches dort um sein Überleben kämpfte.

Ich schüttelte schwach den Kopf, heftete mein Augenmerk auf Kasimir. Er war deutlich jünger, sein Haar kürzer – und um sein Kinn und die Wangen lag ein leichter Bartschatten. Und in diesem Moment, in dem wir hier gemeinsam standen und auf mein neugeborenes Ich blickten, da fühlte ich so etwas wie Bedauern in der Brust.

Bedauern, dass ich nicht vorher von ihm gewusst hatte. Vielleicht wäre er anders gewesen, hätte er seine Tochter bei sich gehabt. Vielleicht hätte ich irgendetwas aufhalten können, sodass es nicht so weit hätte kommen müssen. Dann hätte die Erde niemals von den Wandlern erfahren und kein Krieg wäre ausgebrochen, keine Menschen gestorben.

Und vielleicht wäre auch ich eine andere heute. Denn wer wusste schon, wie ich eigentlich gewesen wäre, wenn ich die ganze Zeit über von meinen Kräften und meiner wahren Abstammung gewusst hätte? Ich wäre sicherlich stark und selbstbewusst gewesen, hätte wissbegierig gelernt und versucht die Welt ein Stückchen besser zu machen.

Doch was hätte ich alles nicht erlebt, wäre ich von Anfang an bei Kasimir gewesen? Ich hätte meine Freunde nicht kennengelernt. Hätte nicht so einen wundervollen Vater wie Hendrik und eine liebevolle Mutter gehabt. Ich wäre nie auf eine normale Schule gekommen, hätte nie den menschlichen Herzschmerz kennengelernt – und vielleicht wäre zwischen mir und Greyer niemals eine solche Verbindung entstanden. Wer wusste es schon, was alles hätte anders sein können oder was passiert wäre?

»Victoria hatte dich behalten wollen, weißt du? Sie glaubte, dass ich nichts von dir wusste, aber ich wusste, dass du nicht die Tochter von diesem Hendrik sein konntest. Ich spürte das Blut in deinen Adern. Sieh«, fügte er noch hinzu, legte eine Hand an die Fensterscheibe und sofort richtete sich mein winziges Köpfchen in Kasimirs Richtung. Ich schlug die Augen auf und zum Vorschein kamen dunkelrote Drachenaugen. »Ist es nicht wunderschön?«, flüsterte er und konnte den Blick gar nicht von meiner kleinen Gestalt nehmen.

»Wieso hast du mich hiergelassen? Es hätte vieles anders werden können ... vielleicht hättest du anders werden können.«

Endlich riss Kasimir sich von dem Anblick los und sah stattdessen mich an. Ein schwaches Lächeln prangte auf seinen schmalen Lippen, das schwarze Haar schim-

merte im grellen Licht der Neonröhren. An einigen Stellen lockte es sich schwach, ein paar Strähnen fielen ihm in die Stirn. Er hätte mein Vater sein können.

»Für mich gab es keine Rettung, Romy. Und dir wollte ich das, was mit mir geschehen ist, niemals antun. Du weißt, dass du mich töten musst, richtig? Das ist der einzige Weg, damit die Wandler wieder zurück nach Davantos können.«

Unweigerlich stiegen mir Tränen in die Augen, welche er mit einem warmen Lächeln auf den Lippen auffing. Kurioserweise genoss ich die Wärme seiner Haut, als er die Hand an meine Wange gelegt hatte.

»Wie bist du so geworden? Du warst ... so anders«, flüsterte ich, was er mit einem Nicken quittierte.

»Ich war der Hüter des Dracarian«, begann er zu erzählen.

Doch ein Beben ließ die Station erzittern, Risse bildeten sich in der Decke und in den Wänden. Erschrocken blickte ich mich um.

»Uns bleibt keine Zeit mehr. Hör zu«, forderte er meine Aufmerksamkeit und packte mich an beiden Schultern. Ich sah ihm in die hellgrauen Augen. »Du musst mich töten, verstehst du? Ich kann nicht zurück zu dem hier, zu meinem alten Ich, aber dein Leben liegt noch vor dir. Du bist wichtig für die Wandler, du bist die Einzige, die sie zurück nach Hause führen kann. Töte mich. Es ist die einzige Chance. Wir werden uns noch einmal wiedersehen.«

***

Das Bild verblasste und ich war im Hier und Jetzt. Irgendwie hatte Kasimir die Kontrolle über unseren Kampf erlangt, wir stürzten gen Boden, ich mit dem Rücken voran, er auf mir.

»Du wirst nicht gewinnen«, sagte ich ihm in meinen Gedanken und seine Augen verengten sich zu Schlitzen. Nur zu gerne wäre ich noch für einen Moment in der Vergangenheit geblieben und hätte von ihm erfahren, was passiert war. Doch ich klammerte mich an das Versprechen, dass wir einander noch einmal wiedersehen würden.

Mühevoll befreite ich meine linke Klaue und rammte sie Kasimir in die Brust. Er brüllte auf, rutschte mit seinen Klauen ab und riss mir die Schulter nahe dem Flügel auf. Schmerz durchschoss mich und ich suchte meine letzte

Kraft, die dank des Dracarian noch immer in mir wohnte, umfasste sein Herz, das sich warm anfühlte.

Ich spürte das schnelle Pochen an meiner Klaue, sah den Unglauben in Kasimirs Augen und traf auf einen Widerstand, als ich ihm das Herz herausreißen wollte. Noch einmal zerrte ich an dem Organ, ehe ein reißendes Geräusch erklang – und ich das Herz hielt.

Seine Drachenklauen fielen leblos von mir ab und ich konnte gerade noch einen Flügelschlag in Richtung Himmel machen, bevor er mit einem dumpfen Aufprall auf dem Boden aufkam und sein Körper zerschellte.

Die menschliche Gestalt kehrte zurück und in seiner Brust klaffte ein Loch. Ekel erfasste mich und ich ließ das Herz fallen. Ich konnte kaum glauben, dass ich zu so etwas fähig gewesen war.

Um mich herum kreischten die geflügelten Kreaturen ihr grausames Sterbelied, ehe sie zu schwarzem Staub zerfielen. Ich vermutete, dass sie durch Kasimir ihr Leben gefunden hatten und nun mit ihm starben.

Doch auch mich verließ die Kraft und ich sank schmerzerfüllt zu Boden. Der Dracarian erlosch und ich verwandelte mich in die alte Romy zurück. Heißes Blut tropfte von meinem Arm, dort, wo Kasimir mich erwischt hatte. Ich stöhnte auf, zog mich jedoch mit dem heilen Arm weiter vorwärts, wo Greyer lag. Tränen nahmen mir augenblicklich die Sicht, als ich seinen Zustand bemerkte.

»Hey«, sprach ich ihn leise an und strich ihm eine Strähne aus dem Gesicht. Seine Haut war gespenstisch blass geworden. Dickes Blut quoll aus den Wunden an seiner Brust. »W...wir kriegen das wieder hin, ja? Der Dracarian kann dich retten«, presste ich schluchzend hervor.

»Nein. Meine Zeit ist gekommen, Romy«, brachte er keuchend hervor und legte seine Hand an meine Wange.

Ich blinzelte die Tränen fort, um sein Gesicht sehen zu können. Vehement schüttelte ich den Kopf, wollte nicht wahrhaben, dass seine Zeit vorbei sein sollte. Ich legte meine Hand auf seine und hauchte einen Kuss auf die Innenfläche.

»Das ist völliger Quatsch, okay? Du wirst leben, Greyer, bitte.«

»Hör mir zu …«, bat er mich ein letztes Mal. »Der Lebensstern sucht sich den Wandler aus und nur diesem gibt er die Kraft, Davantos und das Volk zu schützen. Nur so können wir ein friedliches Leben führen, verstehst du?« Er hustete. Blut spritzte aus seinem Mund. »Der Dracarian hat dich ausgesucht, Romy.«

Ich begriff erst nicht, was er mir damit sagen wollte, doch dann deutete er auf meine Schulter, die bereits zu heilen begann. Schon bald zeugte nur noch der blutgetränkte und zerrissene Stoff des Pullovers davon, dass ich mal verletzt gewesen war.

»Es ist nun an dir, die Wandler nach Hause zu bringen, Romy. Ich schaffe es nicht.«

Ein weiteres Schluchzen kam mir über die Lippen und ich umfasste sein Gesicht mit den Händen.

»Das ist eine Aufgabe, die ich nicht ohne dich bewältigen kann. Du darfst mich nicht verlassen, Greyer.« Meine Stimme war nicht mehr als ein heiseres, tränenersticktes Flüstern.

Ich konnte deutlich erkennen, wie der Glanz aus Greyers Augen erlosch. Sein Gesicht war schmerzverzerrt, als er mich ein letztes Mal ansah.

»Ich liebe dich, Romy. Und ich wäre dir gefolgt, ganz gleich, wohin der Weg uns geführt hätte.« Die Haut über meinem Herzen begann zu prickeln, als Greyer die Worte gesagt hatte. Doch das rückte in den Hintergrund, als er die Augen schloss und einen letzten zittrigen Atemzug nahm.

Meine Brust wurde von einer Leere erfasst, die ich nie zuvor so heftig gespürt hatte. Ich beugte mich vornüber und weinte, schrie den Schmerz heraus, der doch in meinem Inneren verweilte und nicht verschwinden wollte.

Dann spürte ich plötzlich Arme, die mich an sich zogen, die mich vor und zurück wiegten, als würde das irgendetwas ändern.

»Romy, wir brauchen dich jetzt. Die Wandler brauchen dich.« Die Stimme flüsterte mir immer wieder Worte zu, doch der Schmerz war zu präsent. Er wollte alles überschatten, wollte mich vollkommen einnehmen und nie wieder loslassen.

Ich hatte alles verloren. Nicht nur meine Familie, nein, ich hatte auch meinen leiblichen Vater töten und zusehen müssen, wie der einzige Mann, den ich bisher wirklich geliebt hatte, starb. Die Last war zu groß, ich konnte sie nicht tragen. Alles in mir schmerzte, als würde ich zerbersten und nicht wieder zusammengesetzt werden können.

Ich erinnerte mich an das erste Mal, als ich Greyer gesehen hatte. Erinnerte mich, wie ich die Anziehung bereits gespürt und tief in meinem Inneren gewusst hatte, dass uns irgendetwas verbinden musste. Ich rief mir unser Verhandlungsgespräch ins Gedächtnis, wie seine Lippen sich zu diesem schelmischen Grinsen verzogen hatten, der Moment auf dem Dach, als es nur uns beide gegeben hatte.

Mein Herz krampfte sich schmerzhaft zusammen und ich keuchte auf. Wenn das die wahrhaftige Liebe war, dann würde ich ihr nie wieder begegnen wollen. In diesem Moment überschattete der schmerzliche Verlust alle guten Erinnerungen, jeden einzelnen Moment zwischen mir und Greyer. Ich konnte nur noch sehen, was ich verloren hatte, nicht aber, was mir geschenkt worden war, auch wenn die Zeit mit ihm viel zu kurz gewesen war.

»Romy! Die Menschen kämpfen noch immer«, drang die Stimme wieder an mein Ohr. Blinzelnd schlug ich die Augen auf und verstand die Bedeutung der Worte endlich. Es kam mir vor, als würde ich mich wie in Zeitlupe von den Armen befreien und dem Mann vor mir ins Gesicht sehen. Ich fühlte mich wie in Watte gepackt, verstand die Bedeutung, doch konnte ich mich noch nicht dazu durchringen, wirklich darauf zu reagieren. Aber es musste sein.

Die Menschen hatten noch immer nicht aufgegeben, sie kämpften weiter gegen die Wandler, obwohl dieser Krieg von Beginn an aussichtslos gewesen war. Ich blinzelte mehrmals, damit sich meine Sicht klärte, brauchte einen Moment, ehe ich schlussendlich Lean erkannte. Er legte die Hände an meine Oberarme und schaute mich besorgt an. »Kannst du gehen?«

Ich nickte, obwohl ich es nicht einmal wusste. Ohne seine Hilfe stand ich auf, meine Knie gaben nach, doch Lean war da. Ich konnte nicht noch einmal zu Greyer sehen, konnte den Anblick seines toten Körpers nicht ertragen.

Aber ich musste stark sein, Greyer hatte mir selbst gesagt, dass es an mir war, die Wandler nach Hause zu führen.

Noch immer spürte ich das Prickeln auf meiner Haut – und als ich an mir hinabsah, erkannte ich die ersten schwarzen Runen und Symbole, die sich über meinem Herzen gebildet hatten.

Als Lean meine Hand festhielt, als ich den ersten wackligen Schritt tat, spürte ich ein weiteres Prickeln an meiner Schulter. Das Wandlertattoo.

Lean brachte mich hinunter zu den Wandlern und Menschen. Ich löste mich von ihm und lief ein paar unsichere Schritte selbst, ehe ich doch die Kraft spürte, allein weiterzumachen. Mein Blick schweifte noch einmal zum Dach hoch, dort, wo Greyer lag. Schmerz legte sich auf mein Herz, doch ich würde weitermachen. Für ihn. Greyer hätte nicht gewollt, dass die Menschen und Wandler sich gegenseitig abschlachteten, obwohl die Gefahr längst gebannt war.

»Legt die Waffen nieder«, krächzte ich schwächlich und hätte mich selbst ohrfeigen können. »Die Waffen niederlegen!«, versuchte ich es noch einmal und dieses Mal wurde meine Stimme gehört. Die Menschen blickten zu mir, die Wandler, die noch immer auf dem Schlachtfeld waren, fielen auf ein Knie und legten sich die rechte Faust über ihr Herz. Das Prickeln glitt meinen Rücken hinab und schlang sich einmal um meinen Bauch, ehe es von der Schulter aus den rechten Arm hinunterkroch.

Ich war mir nicht sicher, ob nur ich Kasimirs düstere Worte in meinem Kopf gehört hatte oder ob jeder einzelne Wandler nun wusste, dass ich die Tochter jenes Wandlers war, der den Krieg nach Davantos gebracht hatte. Denn würden sie vor mir knien, würden sie mir alle folgen, wenn sie wüssten, wer ich wirklich war?

Mein Blick wanderte zu den Menschen, zu all denjenigen, die noch übrig waren. Es waren nicht viele, die auf dem Schlachtfeld standen.

»Die Wandler sind nicht eure Feinde. Wir … wir werden eine Möglichkeit finden, um in Frieden miteinander zu leben. Die Menschen auf der Erde und die Wandler auf Davantos. Das ist es, was Greyer wollte.«

Auch die Menschen machten mir Platz, als ich durch die Menge ging.

Tanya und Lean waren dicht hinter mir. Mein Blick glitt über die am Boden liegenden Leichen und bei jedem Gesicht, an dem ich vorbeikam, fürchtete ich, dass es jemand war, den ich kannte. Ich war mir nicht sicher, ob ich einen weiteren Tod mir Nahestehender verkraften würde.

Etwas weiter entfernt sah ich die unverkennbare Augenklappe von Wolf. Glasig und leer blickte sein verbliebenes Auge gen Himmel, sein Bauch war aufgerissen. Die unverkennbaren schwarzen Äderchen zeigten, dass ein Berkan sein Leben beendet haben musste. Langsam ging ich neben ihm in die Knie und schloss sein Auge, flüsterte ihm Worte des Friedens zu und dass er ebendiesen dort finden würde, wo er sich nun befand. Auch wenn ich Wolf immer als gefährlich eingestuft und mehr als Respekt vor ihm gehabt hatte, so hatte er mir irgendwie das Leben gerettet. Denn ohne ihn wären wir mit Sicherheit nicht so weit gekommen, vielleicht nicht einmal lebendig aus der Universität.

Je weiter ich ging, desto mehr spürte ich das Kribbeln auf meiner Haut, welches durch die Wandler verursacht wurde, die sich meiner kleinen Karawane anschlossen. Mir war nicht klar gewesen, dass mir so viele folgen würden, obwohl ich doch gar nicht richtig zu ihnen gehörte.

»*Du bist wichtig für uns*«, hörte ich Greyers Stimme in meinem Kopf und mein Blick schweifte doch noch einmal zu dem Dach, auf dem sein Körper lag. Ich würde ihn nicht enttäuschen, auch wenn es mir jetzt völlig unmöglich erschien, einen klaren Gedanken zu fassen.

Erst als wir unmittelbar vor der Mauer waren, merkte ich, wohin mein Weg mich führte. Ich hatte das dringende Bedürfnis, allein zu sein, wollte mit dem Tod, der dort draußen herrschte, nichts mehr zu tun haben. Mein eigener Schmerz wollte mich in die Knie zwingen, aber ich konnte es noch nicht zulassen.

Die Wandler brauchten eine Anführerin und ich durfte nicht schwächlich wirken und in Tränen ausbrechen. Obwohl ich nichts anderes tun wollte, als Greyers Tod zu betrauern. Und den unzähliger anderer.

»Romy«, hörte ich jemanden meinen Namen rufen; keine Sekunde später schlangen sich zwei Arme um mich und ich wurde an eine Brust gepresst. Ich erkannte Luca, der bloß ein paar Kratzer im Gesicht trug. Als dann auch noch Sina neben ihm auftauchte, spürte ich, wie mein Herz ein klein wenig leichter wurde.

»Es geht euch gut«, stellte ich fest und wollte mich an einem Lächeln versuchen, war mir aber nicht sicher, ob es tatsächlich bis auf meine Lippen drang. Lucas Gesichtsausdruck nach zu urteilen, versagte ich kläglich.

»Können wir irgendetwas für dich tun?«, fragte Sina leise und ich schüttelte mechanisch den Kopf. Meine Hand legte sich wie selbstverständlich auf ihre Schulter und ich drückte sie sanft.

»Mir geht es gut.« Dann ließ ich die beiden hinter mir.

***

Ich war die letzten Schritte zum *Westin Hotel* gelaufen. Ich musste dringend allein sein.

»Romy, die Wandler …«, hatte Tanya noch gerufen, doch ich hatte sie mit einer Handbewegung zum Schweigen gebracht. Weil ich meiner Stimme nicht mehr getraut hatte, hatte ich bloß den Kopf geschüttelt, während ich das Innere des Hotels betrat.

Ich wusste genau, wohin mein Weg mich führte, und als ich die unzähligen Menschen sah, die während des Kampfes dort im Gebäude geblieben waren, begann ich zu rennen. Ich hetzte die Treppen hinauf, immer weiter, konnte das Brennen meiner Lunge deutlich spüren und die Erschöpfung, die tief bis in jeden Knochen reichte. Dennoch rannte ich die Treppen weiter hoch, bis ich auf die Ebene kam, die ich anstrebte.

Blind vor Tränen riss ich die Tür auf und schlug sie hinter mir wieder zu. Ich ließ mich gegen die kalte Tür sinken, rutschte hinunter und weinte.

Weinte um Greyer, um die vielen Menschen, deren Leichen dort draußen auf den Straßen lagen, um meinen leiblichen Vater, um meine Mutter, die vielleicht auch tot war – und ich weinte um mich selbst.

Kapitel 20

Greyer

Als ich die Augen aufschlug, war ich nicht mehr auf dem Dach. Ich richtete mich schlagartig auf, betastete meine Brust, doch ich konnte die tiefen Wunden, die Kasimir mir zugefügt hatte, nicht mehr spüren. Verwirrung nistete sich in mir ein und ich blickte mich langsam um. Ich befand mich auf einer sattgrünen Wiese, die Sonne schien auf mich herab, Vögel zwitscherten irgendwo in der Baumkrone über mir.

Aus den Augenwinkeln erkannte ich links von mir eine Gestalt, die mir die Hand entgegenstreckte, als würde sie mir aufhelfen wollen. Es war Koba, mein Vater.

»Vater«, sagte ich verwirrt, ergriff allerdings seine Hand und ließ mir aufhelfen. Sein blondes Haar war zu einem ordentlichen Zopf im Nacken zusammengebunden, die hellblauen Augen blickten mich sanft an.

»Schön, dich wiederzusehen, mein Junge«, entgegnete er und zog mich in eine kurze Umarmung.

»Aber wie ... ist das möglich?«, fragte ich noch immer nicht verstehend, wie das hier geschehen konnte. Die Miene meines Vaters verdunkelte sich und er legte mir eine Hand auf die Schulter.

»Zwar freue ich mich, dich noch einmal sehen zu können, doch dass du hier bist, kann nur bedeuten, dass du tot bist, Greyer.«

Die Erkenntnis traf mich wie ein Schlag. Ich erinnerte mich an die letzten Sekunden, an Romys Gesicht, ihre Tränen, als ich ihr sagte, dass meine Zeit gekommen war. Ich stieß einen Fluch aus und raufte mir das Haar. »Das kann nicht wahr sein!«, rief ich. »Ich kann sie nicht allein lassen!«

»Du meinst das Mädchen, richtig? Sieh.« In der Hand meines Vaters richtete sich eine Flamme auf. Erst konnte ich nichts als das warme Feuer sehen, doch dann kristallisierte sich plötzlich ein Bild hinaus.

Romy.

Sie saß in einem Zimmer – *meinem* Zimmer – und weinte. Mein Herz rutschte mir in die Hose; der Schmerz, den ich verspürte, war kein körperlicher. In mir tobte ein Sturm. Ich wollte zu ihr, wollte ihr sagen, dass alles gut werden würde und wir uns vielleicht irgendwann wiedersahen.

»Ich würde alles geben, um sie noch ein einziges Mal zu sehen«, kam es mir über die Lippen und Koba ließ die tanzenden Flammen erlöschen. Ich blinzelte ein paarmal, um das Bild loszuwerden, dann blickte ich meinen Vater an.

»Wenn die Götter dir wohlgesonnen sind, mein Junge, dann weißt du, was sie imstande sind zu ermöglichen.«

In diesem Moment erschien ein helles Licht. Mein Herz klopfte wie wild gegen meine Brust und ich zögerte keine Sekunde, ehe ich in das warme Leuchten trat.

Kapitel 21

Romy

Ich war allein. Völlig allein. Die Schwärze verschluckte mich von Tag zu Tag mehr, streckte ihre Finger nach mir aus und zog mich in Tiefen, von denen ich niemals geahnt hätte, dass sie existierten.

Und ich war allein. Völlig allein in den schwarzen Tiefen meiner selbst.

Kapitel 22

Romy

»Was machst du hier, hm?« Die Stimme drang in mein Bewusstsein vor, doch ich war irgendwie nicht bereit, meinen zentnerschweren Kopf anzuheben und nachzusehen, wer mich ansprach.

Die Stimme war mir bekannt, sie weckte irgendetwas in mir. Ein warmes Gefühl verankerte sich in meiner Brust und wollte wachsen.

»Findest du nicht, dass du mich wenigstens ansehen kannst, wenn ich mit dir spreche?« Schon wieder diese Stimme … *seine* Stimme. Ich verstand nicht, wie es möglich war, dass er mit mir sprach. Bilder von seinem Tod flackerten vor meinem inneren Auge auf und ich kniff die Lider zusammen, um die grausamen Erinnerungen loszuwerden.

»Du kannst nicht real sein«, brachte ich keuchend hervor und presste die Stirn gegen meinen Handrücken. Ich kauerte wie ein Häufchen Elend hier, die Knie angezogen, die Arme auf diesen verschränkt und die Stirn auf meine Hände gebettet. So saß ich da, starr, voller Trauer und Selbstmitleid. Mit dem Verlust von geliebten Menschen im Herzen.

»Wer hat dir erzählt, dass ich nicht real sein kann?« Belustigung schwang in seiner Stimme mit und nun hob ich doch den Kopf an. Aber die Angst, dass mir mein Verstand jetzt einen Streich spielte und mich Dinge hören ließ, die gar nicht real waren, schnürte mir die Kehle zu. Langsam, fast wie in Zeitlupe, drehte ich den Kopf nach rechts.

Und dort saß er.

Die Lippen zu einem sanften Lächeln verzogen, das blonde Haar zu einem Dutt zusammengebunden. Selbst das Nostril blitzte mir so echt entgegen, dass ich mir die Hand vor den Mund schlagen musste, um nicht wie ein Baby loszuheulen. Er sah so echt aus.

»Wie ist das möglich?«, fragte ich leise. »Du bist tot …«

Er nickte und zupfte mit den Fingern ein paar wenige Grashalme aus dem saftig grünen Rasen. Wir waren nicht länger in dem Hotelzimmer, wir saßen auf einer prächtigen Sommerwiese, über uns der blaue Himmel. Eine Eiche spendete uns etwas Schatten, während Vögel ihr fröhliches Lied zwitscherten. Mein Haar wurde von einer Windböe erfasst und tanzte mit den davonwehenden Samen einer Pusteblume.

»Das bin ich. Aber manchmal ist es uns möglich, noch einmal mit unseren Liebsten zu sprechen. Der Dracarian muss spüren, was in dir vorgeht.« Er deutete auf den roten Kristall, der neben mir lag. Doch meine Augen wandten sich nicht von Greyers Gestalt ab.

Er war hier. Mit mir. Das war alles, was in diesem Moment zählte.

»Ich weiß nicht, wie ich das alles ohne dich schaffen soll, Greyer. Ich bin kaum eine Wandlerin, habe keine Ahnung, was bei euch überhaupt Brauch ist und was nicht. Ich kenne eure Regeln nicht, euren Planeten. Nichts. Es scheint mir so unmöglich ohne dich«, erzählte ich ihm, was die Last auf meinen Schultern etwas linderte.

Greyer griff nach meiner Hand und ich zuckte zusammen, als unsere Finger wahrhaftig aneinander trafen. Ein Lächeln stahl sich auf seine Lippen, als er unsere ineinander verschränkten Finger so besah. Zaghaft strich er mit dem Daumen über meine Haut und ich genoss jede einzelne Sekunde mit ihm.

»Du bist nicht allein, Romy. Lean, Tanya, Kartha, Aaron und so viele mehr sind an deiner Seite. Keiner wird dich ins offene Messer laufen lassen, jeder Einzelne wird dir zur Seite stehen. Bei uns ist es Brauch, einander zu helfen. Immer. Keiner erwartet von dir, dass du gleich morgen alles über die Drachenwandler weißt.«

Ich spürte, wie sich ein schwaches Lächeln auf meinen Lippen bildete, als er die Worte ausgesprochen hatte. Meine Sicht auf die Dinge klärte sich, ich konnte die Leute erkennen, die mir zur Seite stehen würden. Ich war nicht allein.

Und trotzdem würde mein Herz nie wieder jemanden finden, der so war wie Greyer.

»Ich habe Angst, es ohne dich durchzustehen«, gestand ich leise und betrachtete unsere Finger. Er drückte meine Hand sanft und zog meine Aufmerksamkeit wieder auf sich. Es war völlig unwirklich, dass wir einander noch einmal berühren konnten. Am liebsten wäre ich hiergeblieben, für immer.

»Ich weiß. Aber du wirst es schaffen, Romy, da bin ich mir sicher.«

»Kann der Dracarian dich nicht zurückholen?«

Langsam schüttelte er den Kopf. *»Nein.«*

Es war kaum merkbar – und doch war es definitiv da gewesen. Ein winzig kleines Zögern, bevor er verneinte. Mein Herz schlug einen Takt schneller, Hoffnung kehrte in mich zurück wie eine Sturmflut. In meinem Inneren tobte ein Orkan, in dem Hoffnung mit Liebe und Entschlossenheit tanzte.

Greyer wandte das Gesicht ab und streckte es gen Sonne. Er schloss die türkisfarbenen Augen und für einen Moment betrachtete ich einfach nur seine makellose Schönheit. Die markanten Gesichtszüge, die gerade Nase, die schmalen, aber doch geschwungenen Lippen. Nie zuvor hatte ich jemanden wie ihn kennengelernt.

»Du weißt, dass ich nicht bleiben kann, oder?«

Wehmütig nickte ich und es schien mir erneut das Herz aus der Brust reißen zu wollen, ihn zum zweiten Mal gehen lassen zu müssen. Er blickte mich an, zog mich an sich und drückte die Lippen auf meine. Ich krallte mich in den Stoff seines weißen Hemdes, schmiegte mich an seine Brust und erwiderte den Kuss mit all meiner Liebe, die ich für ihn hatte. Er löste sich mit einem Lächeln auf den Lippen und strich zaghaft mit dem Daumen über meine Schläfe.

»Wir wären gut gewesen, Romy«, flüsterte er mir zu.

Ich nickte und lehnte die Stirn gegen seine. Ich wollte nicht, dass dieser Moment wirklich endete, wollte nicht, dass Greyer mich wieder verlassen musste. Doch die Hoffnung, die ich geschöpft hatte, gab mir Kraft, alles Weitere zu überstehen.

»Es wäre egoistisch, dir nicht zu sagen, dass die anderen auch hier sind«, sagte er seufzend und ich schaute ihn irritiert an. Er nickte mit dem Kopf nach rechts und ich folgte seinem Blick.

Wenige Meter entfernt standen mein Vater, Kasimir und sogar meine Mutter. Im selben Moment war ich auf die Füße gesprungen und näherte mich ihnen. Der Erste, dem ich um den Hals fiel, war mein Vater. Er fing mich lachend auf, schlang die Arme um meinen Körper und presste mich an sich. Es tat so gut, ihn noch einmal zu umarmen.

»Es tut mir so leid, Papa«, sagte ich mit bebender Stimme und er strich mir beruhigend über das kurze Haar.

»Es ist nicht deine Schuld, Kleines.« Ein Lächeln erschien auf seinen Lippen, als er mich ansah und ich drückte mich noch einmal an ihn, ehe ich mich von ihm löste.

Dann ging ich zu meiner Mutter hinüber. Dass sie da war, konnte nur bedeuten, dass auch sie im Kampf gefallen war.

»Du bist hier«, stellte ich distanziert fest. Das, was sie getan hatte, konnte ich nicht einfach vergessen. Ihre warmen braunen Augen blickten mich an und hatten endlich wieder das Glänzen inne, welches ich zu ihren Lebzeiten so sehr vermisst hatte.

»Ein Berkan hat mich erwischt. Es tut mir leid, was ich dir angetan habe, Romy. Mein Verstand war völlig vernebelt, ich …«

»Ich weiß. Aber ich brauche Zeit, alles zu verarbeiten.«

Es schien mir nicht richtig, ihr im Tod nicht den Frieden zu geben und ihr sagen zu können, dass ich ihr verzeihen würde. Aber ihr jetzt zu verzeihen war noch zu unrealistisch für mich. Vielleicht würde ich ihr eines Tages vergeben können, dass sie mich ein Leben lang angelogen und versucht hatte mich zu töten.

Doch jetzt konnte ich es einfach nicht. Dennoch zog sie mich in eine Umarmung und ich spürte, wie mein Innerstes langsam, aber sicher wieder zusammengefügt wurde. Da war keine klaffende Wunde mehr, die stetig blutete und eiterte; es war eine rosa Narbe, die sich durch mich hindurchzog. Und auch wenn diese Narbe niemals wirklich verheilen würde, würde der Schmerz nicht mehr so vernichtend sein, wenn ich in die Welt der Lebenden zurückkehrte.

Als Letztes ging ich zu Kasimir. Das obere Haar hatte er zurückgebunden, die hellgrauen Augen lagen wachsam auf mir.

»Ich habe dir doch gesagt, wir sehen uns noch einmal wieder.« Ich nickte zur Bestätigung. Mindestens ein Dutzend Fragen schossen durch meinen Kopf und am liebsten hätte ich sie alle gestellt. Doch ich wusste, dass unsere Zeit begrenzt war und ich nicht auf ewig im Reich der Toten bleiben konnte.

»Du bist nicht immer so gewesen«, stellte ich fest und Kasimir nickte.

»Einst war ich ein guter Anführer der Wandler, der Hüter des Dracarian. Ich trug Liebe in mir, Hoffnung und die Gewissheit, in Frieden leben zu können. Bis eines Tages die Macht des Dracarian zu viel für mich wurde und meinen Verstand vergiftete. Ich folgte anderen Idealen, anderen Zielen und opferte dafür meine eigenen Leute. Eigentlich hätte ich es nicht verdient, jetzt hier bei dir zu stehen.«

»Du verdienst es«, sagte ich und blickte ihm geradewegs in die Augen. »Du musst auch deinen Frieden finden, Kasimir.«

Ich legte meine Hand auf seinen Unterarm und er nickte mir respektvoll zu, ehe ich mich von ihm löste und zurück zu Greyer ging, der sofort die Arme um mich legte. Ich schlang meine um seinen Hals und blickte ihm in die Augen.

»Ich liebe dich. Vergiss das nicht, egal wohin deine Reise jetzt geht.«

Ein Lächeln stahl sich auf seine Lippen. *»Und ich liebe dich, Romy Dornfeld.«* Ein letztes Mal trafen sich unsere Lippen und ich schloss die Augen, spürte, wie eine einzelne Träne meine Wange hinunterkullerte.

***

Als ich die Augen wieder öffnete, war ich allein in dem Hotelzimmer. Mein Herz tat noch immer weh, doch der Schmerz war etwas gelindert. Ich konnte noch nicht ganz die Motivation finden, aufzustehen und alles wieder in Ordnung zu bringen, doch in diesem Moment ging die Tür auf. Aus den Augenwinkeln erkannte ich eine schmale Gestalt, die die Tür wieder schloss und sich wortlos neben mich setzte. Lara. Es tat gut zu wissen, dass auch sie noch am Leben war.

»Ich verstehe, was du durchmachst«, sagte sie nach ein paar Minuten des Schweigens.

Ich schloss die Augen und erinnerte mich an Greyer, an seine Nähe und an seine Worte. Er hatte gezögert, als ich ihn gefragt hatte, ob der Dracarian ihn wieder zurückholen könnte. Vielleicht gab es doch einen Weg, vielleicht konnte ich Greyer zurückbringen.

»Aber es gibt so viel zu tun, Romy«, fuhr Lara unbeirrt fort, ohne zu wissen, was in meinem Inneren für ein Chaos wütete. »Und du kannst nicht für immer hier sitzen bleiben und nichts tun. Die Menschen sind auf dich angewiesen, darauf, dass du irgendwie mit dem Dracarian herumfuchtelst und alles wieder in Ordnung bringst. Die Verantwortung ist groß und du musst sie tragen, ob du willst oder nicht.«

Ich blickte zu ihr. Ihre blaugrauen Augen fanden mich und einen Moment sah ich sie einfach nur an. Ihr ovales Gesicht war leicht gerötet, ihre Augen blickten mich wachsam an, ich konnte deutlich erkennen, dass sie fürchtete, ich würde einen Nervenzusammenbruch erleiden, wenn sie einen Schritt zu weit ging. Doch die innere Ruhe, die mich im Reich der Toten erfasst hatte, weilte noch in mir und so brachte ich ein Nicken zustande.

»Du hast recht«, erwiderte ich also. »Es wird Zeit, dass wir etwas tun.«

Perplex blinzelte sie ein paarmal, als hätte sie nicht erwartet, dass es so einfach werden würde. »Ist alles okay mit dir?«

Ich lächelte. Dieses Mal war es ehrlich. »Wer weiß das schon?«, fragte ich, richtete mich auf und griff nach dem Dracarian, der all die Tage neben mir gelegen hatte. Der Kristall fühlte sich warm in meiner Hand an, innerhalb der fünf Zacken tanzten Flammen, die von purem Leben zeugten.

Ohne ein weiteres Wort mit Lara zu wechseln, stand ich auf, um zum Dach hochzusteigen. Sie alle hatten recht gehabt. Ich musste nach vorn blicken. Der Tod war nur ein weiterer Teil des Lebens und durch die Hoffnung, Greyer vielleicht doch irgendwann wiederzusehen, breitete sich Wärme in meiner Brust aus und verscheuchte die fahrigen Finger der Kälte.

***

Ein angenehmer Wind empfing mich, als ich die Tür zum Dach öffnete und auf die Aussichtsplattform der Elbphilharmonie hinaustrat. Die Sonnenstrahlen wurden von dicken Wolken verdeckt und ich richtete mein Gesicht für einen Moment in den Himmel, um die frische Luft einzuatmen.

Dann stieg ich über die Brüstung und war genau dort, wo Greyer vor ein paar Tagen mit mir gestanden hatte. Er hatte mir seine Drachenflügel gezeigt – und vielleicht war das der Augenblick gewesen, in dem ich mich vollkommen in ihn verliebt hatte. Ein schwaches Lächeln zupfte an meinen Lippen bei der Erinnerung und ich schloss die Augen, als ich oben angekommen war.

Vorsichtig presste ich den Dracarian an mich, bat ihn stumm meiner Welt Kraft zu geben und sie wieder aufzubauen, alles in Ordnung zu bringen. Die Hitze nahm mich vollkommen ein, und als ich die Augen öffnete, wusste ich, dass sie dieselbe Farbe wie der Lebensstern hatten.

Majestätische dunkelrote Flügel breiteten sich aus und schlossen mich in einem Halbkreis ein, als der Dracarian sein Licht verteilte und die Trümmer der Erde sich zu bewegen begannen. Ein ums andere Mal schwebte ein Trümmerteil vom Boden zurück in die eigentliche Position – und schon bald war die Stadt kein Schlachtfeld mehr.

Die Wolken lichteten sich und erste Sonnenstrahlen fielen auf meine Haut. Von hier oben konnte ich erkennen, wie Risse in den Straßen zu einer glatten Oberfläche zusammenwuchsen, Scherben sich wieder zusammenfügten und ein Ganzes ergaben.

Ich schloss erneut die Augen und konzentrierte mich auf weitere Städte und Länder außerhalb von Hamburg. Die Nachrichten hatten an jenem Tag gezeigt, dass ganz Europa, vermutlich die komplette Welt befallen worden war. Ich stellte mir andere Länder vor, sah den Eiffelturm und die Freiheitsstatue vor mir und schickte den roten Nebel des Dracarian einmal um die Erde, damit jeder Winkel wieder aufgebaut wurde.

Erschöpft blinzelte ich in die Sonne und ließ den Dracarian sinken. Ein Vogelschwarm hetzte an mir vorbei, irgendwo in der Ferne konnte ich einen Hund bellen hören. Ich betete, dass viele Menschen überlebt hatten und sich irgendwie verstecken konnten, hoffte, dass die Menschheit aus diesem dunklen Kapitel lernen würde.

Mein Blick blieb eine Weile am Himmel hängen und kurzzeitig meinte ich, einen silbergrauen Drachen zu erkennen, der zwischen den weißen Wolken verschwand. Ein Lächeln stieg in mir hoch und legte sich auf meine Lippen. Der erste Teil war geschafft.

***

Tage später waren die Wandler noch immer auf der Erde, allerdings hatten die Wogen sich langsam geglättet und es war so etwas wie Frieden eingekehrt. Irgendwie hatten es mehr Menschen geschafft zu überleben, als ich jemals zu hoffen gewagt hätte.

Selbst die Nachrichten konnten irgendwann wieder senden und zeigten deutlich, dass die Städte wie aus Zauberhand wieder aufgebaut worden waren. Doch alles in allem blieb diese Zeit ein wirklich dunkles Kapitel in der Geschichte der Menschheit.

Sechzig bis siebzig Prozent der Bevölkerung waren weltweit ums Leben gekommen, die Zahl stieg weiterhin an. Einige Leichen würden nie gefunden werden, da viele als Mahlzeit im Magen eines Berkan gelandet waren. Es war grausam, was alles passiert war, und es war hart, die vergangenen Monate in Zahlen zu sehen.

Einige Leute der Regierungen hatten überlebt und versammelten sich, um darüber zu sprechen, wie es nun weitergehen würde. Doch eines hatte Priorität: Auf der ganzen Welt fanden Massenbeerdigungen für all die Toten, die gefunden worden waren, statt.

»... und jeder dieser Menschen ist gefallen, um unsere Welt zu verteidigen. Ohne ihre Opfer wären vielleicht niemals so viele Leben gerettet worden. Dieses Kapitel ist ein dunkles in unserer Geschichte. Aber wir dürfen nicht vergessen, dass wir auch dieses Kapitel hinter uns gebracht haben. Wir sind hier, wir stehen hier und werden erzählen können, was wir überlebt haben. Und wir werden Geschichten über all diejenigen erzählen, die gefallen sind, über ihre Heldentaten und über ihren Mut.«

Ich schaltete den Fernseher aus und blickte aus dem Küchenfenster. Natürlich war ich nicht zu dieser Beerdigung gegangen. Ich wollte nicht sehen, wie meine Mutter mit all den anderen verscharrt wurde, wollte nicht auf diese Weise Abschied nehmen. Denn den hatte ich schon genommen, ganz für mich allein.

Ein letztes Mal ging ich durch den Flur ins Wohnzimmer und betrachtete die Möbel, die hier standen. Meine Mutter hatte die Einrichtung immer geliebt, Papa hätte es gerne etwas maskuliner gehabt, konnte sich gegen sie aber nie durchsetzen. Warme Erinnerungen durchfluteten mich und trotz allem lächelte ich. Auch wenn jetzt alles vorbei war und ich die Gewissheit hatte, dass meine Eltern nie wieder durch diese Tür kommen oder sich streiten würden, hatte ich eine innere Ruhe gefunden.

Plötzlich öffnete sich die Tür und ich schaute auf, als Sina den Flur betrat. Sie lächelte mich fragend an und ich nickte, um ihr zu zeigen, dass sie gerne eintreten durfte.

»Ich hatte gehofft, dass ich dich noch erwische, bevor du verschwindest«, sagte sie und kam auf mich zu.

»Ich wäre nicht gegangen, hätten wir nicht noch einmal die Möglichkeit gehabt zu reden. Es tut mir leid, Sina. Ich war wütend auf dich und konnte nicht verstehen, wieso du die Sicherheit der Mauern nicht verlassen wolltest. Aber ich schätze, jeder Mensch ist anders – und nur weil ich vielleicht anders gehandelt hätte, heißt es nicht, dass jeder so handeln muss. Es tut mir leid, dass ich dich so angegangen habe.«

Sina ergriff meine Hände. »Mir tut es auch leid. Ich hasse es, mit dir zu streiten, und als ich erfahren habe, dass du innerhalb der Mauern bist, hätte ich mich anders verhalten müssen. Wieder Freunde?«

»Wieder Freunde«, bestätigte ich mit einem leisen Lachen und zog meine beste Freundin in eine Umarmung.

Die Tür ging erneut auf und Lara kam in den Flur. »Da seid ihr ja! Ich dachte, ich erwische dich nicht mehr!«, rief sie und kam auf mich zugelaufen, um mich ebenfalls zu umarmen.

»Du würdest es mir nie verzeihen, wenn ich ohne ein Wort ginge«, erwiderte ich. Lara schenkte mir ein Lächeln, doch ich konnte ihr deutlich ansehen, dass sie bedrückt war, weil ich gehen musste. Sie war mir eine wirkliche Freundin geworden, seit ich in der Drachenstadt angekommen war.

»Weißt du schon, wann du losmusst?«

Ich schüttelte leicht den Kopf. »Wenn es nach Tanya und Lean ginge, wäre ich schon längst auf Davantos. Zugegeben, ich habe Angst vor dem, was mich dort erwartet.«

»Die Wandler halten sehr viel von dir, Romy. Es wird bestimmt einfacher, als du jetzt glaubst«, warf Sina ein.

Lara nickte bestätigend und legte mir eine Hand auf die Schulter. Dann erhellte sich ihre Miene plötzlich.

»Lean hat mir übrigens versprochen, ab und zu herzukommen, damit wir uns sehen können. Also, jedenfalls, wenn du nichts dagegen hast, immerhin ist er so was wie dein Leibwächter. Er ... er hat mir sogar gesagt, er würde mich lieben.«

Ihre Augen funkelten wie die Oberfläche eines Sees, als sie die Worte ausgesprochen hatte, und ich freute mich ehrlich für sie. Tief in meinem Inneren verspürte ich den Wunsch, ihr etwas Gutes zu tun, weil sie in all der Zeit immer bei mir gewesen war und sich nicht einmal hatte verschrecken lassen, als ich sie als Geisel genommen hatte. Dann fiel es mir plötzlich wie Schuppen von den Augen. Lara hatte mindestens genauso viel verloren wie ich – und ich wusste, dass sie nicht in ihre alte Wohnung zurückkehren wollte.

»Würdest du mir einen Gefallen tun?«

»Natürlich«, erwiderte sie, ohne nachzudenken.

»Ich möchte, natürlich nur, wenn du willst, dass du dieses Haus übernimmst. Du kannst hier wohnen und dich einrichten, wie du willst.«

»Was? Das ... das kann ich doch unmöglich annehmen!«

Ich griff nach ihren Händen und sah sie eindringlich an. »Lara, ich benötige es nicht mehr. Allerdings hängen zu viele schöne Erinnerungen hier dran, als dass ich es verkaufen möchte. Ich würde es am liebsten in deinen Händen sehen, weil ich dann weiß, dass es in guten ist.«

Endlich nickte sie. »Es wäre mir eine Ehre«, erwiderte sie mit einem Lächeln und ich zog sie in eine Umarmung.

Ein kurzes Klopfen ertönte, dann traten Tanya und Luca ein. Tanya, die nun so etwas wie mein erster Offizier war, nickte mir zu. »Wir müssen bald los, Romy. Die Wandler benötigen den Dracarian auf Davantos, damit auch dort wieder alles in Ordnung gebracht werden kann. Verabschiede dich von deinen Freunden.«

Ich nickte ihr zu und ging zu Luca. Es freute mich sehr, dass meine beiden besten Freunde einander wiedergefunden hatten und ihre Beziehung wohl noch immer hielt.

»Ich werde euch vermissen«, sagte ich und umarmte beide. Luca drückte mir einen Kuss auf den Haaransatz, ehe er mich wieder losließ.

»Du bist ja nicht vollkommen aus der Welt. Vielleicht kannst du ein- oder zweimal vorbeischauen.«

»Sicherlich«, erwiderte ich, obwohl ich wusste, dass es mir nicht möglich sein würde. Ich drückte Sinas Hand. »Dass du mir gut auf ihn aufpasst. Wir wissen beide, was für ein Kindskopf er ist.«

Meine beste Freundin lachte und wischte sich eine Träne aus dem Augenwinkel. »Ich werde auf ihn achten.«

Viel länger hätten wir es nicht herauszögern können, weswegen ich Lara ein letztes Mal umarmte und dann nach draußen zu Lean und Tanya trat.

»Übrigens möchte sich noch jemand von dir verabschieden«, sagte Lean und gab den Blick auf jemanden frei, der etwas weiter abseits von meinem Haus stand. Es war Jakob. Er lehnte gegen unsere äußere Gartenmauer und blickte in weite Ferne. Ich biss mir auf die Unterlippe, ehe ich zu ihm ging und mich neben ihn stellte.

»Es wird seltsam sein, wieder ein normales Leben beginnen zu wollen«, sagte er.

Ich nickte, auch wenn ich es mir nicht vorstellen konnte, ein »normales« Leben zu führen. Schließlich würde ich nach Davantos, einen mir völlig unbekannten Planeten, aufbrechen und dort mein Dasein als Anführerin der Wandler fristen. Es war so surreal.

»Was wirst du tun? Zurück zur Bundeswehr?« Ich verschränkte die Arme vor der Brust. Jakob schüttelte den Kopf und jetzt endlich sah er mich an. Die Narben in seinem Gesicht waren noch immer das Präsenteste, auch wenn seine dunklen Augen den Kampf um die Aufmerksamkeit seines Gegenübers noch nicht aufgegeben hatten.

»Gott, nein. Meine Zeit als Soldat ist vorüber.«

Ein schwaches Lächeln bildete sich auf seinen Lippen, als er sich über den Bart fuhr und mir dann direkt in die Augen sah.

»Ich werde eine Ausbildung als Koch antreten. Es wird echt schwer werden, wieder von vorn anzufangen, aber nach allem, was passiert ist, will ich meine Träume nicht weiter hinten anstellen. Mir ist klar geworden, dass wir nur ein Leben haben. Und das sollten wir nach unseren Wünschen gestalten.«

Es war ein ehrliches warmes Lächeln, das bei den Worten in mir hochstieg und das ich bis in mein Herz spürte. Bestätigend legte ich Jakob eine Hand auf den Arm.

»Das freut mich für dich, Jakob. Ich wünsche dir alles Glück der Welt.«

»Dir auch, Romy.« Sein Lächeln verschwamm etwas und ehe ich merkte, dass sich Tränen in meine Augen gestohlen hatten, hatte Jakob mich mit seinen kräftigen Armen schon zu sich gezogen und mich fest an die Brust gedrückt. Ich bekam kaum Luft, dennoch krallte ich mich in seine Jacke und atmete ein letztes Mal seinen Duft ein, bevor ich ihn und die Erde verlassen musste.

»Bis dann«, flüsterte ich, als ich mich gelöst hatte, und sah zu, dass ich von ihm wegkam. Der Abschied von Jakob fiel mir mit am schwersten. Wir hatten so viel erlebt, hatten so viel gemeinsam durchgestanden. Ihn jetzt hier allein zurückzulassen fühlte sich falsch an. Doch ich hatte keine andere Wahl.

Als ich wieder bei Lean und Tanya ankam, tanzten bereits die Drachenschuppen auf Tanyas Haut. Keine Sekunde später traten kräftige Flügel aus ihrem Rücken hervor. Lean tat es ihr gleich und drückte noch einmal Laras Hand, ehe er zur Seite wich.

»Bereit?«, fragte er mich und machte sich nicht einmal die Mühe, sein breites Grinsen zu verstecken. Natürlich freuten er und Tanya sich über alle Maße, endlich wieder nach Hause zu können.

Ich atmete tief durch. Ich war alles andere als bereit, doch es war wirklich an der Zeit, den Dracarian auf seinen Heimatplaneten zu bringen. Mit einer Leichtigkeit, die ich mir nie zugetraut hätte, spannte ich die Flügel und schüttelte wahrheitsgemäß den Kopf. »Nein. Aber es nützt ja nichts.«

Lean lachte schallend, ehe er sich in die Lüfte erhob und schon bald zwischen den Wolken verschwand. Ich tat es ihm gleich und blickte im Flug noch einmal zu Boden, wo meine drei besten Freunde standen, ehe ich mein Augenmerk nach oben richtete, um endlich durch das noch offene Portal nach Davantos zu kommen.

Kapitel 23

Greyer

»Sie ist ein hübsches Mädchen«, stellte mein Vater neben mir fest. Es war nicht leichter geworden, seit ich Romy noch einmal hatte sehen können. Sie in einer anderen, mir nicht zugänglichen Welt zu wissen schmerzte. Die Gefühle für sie waren fest in mir verankert und würden auch im Tod nicht einfach fortgewischt werden. Meine Seele gehörte zu ihrer – und vielleicht würden sie einander irgendwann wieder treffen.

»Und schlau ist sie. Du weißt, dass dein Zögern sie neugierig gemacht hat.«

Ich stieß ein Seufzen aus und fuhr mir durch das blonde Haar. »Der Preis ist zu hoch. Außerdem weißt du, dass es nicht gerade ein Spaziergang ist, ein Leben zurückzuholen. Sie wird an der Aufgabe scheitern, wenn sie es überhaupt versucht. Ich wollte es versuchen, habe aber kläglich versagt. Sonst wärst du nicht immer noch hier, Vater.«

»Du hättest sowieso nichts für mich tun können, denn der Dracarian war zerstört. Es ist nicht leicht, in das Reich des Todes zu gelangen.«

»Wie war es? Durch den Dracarian getötet zu werden, meine ich.«

»Es war nichts weiter als ein glühender Schmerz, der den Bruchteil einer Sekunde anhielt. Dann war es vorbei und ich und die anderen Ratsmitglieder wachten hier auf. Seitdem warten wir, dass unsere Seelen wiedergeboren werden.«

Ich nickte und richtete den Blick auf den blauen Himmel. Nach dem Tod kamen wir alle in die Zwischenwelt und warteten darauf, dass der Gott des Todes unsere Seelen wieder freigab, um uns auf eine weitere Reise in ein völlig anderes Leben zu schicken. Es war ein ewiger Kreis, der nie ein Ende finden würde.

Und auch wenn ich die Zwischenwelt am liebsten jetzt schon verlassen hätte, so wusste ich, dass ich mich in Geduld würde üben müssen. Es war möglich, ein Leben zurückzuholen, doch der Preis dafür war enorm. Und ich bereute bereits, dass ich gezögert hatte. Natürlich hatte ich es nicht mit Absicht getan, doch der Gedanke, Romy mitten ins Gesicht zu lügen, hatte mich stocken lassen. Hatte mich zögern lassen.

Schlussendlich wäre es besser, wenn sie mich vergessen könnte. Wenn sie nicht nach einer Möglichkeit suchte, mich zurückzuholen. Denn ich war nicht bereit diesen Preis zu zahlen.

Ich fürchtete nur, dass sie es war.

III

Die Trauer steckt tief in Deinem Herzen.
Du kannst nicht akzeptieren, dass es vorbei sein soll.
Allein auf diesem fremden Planeten.
Du weißt nicht, wie Du die Aufgabe bewältigen sollst.
Doch Du lebst Dich ein,
wirst zur Anführerin der Wandler,
erlebst Vertrauen und Zugehörigkeit.
Aber Deine Gedanken hören nicht auf,
um die Liebe zu kreisen.
Und Du hast Dir geschworen einen Weg zu finden.
Nur zu welchem Preis wird ein Leben verschont?

Kapitel 24

Romy

Der Drachenplanet war ganz anders, als ich gedacht hatte. Nachdem der Dracarian uns das Portal geöffnet hatte, um nach Davantos zu kommen, konnte ich meinen Augen kaum trauen. Es war, als wären wir in einem rubinroten Strudel gefangen, Energie zischte elektrisierend an uns vorbei, streifte unsere Flügel und entlud sich mit einem sanften Knistern.

Und dann waren wir für einen Moment im vollkommenen Nichts gefangen. Pure Stille erfüllte die Luft, ich musste die Augen zusammenkneifen, weil das Licht der aufgehenden Sonne mich blutrot blendete. Ein sanfter Windhauch tanzte um meine Flügel und als ich die Augen öffnete, sah ich nur den Tod.

Pflanzen waren braun und vertrocknet und in der Ferne konnte ich die Silhouette einer Stadt ausmachen, die allerdings fast gänzlich zwischen dicken Nebelschwaden verschwand.

Der Lebensstern in meiner Hand fühlte sich warm und schwer an – beinahe, als würde er sich nach seiner Heimat sehnen. Ich hörte das Flüstern des Dracarian deutlich, spürte das schwache Kitzeln der Drachenschuppen, die über meine Haut flogen. Das hier war wirklich nicht das, was ich mir vorgestellt hatte.

»Was ist hier nur geschehen?«, fragte ich leise, doch meine Stimme klang viel zu laut in der erdrückenden Stille.

Lean setzte als Erster die Füße auf den Boden. Trockenes braunes Gras raschelte unter seinem Gewicht und brach ab. Ich tat es ihm gleich, zog die Flügel ein und landete auf den Füßen.

»Der Dracarian war fort und nahm auch das Leben mit sich.« Ich schaute auf den rubinroten Stern in meinen Händen. Flammen tanzten in seinem Inneren, das Flüstern verriet mir, was ich zu tun hatte. Ich ging ein paar

Schritte über die Wiese, ignorierte das Brechen und Knirschen des toten Bodens unter meinen Füßen und schloss für einen Moment die Augen.

»Das hier ist deine Heimat. Ich bitte dich, ihr wieder Leben einzuhauchen«, flüsterte ich. Als ich die Augen öffnete, spürte ich die Macht durch mich hindurchgleiten, als wäre ich eins mit dem Lebensstern. Ich wusste, dass meine Augen die Farbe des Dracarian angenommen hatten.

Das warme Leuchten breitete sich aus, nahm zunächst nur die schier unendliche Weite der Natur auf, ehe es die Finger ausstreckte und am Rand der Stadt ankam. Ich schloss die Augen wieder, konzentrierte mich auf einen ganzen Planeten, den ich nicht kannte, stellte mir vor, wie die Grashalme und die Efeuranken an den Gebäuden an Farbe gewannen, wie das Moos wich und das Leben nach Davantos zurückkehrte.

»Ich wusste vom ersten Augenblick an, dass mehr in dir steckt, Romy.«

Ein Lächeln stieg in mir hoch, als *seine* Stimme zu mir herüberwehte. Ich wollte den Moment noch kurz auskosten, ehe ich die Augen öffnete und den Kopf etwas nach rechts drehte.

»Ist es nicht wunderschön?«, fragte *er*, den türkisblauen Blick auf das Land vor sich gerichtet.

Ich sog jedes Detail von ihm in mir auf. Seine markanten Gesichtszüge, die sinnlichen Lippen, das blonde Haar, welches jetzt offen war und fast bis zu seinem Kinn reichte. Er hatte die Strähnen hinter die Ohren gesteckt, doch der sanfte warme Wind zerrte sie hervor und blies sie ihm ins Gesicht. Er trug noch immer dieselbe Kleidung wie in der Zwischenwelt, als ich ihn ein letztes Mal sehen durfte.

»Ich verspreche dir, dass du es wiedersehen wirst, Greyer«, erwiderte ich. Erst jetzt fand sein Blick meinen und ich spürte, wie mein Herz sich schmerzhaft zusammenzog. Ich wusste, dass dies hier nicht die Realität war, dass er tot war und ich hier, auf einem fremden Planeten, mit einer Last auf den Schultern, die ich vielleicht nicht tragen konnte.

Der schmale Ring in seinem Nasenflügel blitzte. *»Die Wiederauferstehung hat stets ihren Preis, Romy. Es war falsch von mir, dir Hoffnung zu machen. Vergiss, was ich gesagt oder getan habe, und lass mich gehen. Werde glücklich.«*

Ich kann nicht glücklich sein, wenn du tot bist, dachte ich, ehe die Worte meine Lippen verlassen konnten.

Sein Bild verblasste, bis er gänzlich verschwand und ich allein war. Ich richtete den Blick wieder nach vorn, das Glühen des Lebenssterns zog sich zurück, sammelte sich in meinen Händen und verblasste schließlich.

Ein warmer Windstoß erfasste mein Haar und ließ es tanzen. Ich hörte das Rufen fremder Vögel und vernahm die Geräusche des Lebens, welches sich in der Stadt befand. Das Gras zu unseren Füßen war saftig grün, wie auf der Erde. Prächtige und riesige Bäume, wie ich sie nie zuvor gesehen hatte, ragten aus dem Boden hervor und streckten ihre Blüten und Blätter tragenden Äste in Richtung des Himmels.

Davantos war auf den ersten Blick völlig anders als die Erde und doch in einigen Dingen so vertraut.

Aus den Augenwinkeln erkannte ich eine Gestalt und beinahe wäre mir das Herz stehen geblieben. Als ich jedoch zur Seite blickte, stand dort nur Lean. Eine seiner blonden Haarsträhnen hing ihm in die Stirn, verlieh seinem Auftreten etwas Verruchtes. Seine kobaltblauen Augen waren auf die Stadt gerichtet, ein schwaches Lächeln umspielte seine Lippen.

»Wir sind tatsächlich zu Hause.«

Tanya erschien an meiner anderen Seite. »Ich habe keinen Moment gezweifelt, dass wir das hier noch einmal sehen werden.«

Ich versuchte mich nicht von der Sehnsucht nach Greyer und seinem Verlust hinunterziehen zu lassen. So gut ich konnte, schob ich die Gefühle beiseite, steckte sie in eine Schublade tief in meinem Inneren und verschloss sie. Ich wollte nicht diejenige sein, die ein Gesicht zog, als gäbe es drei Tage Regenwetter, wenn die Wandler endlich ihre Rückkehr feiern konnten. Also atmete ich tief durch. »Zeigt ihr mir nun die Stadt, oder was?«

Fast augenblicklich erhob sich Lean in die Lüfte und schenkte mir ein breites Grinsen. Seine Drachenaugen leuchteten auf, Schuppen wirbelten auf seiner Haut umher. »Wenn du mithalten kannst, gerne.« Schelmisch blitzten seine Augen, als er bereits davonflog, ehe ich überhaupt die Flügel ausgebreitet hatte, was sich irgendwie noch immer ungewohnt anfühlte. Die Kraft, die ich durch den Dracarian erhalten hatte, war eigentlich mein Geburtsrecht – und doch war es so furchtbar fremd.

Selbst Tanya entfloh ein Lachen, ein unübersehbares Zeichen dafür, dass die Anspannung von jedem abfiel und ich das Richtige getan hatte. Die Wandler waren jetzt mein Zuhause, mein Volk. Auch wenn ein Teil von mir noch immer auf der Erde weilte.

***

Lean wartete bereits vor den Toren der Stadt, als Tanya und ich ankamen. Große hellgraue Steinsäulen ragten mehrere Meter in den Himmel auf, zu unserer Linken befand sich ein prächtiges Gebirge, in welches die Stadt offenbar eingearbeitet worden war.

Der erste Eindruck zeigte mir, dass die Natur hier nicht für Städte zerstört wurde – eher wurden Städte und Häuser im Einklang mit der Natur gebaut. Wenn das hieß, dass die Stadt auf den Felsen eines Gebirges erbaut werden musste, dann schienen die Wandler nicht davor zurückzuschrecken, genau dies zu tun. Die Menschen auf der Erde hätten wahrscheinlich viel von den Drachenwandlern lernen können.

Mein Blick schweifte nach oben. Auf dem Torbogen befand sich die gigantische Statue eines Drachen, der die prächtigen Flügel ausgestreckt, den Kopf stolz in die Höhe gehoben hatte. Auf diesem Planeten lag ein Zauber, den ich nicht beschreiben konnte.

Ohne dass wir etwas sagen mussten, öffnete sich das Tor und man ließ uns hinein. Ich atmete tief durch, Nervosität kroch durch jede Faser meines Körpers. Die Wandler würden viel von mir erwarten, denn ich war nun ihre Anführerin. Das Tattoo prickelte auf meiner Haut und schien mich daran erinnern zu wollen, dass so viele mir auf der Erde bereits ihr Vertrauen geschenkt hatten.

Doch hier, in dieser mir fremden Welt, war es etwas anderes. Ich würde die Wandler anführen müssen, während ich weiterhin von ihnen lernte. Auch wenn ich akzeptiert hatte, dass ich nicht das einfache Mädchen aus Hamburg war, wusste ich längst noch nicht alles über mein neues Leben.

»Es freut uns sehr, dass ihr endlich auf Davantos angekommen seid«, holte mich eine Stimme aus meinen Gedanken und ich blickte in vier fremde Gesichter. Links standen zwei junge Frauen, eine von ihnen hatte dunkle Haut, die andere so hellblondes Haar, dass es mehr weiß wirkte als blond.

Derjenige, der gesprochen hatte, war ein schlanker Mann hohen Alters. Sein Kopf war kahl rasiert und sein Bart war schneeweiß. Rechts von ihm stand ein kleinerer schwarzhaariger Mann mit viel zu vielen Muskeln, die ihn bei seiner Statur etwas unförmig erschienen ließen. Ich biss mir auf die Zunge – keiner hatte mir gesagt, wen ich hier antreffen würde.

»Romy, das ist Greyers Rat. Kain, Samuel, Danaya und Ariana«, erklärte Tanya mir und deutete mit einem Nicken auf die jeweiligen Wandler.

Samuel, der Ältere, trat einen Schritt auf uns zu und schenkte mir ein Lächeln.

»Wir haben gehört, was du für uns getan hast, und sind dir unendlich dankbar. Kasimir war ein Parasit, der Hass und Dunkelheit gesät hat. Mit dir wird eine neue Ära anbrechen.«

Erwartungsvolle Blicke lagen auf mir, mein Brustkorb füllte sich mit einem Druck, der mir schier den Atem raubte. »Ich, äh ... bin sehr froh, dass wir nun alle hier sein können«, gab ich stotternd zurück. Meine Handflächen schwitzten, mein Gesicht glühte. Ich hasste es wie die Pest, der Mittelpunkt zu sein.

Einen kurzen Moment herrschte Stille. Ich konnte praktisch schon sehen, wie Lean sich ein Lachen verkneifen wollte, da rettete die Weißhaarige – Ariana – die Situation.

»Heute Abend soll ein Fest zu deinen Ehren abgehalten werden. Du wirst viele Wandler kennenlernen, die nicht in Hamburg waren. Lean kann dir das Haus unserer Anführer zeigen, in dem du wohnen wirst. Ruh dich noch etwas aus, die letzten Tage müssen sehr anstrengend für dich gewesen sein.«

Ich lächelte ihr dankbar zu und versuchte gar nicht erst gegen das Fest zu protestieren. Ich hatte schon einmal eine solche Feier miterlebt – allerdings war Greyer dort gewesen und alles schien irgendwie ein bisschen erträglicher gewesen zu sein. Ich erinnerte mich an diesen Abend, an sein charmantes

Lächeln, als er auf mich zugekommen war. An seinen undurchdringlichen Blick, als er mir den Cocktail zugeschoben hatte. Mein Herz krampfte sich bei den Erinnerungen an ihn schmerzhaft zusammen und ich räusperte mich kläglich.

»Das ist eine gute Idee. Ich bin doch ziemlich … erschöpft.« Ich ignorierte Kains hochgezogene Augenbraue und den skeptischen Blick, den er Danaya zuwarf. Vermutlich hatten sie anderes von mir erwartet.

Lean legte eine Hand an meinen Rücken und führte mich weiter ins Stadtinnere. Häuser aus weißem Stein säumten die Straße, etliche Pflanzen, deren Namen ich vermutlich irgendwann hören, aber niemals behalten würde, reihten sich eng aneinander und zeigten uns ihre Blatt- und Blütenpracht. Auf den ersten Blick konnte ich nicht erkennen, ob es auf Davantos so etwas wie die irdische Technik gab. Aber irgendwie würde das auch den Zauber dieser naturnahen Kultur zerstören.

»Ich habe mich so blamiert«, gab ich stöhnend von mir, als wir einen Moment schweigend nebeneinander hergegangen waren.

»Definitiv«, antwortete Lean und ich sah ihn fassungslos an. Als sein Blick meinen traf, lachte er kurz auf und fuhr sich durch das Haar. Die Strähne fiel ihm zurück in die Stirn, als hätte er nicht versucht sie nach hinten zu streichen. »Soll ich dich lieber anlügen?«

Ich verdrehte die Augen und richtete den Blick wieder geradeaus. In der Ferne konnte ich das Brüllen von Drachen ausmachen, zwei Silhouetten der majestätischen Wesen umkreisten sich am Himmel. Gänsehaut überzog meine Arme – ich hatte irgendwie nicht damit gerechnet, dass die Wandler auf Davantos tatsächlich in ihrer Drachenform lebten.

»Seid ihr hier immer verwandelt?«, lenkte ich das Thema von mir und meinem peinlichen Auftritt ab. Lean folgte meinen Blick und schaute zu den beiden Drachen, zu denen sich zwei weitere gesellten.

»Nein. Manche bevorzugen ihre Drachengestalt und sind öfter verwandelt als andere, aber in der menschlichen Gestalt ist es einfacher, in Häusern zu leben und Feste zu feiern.«

»Ich habe … *ihn* nie gefragt, ob es euch fremd ist, menschlich zu sein«, bemerkte ich. Ich hätte mehr Zeit mit ihm verbringen sollen, mir mehr Momente stehlen müssen. Ganz sicher hätte ich das tun müssen. Denn jetzt war er nicht mehr da und sein Verlust hatte sich in mein Herz gefressen wie tiefschwarzes Gift. Ich verschränkte die Arme vor der Brust und klammerte mich mit den Händen an meinen Oberarmen fest. Das Gefühl zu zerbrechen, wenn ich zu lange an ihn dachte, überwältigte mich. Lean schien meinen inneren Kampf mitzubekommen.

»Es wird besser werden, Romy. Natürlich wird der Verlust dich immer begleiten, aber irgendwann tut es nicht mehr so weh.« Überrascht schaute ich zu ihm hoch. In seinem Gesicht lag etwas Verletzliches und der dumpfe Verdacht, dass er wusste, was ich durchmachte, beschlich mich.

»Wer war sie?«, fragte ich leise.

Sein Blick richtete sich wieder nach vorn. »Ihr Name war Natalja. Wir waren füreinander bestimmt, so wie du und Greyer es wart. Die Anziehungskraft war enorm, seit wir wussten, was Liebe bedeutete, waren wir zusammen. In einer Nacht hatten wir uns hinausgeschlichen und waren in die Berge geflohen. Wir waren unachtsam und haben die Berkan nicht kommen hören. Einer tötete sie. Seitdem ist viel Zeit vergangen, aber ich höre ihre Schreie noch immer, als wäre es erst gestern gewesen. Bis ich Lara getroffen habe, habe ich nichts für eine andere Frau empfunden.«

Stille.

Ich versuchte die passenden Worte zu finden, um ihm mein Mitgefühl auszusprechen. »Das wusste ich nicht«, brachte ich hervor und rang mit den Händen um Worte. »Es tut mir leid.«

Er lächelte mich an. »Mir auch. Natalja war wundervoll. Aber vielleicht müssen gewisse Dinge einfach passieren, unsere Götter werden ihre Gründe haben. Und wenn ich tot bin, werden sich unsere Seelen vielleicht in irgendeinem anderen Leben wiederfinden. Dennoch bringt es nichts, in die Vergangenheit zu blicken. Das Hier und Jetzt ist wichtig.«

Seine Worte hallten noch lange in mir nach. Doch auch wenn sie mich zum Nachdenken anregten und ich mir sagen wollte, dass vielleicht irgendwann tatsächlich jemand käme, der mein Herz erobern könnte, hielt ich daran fest, dass ich Greyer zurückholen konnte. Denn das Hier und Jetzt war nicht lebenswert ohne ihn. Ich zerbrach förmlich mit jedem Schritt mehr, sah die Welt, wie sie war, wie sie für Greyer geschaffen war. Es war nicht fair, dass er nicht leben durfte, während ich hier herumlief und keine Ahnung hatte, was ich überhaupt tun sollte.

Wir gingen einen schmalen Pfad entlang, der uns abseits der anderen Häuser führte. Ich blickte auf, während Lean bereits die steinernen Stufen hinauf zu einem wunderschönen Haus lief. Das Gebäude, welches vor uns lag, war völlig fensterlos und erschien mir wie ein kleiner Palast. Es war auf dicken Steinsäulen erbaut worden, die ich hier und da im Inneren ebenfalls erahnen konnte. In der ersten Etage war ein riesiger Balkon – eher eine in den Hang geschlagene Terrasse – die zur Stadt ausgerichtet war und somit vermutlich einen fantastischen Blick bot.

Mir stockte der Atem in dem Wissen, dass es Greyers Haus gewesen war, doch ich zwang mich, die Treppen vor dem Gebäude zu erklimmen. Lean war vor dem Eingang stehen geblieben und wartete auf mich. Ehrfürchtig blickte ich mich um, Fackeln schmückten den Außenbereich und ich konnte mir bereits vorstellen, wie ihre Flammen in der Nacht tanzen würden.

»Gefällt es dir?«, fragte Lean und ich brachte ein Nicken zustande.

»Es ist überwältigend.«

***

Ich atmete tief ein und ging ins Innere des Hauses. Mein Herz zog sich schmerzhaft zusammen. Greyer hatte hier gelebt. *Wir* hätten hier leben können.

»Ich hole dich heute Abend ab. Ruh dich aus, Romy, es war eine lange Reise.« Erneut nickte ich abwesend und betrachtete das Innenleben des Hauses. Wie von außen bereits vermutet, gab es keine Fenster. Hohe ionische Säulen stützten die Decke und erinnerten mich ein bisschen an die griechische Architektur. Wie ich bereits vermutet hatte, sah ich keinerlei Technik in diesem Haus. Ich ließ das Untergeschoss hinter mir und ging die Wendeltreppe nach oben.

Der erste Stock schien nur aus einem einzigen Raum zu bestehen. In der rechten Ecke war eine weitere Wendeltreppe, die vermutlich auf das Dach führen würde. Ein riesiges Bett stand an der linken Wand, dünne Vorhänge waren an den Säulen, die auch hier überall erbaut worden waren, befestigt und flatterten jetzt sanft im Wind.

Pflanzen schmückten den Raum, ich konnte in Stein gemeißelte Drachen erkennen, doch nirgends waren Bilder einer Familie zu sehen. *Vermutlich gibt es so etwas hier auch gar nicht,* überlegte ich. Als ich darüber nachdachte, erschien es mir albern, erwartet zu haben, dass die Wandler auf diesem Planeten einfache Kameras hatten und Fotos druckten. Natürlich gab es hier so etwas nicht.

Ich trat hinaus auf den Balkon und betrachtete die Stadt, die unter mir lag. Wie ich gedacht hatte, bot dieser Balkon einen fantastischen Ausblick. Ich konnte die Stadtteile erkennen, die ins Gebirge gebaut worden waren, das Zentrum der Stadt, weit weg von den hohen Bergketten. Das Tor schien endlos entfernt zu sein, dabei war mir der Fußmarsch gar nicht so lang vorgekommen. Rückblickend war ich froh, dass Lean nicht einfach geflogen war, denn so fühlte ich mich noch ein bisschen mehr wie ich selbst.

Ein Geräusch im Inneren des Zimmers ließ mich wieder hineingehen. Ich sah ein junges Mädchen, vielleicht erst fünfzehn oder sechzehn Jahre alt, mit langem rotblonden Haar. Sie hielt ein paar Leinentücher in den Händen.

»Mein Name ist Enya. Tanya sagte mir, ich solle dir dies bringen, damit du dich waschen kannst.«

»Danke«, erwiderte ich perplex und nahm ihr die Tücher ab.

Sie faltete die Hände vor ihrem Körper und sah mich erwartungsvoll an.

»Ist noch etwas?«

»Oh, du musst mir sagen, wenn du nichts mehr brauchst.«

»So, als wärst du meine Dienerin?«

»Ganz genau. Ich habe bereits für Kasimir gearbeitet. Es ist hier üblich, dass die Familie der Anführer gewisse Privilegien hat.«

Erstaunt blickte ich das Mädchen an. Wie alt war sie, dass sie bereits für

Kasimir gearbeitet hatte? »Wie alt bist du, Enya?«, sprach ich meine Gedanken aus.

»Fünfzehn. In deinen Jahren gerechnet aber vermutlich schon dreißig. Die Zeit vergeht hier anders als auf der Erde. So hat Tanya es mir jedenfalls gesagt. Kann ich noch was für dich tun oder soll ich erst heute Abend wiederkommen, um dich zur Feier zurechtzumachen?«

Fast hätte ich gesagt, dass ich nicht hingehen würde, konnte die Worte aber gerade noch hinunterschlucken. Ich versuchte mich an einem schwachen Lächeln. »Ich würde mich freuen, dich heute Abend wiederzusehen. Ohne Hilfe würde ich aussehen wie Freddy Krüger.«

Enya runzelte die Stirn und legte den Kopf etwas schief, als würde sie diesen Vergleich nicht verstehen. Da fiel mir ein, dass sie es ja tatsächlich nicht tat.

»Oh, das ist eine Filmfigur ... ist auch völlig egal. Du kannst gehen.«

Sie nickte, drehte sich um und verschwand. Fasziniert schüttelte ich den Kopf. Davantos war ein wirklich seltsamer Planet, ebenso seine Sitten. Ich würde mich dran gewöhnen müssen, ein Dienstmädchen zu haben, das mir alles brachte, was ich verlangte. Erschöpft blies ich mir eine Haarsträhne aus der Stirn. Mein Blick fiel auf das weiche Bett, dann auf die Handtücher in meinen Händen.

Es würde bestimmt niemandem etwas ausmachen, wenn ich erst ein winzig kleines Nickerchen machte, bevor ich mich wusch. Ich legte die Tücher auf einen kleinen Schrank, ehe ich mir die Schuhe von den Füßen streifte und mich auf dem Bett niederließ. Fast augenblicklich, nachdem ich die Augen geschlossen hatte, fiel ich in einen tiefen Schlaf – verfolgt von türkisblauen Augen.

Kapitel 25

Romy

Ich verschlief den ganzen Tag. Enya musste mich wecken, als sie zum Sonnenuntergang wiederkam, doch ich wollte nicht aufstehen, nicht die Augen öffnen. In meinem Traum war ich wieder auf der Wiese, lehnte an Greyers Schulter und genoss die restlichen Sonnenstrahlen des Tages. Alles war in Ordnung und doch sickerte Enyas Stimme so deutlich zu mir durch, dass ich die Augen aufschlug und in das rundliche Gesicht des Mädchens blickte.

»Du hast einen festen Schlaf«, stellte sie trocken fest und ich unterdrückte ein Gähnen.

Sie verschwand aus meinem Blickfeld und ich schloss noch einmal die Augen, rieb mir den Schlaf aus ihnen und strich mir das wirre Haar aus dem Gesicht, ehe ich mich aufsetzte und die Decken zur Seite schlug. Kälte umfing mich und ich wäre am liebsten wieder zurück ins Bett gesunken.

»Ich habe dir unten im Waschraum ein Bad eingelassen, damit du dich frisch machen kannst. Danach helfe ich dir mit deinem Haar«, verkündete sie und stemmte die schmalen Hände in die Hüften. Ich betrachtete sie und legte den Kopf etwas schief.

»Erteile nicht ich die Befehle?«, fragte ich.

Ohne zu zögern, nickte sie. »Ja. Aber wenn deine Befehle dich zu Freddy Krüger machen, nicht.«

Ich konnte mir ein Lachen, weil sie meinen Vergleich von vorhin so schonungslos gegen mich verwendete, nicht verkneifen. Kapitulierend hob ich die Hände und stand endgültig auf. »Ist schon gut, Chef. Ich geh ja schon.«

***

Nachdem ich mich in der Kupferwanne gewaschen hatte, trocknete ich mich ab, wickelte mich in eines der Tücher und ging wieder nach oben. Enya zupfte bereits an einem bodenlangen Kleid und schaute zu mir, als ich in die Etage kam. Sie schien meine Größe mit einem Blick abzumessen und runzelte die Stirn etwas, was sie älter machte, als sie wirklich war.

»Vielleicht ist es etwas zu lang«, überlegte sie laut. Mit klopfendem Herzen betrachtete ich das Kleid. Es war silbern, genau wie es Greyers Schuppen gewesen waren. Ehrfürchtig berührte ich den Stoff und sah, wie dieser in den unterschiedlichsten Farben glitzerte, wenn das Licht richtig fiel. Es war wunderschön. Ich betrachtete den oberen Teil des Kleides. Kleine Metallschuppen schmiegten sich an den hochgeschlossenen Stoff und über die Ärmel. Mir war schleierhaft, wie ich in dieses Kleid rein- und wieder rauskommen würde, doch genau dafür hatte ich vermutlich Enya.

»Hilfst du mir, es anzuziehen?«, fragte ich leise und Enya nickte eifrig. Mit flinken Fingern begann sie das metallene Oberteil des Kleides von dem eigentlichen Stoff zu trennen. Es waren tatsächlich nur die Ärmel und ein Teil des Dekolletés. Sie öffnete die Schnallen am Rückenteil und ich konnte ganz leicht mit den Armen hineinschlüpfen, ehe sie es wieder verschloss. Dann stieg ich in den zweiten Teil des Kleides, den Enya wieder an den Schuppen befestigte.

Nachdem sie mein Haar zu einem strengen Dutt direkt auf meinem Kopf zusammengefasst hatte, nutzte sie noch einen schwarzen Kohlestift, um meine Augen zu betonen. Ich hielt still, aus Angst, dass sie mir sonst ein Auge ausstechen würde.

»Fertig.«

Ich schlüpfte noch schnell in die bereitgestellten Schuhe, ehe ich mich zu dem bodentiefen Spiegel umdrehte, den Enya herangeschoben hatte.

»Gefällt es dir nicht?«, fragte sie vorsichtig, nachdem ich einige Augenblicke lang nichts gesagt hatte.

Schnell nickte ich. »Doch. Ich … sehe nur nicht aus wie ich«, erwiderte ich. Eher sah ich aus wie eine Kriegerin, wie eine wahre Anführerin. Es war nichts von dem zerbrochenen Mädchen übrig geblieben, welches sich tagelang verschanzt und um den Tod ihrer großen Liebe geweint hatte.

Vielleicht war das richtig.

Vielleicht musste ich genau heute so aussehen. Wie die Anführerin, die die Wandler verdienten. Ich atmete tief durch und strich über den Stoff, der sich ähnlich wie eine Fischhaut anfühlte.

»Es ist perfekt«, sagte ich mit fester Stimme an Enya gewandt. »Ich sehe aus wie eine Anführerin.«

»Genau das bist du.« Sie lächelte mir durch den Spiegel aufmunternd zu. »Ich ziehe mich auch kurz um«, sagte sie, ehe sie blitzschnell verschwand.

***

Als Enya kurze Zeit später wiederkam, lag ein Lächeln auf ihren roten Lippen. »Wir können«, sagte sie im Gehen und steckte sich noch zwei Strähnen am Hinterkopf fest.

Anstatt zu fliegen oder sonst irgendetwas Drachenmäßiges zu machen, wurden wir von einer Kutsche abgeholt. Lean sprang vom Sitz und richtete kurz seine bestickte Jacke. Er öffnete die Kutschentür und warf mir ein aufbauendes Lächeln zu. »Du siehst umwerfend aus, Romy.«

Mein Blick blieb an den Tieren hängen, die die Kutsche zogen. Es waren riesenhafte Wölfe, größer noch als Pferde. Ihre dicken Pranken gruben sich tief in die Erde, während sie von einem Bein auf das andere traten. Ich hob mein Kleid an und ging um die Tiere herum, um sie von vorn zu sehen. Gewaltige Eckzähne ragten aus ihren Unterkiefern hervor und reichten neben den Lefzen gute fünfzehn Zentimeter in die Höhe.

Eines von ihnen begann interessiert an mir zu schnüffeln, ehe es den gewaltigen Kopf gegen meinen Arm drückte. Das Tattoo kribbelte auf meiner Haut und für einen seltsamen Moment sah ich dem Tier in die Augen. Es blickte mich an, als wüsste es, wer ich war, was ich getan hatte. Mit einem leisen Winseln senkte es den mächtigen Kopf und scharrte mit der Pfote in der Erde.

»Das sind Hira und Rishka. Sie gehören dir. Ich dachte, ich könnte euch bekannt machen.« Lean sah mich an und ich erwiderte seinen Blick, als ich meinen endlich von den Tieren losreißen konnte.

»Sie gehören mir?«, fragte ich fassungslos, woraufhin Lean nur kurz lachte und nickte.

»Sie sind die Tiere des Anführers. Als Greyer gegen Kasimir gewann und ihn einsperrte, wechselten auch die beiden ihren Besitzer und gehorchten von da an Greyer. Ihre Treue zu unseren Anführern ist unerschütterlich. Sie würden dich bis zum Tod verteidigen.«

»Was sind das für Tiere? Sie ... sie kommen den irdischen Wölfen sehr nahe.«

»Wir nennen sie Kuri.«

»Warum waren sie nicht auf der Erde?«

»Greyer ließ sie zurück, damit sie Davantos gegen die Berkan verteidigen, die nicht mit auf die Erde gekommen waren.«

»Wir müssen los. Die Sonne ist schon untergegangen«, sagte Enya plötzlich und ich riss mich von dem Anblick der Tiere los. Lean half mir in die Kutsche, Enya stieg dazu und wenige Augenblicke später setzten wir uns in Bewegung.

***

Ich richtete den Blick auf die Umgebung und sog jedes kleinste Detail der wunderschönen Natur in mich auf. Verschiedene Pflanzen leuchteten wie Sterne in der Dunkelheit, Rufe fremder Tiere hallten leise wider und Vögel sangen ein unbekanntes Lied. Ein ganz eigener Zauber lag auf diesem Land und zum ersten Mal spürte ich hier eine tiefe innere Ruhe.

Lean lenkte die Kutsche ins Zentrum der Stadt und hielt schließlich vor einem Gebäude, welches einer Kathedrale ähnlich war. Die Kuppel schien aus reinem Gold zu sein und glänzte sanft im Licht der Sterne, die hier viel heller waren als auf der Erde.

Nachdem Enya ausgestiegen war und Lean mir eine Hand reichte, um ebenfalls aus der Kutsche zu steigen, blickte ich für einen kurzen Moment in den Himmel. Ich atmete tief durch und hatte – zugegeben – Angst vor dem, was mich jetzt erwarten würde. Ich war keine Anführerin, ich war keine große Rednerin. Die Wandler würden sicherlich epische Worte erwarten, die sie in einhundert Jahren noch ihren Kindern und Kindeskindern weitergeben konnten.

Ich allerdings hatte nichts außer schweißnassen Handflächen, einem laut klopfenden Herzen und Magenschmerzen, als wir durch den Torbogen gingen und ins Innere der Kathedrale kamen.

Eine mächtige Statue einer schlanken Frau thronte am anderen Ende des Saals, Malereien der Wandler schmückten die Wände und schienen ihre Geschichte zu erzählen. Kerzen schimmerten in jedem Winkel und verliehen dem Raum etwas Wunderschönes.

Die Blicke aller richteten sich auf mich, als ich eintrat. Unbehagen machte sich in mir breit, nur zu klar waren die Bilder von jenem Fest im Hotel, als Greyer durch die Menge zu mir gekommen war und meine Hand geküsst hatte. Fast spürte ich seine Lippen wieder auf meiner Haut – und dort, wo er mich damals berührt hatte, prickelte es leicht. Panik wollte mich erfassen, streckte ihre kalten gemeinen Finger nach mir aus und drohte mich zu ersticken.

Ich spürte das Zittern in den Knien, reckte jedoch das Kinn und schritt durch die Menge der Wandler. Mehr als drei Viertel der Gesichter kannte ich nicht. Es war nur eine Handvoll Wandler in Hamburg gewesen, mir war allerdings bis jetzt nicht klar gewesen, wie viele es hier tatsächlich gab.

»Romy«, nannte jemand meinen Namen. Ich blieb stehen und drehte mich zu einer unbekannten Wandlerin um. Ihr Haar war so kurz rasiert, dass man die Farbe nur erahnen konnte – ihre Augen so grün wie nichts, was ich zuvor je gesehen hatte. »Wir haben viel von dir und dem, was du auf der Erde getan hast, gehört. Du tötetest Kasimir und führtest uns wieder nach Hause. Nicht jeder hätte das tun können. Wir sind dir zu Dank verpflichtet. Und zur Treue.«

Ehe ich es mich versah, sank sie auf ein Knie und legte eine Faust auf ihr Herz. Respektvoll neigte sie den Kopf und plötzlich ging ein leises Raunen durch die Menge. Kleider raschelten, während die Wandler um mich herum ebenfalls auf ein Knie hinuntergingen und ihren Respekt darboten.

Tränen der Überwältigung wollten mir die Sicht nehmen, doch ich bekämpfte sie. Ich hatte mit allem gerechnet, aber damit nicht. Das mittlerweile vertraute Prickeln des Tattoos zog sich weiter über meine Haut, zeigte mir unmissverständlich, dass ich ihre Anführerin war. Hilfe suchend blickte ich zu Lean, der mir allerdings nur ein stolzes Grinsen zuwarf, ehe auch er auf ein Knie niederfiel.

»Das, was ich getan habe …«, begann ich und räusperte mich kurz, weil meine Stimme nicht halb so fest klang, wie ich wollte. »Das, was ich getan habe, tat ich für dieses Volk – *mein* Volk. Ich mag vielleicht eure Bräuche, Sitten und Geschichten noch nicht kennen und ich gebe zu, dass ich absolut nicht weiß, wie ich das alles bewältigen soll, aber ich werde es versuchen. Für euch und für Greyer. Er hat daran geglaubt, dass wir hier unser Leben weiterleben können, und diesen Wunsch werde ich ihm erfüllen, solange ich lebe. Ich … ich wünschte, er könnte sehen, was für ein starkes Volk ihm auf die Erde gefolgt und wieder heimgekehrt ist. Stärker als je zuvor.«

»Das haben wir dir zu verdanken, Romy«, sagte Lean und war plötzlich bei mir. Er legte eine Hand auf meine Schulter und schenkte mir ein warmes Lächeln.

»Möge dein Feuer ewig in dir brennen!«, rief die Wandlerin mit den kurz geschorenen Haaren. Weitere Rufe hallten von den Wänden wider, während die Wandler mit über dem Herzen gekreuzten Fäusten aufstanden und mir ihre Treue schworen.

***

Es war schön, die Wandler glücklich zu wissen. Selbst Tanya sah ich an diesem Abend mehr als einmal lachen, während sie einem mir unbekannten dunkelhaarigen Wandler die Hand auf die Schulter legte. Seine Augen waren nur auf sie gerichtet, ein sanftes Lächeln lag auf seinen Lippen. Ich spürte, wie die Sehnsucht mein Herz zerfressen wollte, und wandte den Blick ab.

Schneller, als ich geplant hatte, stahl ich mich aus der Menge und ging in die Dunkelheit hinaus. Kalte Nachtluft wehte mir entgegen, die ich begierig in meine Lungen sog. Im Gebäude war es deutlich wärmer gewesen, meine Lungen stießen kleine weiße Atemwölkchen aus. Einen Moment blieb ich etwas abseits des Gebäudes stehen, blickte in den Himmel und fragte mich, ob die Wandler auch daran glaubten, dass die Toten zu den Sternen hinaufstiegen und von dort aus auf ihre Lieben achtgaben.

Eine Sternschnuppe kreuzte den Himmel und ging hinter dem Tempel des Dracarian unter. Ich biss mir auf die Unterlippe. Es würde sicherlich niemand bemerken, wenn ich einen kurzen Moment fort war.

Ein tiefes Schnauben ließ mich innehalten und ich blickte mich zu der Kutsche um, wo Hira und Rishka im Gras lagen und auf ihren Einsatz warteten. Lean hatte sie von dem ledernen Geschirr befreit. »Ihr könnt mitkommen, wenn ihr wollt«, sagte ich zu den Wölfen, die eher die Größe eines Bären hatten.

Rishka, die weiße Wölfin, gähnte einmal ausgiebig, ehe sie sich auf die Beine hievte und zu mir herübergetrottet kam. Hira, das dunkelgraue Gegenstück zu Rishka, ließ sich nicht so viel Zeit und trabte mit wachsamen Augen zu mir. Als er bei mir ankam, grub ich eine Hand in sein Fell – an der Schulter, die mir bis zur Brust reichte.

***

Ohne weiter Zeit zu verlieren, war ich dem Sandweg zum Tempel gefolgt, hatte Hiras und Rishkas schwere Pfoten hinter mir trotten hören und mich das erste Mal nicht einsam gefühlt.

»Wartet hier«, wies ich die Kuri an, als wir die Steintreppen zum Tempel erklommen hatten.

Fackeln erhellten den Eingang und ich konnte einen feuerroten Bogen erkennen, der den Eingang des heiligen Tempels säumte. Auch hier sah ich feine Schnitzereien, die ins Holz gearbeitet worden waren. Ehrfürchtig strich ich mit den Fingern über einen eingeschnitzten Drachen, ließ den Bogen dann hinter mir und trat ins Innere des kalten Tempels.

Den vorderen Teil erkannte ich als den Steinsaal, in dem Kasimir den Rat getötet hatte. Dicke Efeuranken tummelten sich dicht an dicht an den Wänden, in der Mitte stand der Steintisch, an dem sonst der Rat und der Wächter des Dracarian saßen. Ich spürte die Macht, die diesem Ort innewohnte, riss den Blick von dem Tisch los und ging weiter. Meine Schritte hallten unnatürlich laut von den Wänden wider, als ich zu einem angrenzenden kleineren Raum kam.

Ich brauchte einen Moment, als ich *ihn* sah.

Vor mir lag ein Steinaltar, direkt dahinter war eine Art Schrein erbaut worden, in dessen Fassung der Dracarian saß. Sein warmes rubinrotes Licht erfüllte den Raum und fiel in sanften Strahlen auf Greyers Körper. Mit mechanischen Schritten ging ich auf den Altar zu.

Greyer trug nicht mehr die schmutzige Kleidung vom Kampf, sondern war in eine schwarze Robe gehüllt, darunter trug er nichts, sodass ich die breiten rosa Narben auf seiner Brust sehen konnte. Zitternd hob ich eine Hand und legte sie auf sein Herz, schaute in sein Gesicht, das so friedlich wirkte, als würde er bloß schlafen.

Erinnerungen an die Zwischenwelt drängten sich in mein Gedächtnis und ich sah ihn wieder neben mir auf der Wiese sitzen. Er hatte gezögert, als ich ihn gefragt hatte, ob ich ihn zurückholen kann. Das allein gab mir Hoffnung.

»Ich werde einen Weg finden, Greyer. Und dann wirst du wieder bei mir sein«, flüsterte ich und setzte einen Kuss auf seine Wange.

***

Offenbar hatte ich viel mehr Zeit bei Greyer und dem Dracarian verbracht, als ich gedacht hatte. Sobald ich aus dem Tempel kam, sah ich eine Silhouette auf mich zukommen. Hira entfloh ein leises Knurren, doch als die Gestalt näher kam, erkannte ich Lean. Das Mondlicht brach sich in seinen blauen Augen, als er mich mit Sorge in ihnen ansah. Ich biss mir auf die Zunge.

»Du weißt, dass er beigesetzt werden muss«, sagte er mitfühlend. Ich schüttelte mechanisch den Kopf. Noch nicht, erst musste ich jede Möglichkeit ausgeschöpft haben.

»Ich ... ich kann ihn noch nicht gehen lassen, Lean.«

Der Schatten der Erkenntnis huschte über sein Gesicht und er riss die Augen auf, als er verstand, was ich vorhatte.

»Das ist keine gute Idee, Romy.«

Ich trat eine Stufe hinunter, um auf Augenhöhe mit ihm zu sein. Wissbegierig blickte ich ihn an. »Du weißt etwas darüber«, stellte ich fest. Er schüttelte den Kopf und fuhr sich durch das zerzauste Haar. Noch ehe er sich herausreden konnte, verengte ich die Augen und kam ihm zuvor. »Ich werde es so oder so herausfinden, Lean. Ob mit oder ohne deine Hilfe, ich werde einen Weg finden.«

»Glaubst du, Greyer hätte gewollt, dass du mit dem Gott des Todes verhandelst? Das sollte niemand je tun, hörst du? Es ist Irrsinn, sich dem Tod stellen und ihm ein Leben nehmen zu wollen. Das hat immer seinen Preis, Romy.«

Vermutlich war es genau die gegenteilige Reaktion, die Lean hatte erbringen wollen, doch meine Gedanken hörten nicht auf, um seine Worte zu kreisen. Man konnte dem Tod also begegnen und mit ihm verhandeln. Wie würde so ein Deal aussehen? Ein Leben gegen ein anderes? Wie sollte ich den Gott des Todes aufsuchen? Ich wusste bereits, dass die Wandler an viele Gottheiten glaubten, doch wie sollte ich eine davon finden? Die Aussicht darauf, dass es vielleicht tatsächlich einen Weg gab, um Greyer zu retten, gab mir die Hoffnung, die ich gebraucht hatte.

Ohne Lean an meinem inneren Gedankenchaos teilhaben zu lassen, nickte ich. »Vielleicht hast du recht. Es ist ein Selbstmordkommando«, murmelte ich.

»Versprich mir, dass du es nicht versuchen wirst.«

Ich legte ihm kurz eine Hand auf den Oberarm und ging an ihm vorbei. Hira und Rishka folgten mir, während ich zwischen den aufkommenden Nebelschwaden verschwand.

Kapitel 26

Greyer

Ich sah sie.

Immer und immer wieder.

Sah, wie sie versuchte stark zu sein, wie sie versuchte die Anführerin zu sein, die die Wandler verdienten. Oh, und ich wusste, was sie durchmachte! Mit jedem Tag, den ich länger in der Zwischenwelt verbrachte, schien meine Seele sich ein Stück weiter von mir zu entfernen.

Aber ich sah *sie*.

Und das war alles, was wirklich zählte.

Kapitel 27

Romy

Noch vor Sonnenaufgang traf sich der Rat, um einige Dinge zu besprechen. Ich war nervös, weil ich keine Ahnung hatte, wie so eine Versammlung vonstattenging, und weil meine Gedanken noch immer einem möglichen Deal mit dem Tod nachhingen und ich deswegen kaum geschlafen hatte.

Nach einem kurzen Frühstück – bestehend aus wirklich leckeren Beeren und einem Getreide, das ich nicht kannte – warf ich einen Blick in den Kleiderschrank. Enya hatte ihn offenbar irgendwann aufgefüllt, denn mir sprangen diverse Kleidungsstücke in meiner Größe ins Auge.

Ich entschied mich für eine Wildlederhose, ein weißes Leinenhemd und eine lange Jacke aus weichem Stoff. Nachdem ich in die Stiefel geschlüpft war, band ich meine Haare im Gehen zu einem Zopf, um nach draußen zu gelangen. Anders als gestern nutzte ich keine Kutsche oder sonst irgendein Hilfsmittel, um zum Tempel zu gelangen, sondern breitete die Flügel aus und erhob mich in die Lüfte.

Drachengeschrei empfing mich, als ich mich immer höher schraubte und der aufgehenden Sonne entgegenflog. Endlich spürte ich den vernichtenden Druck nicht mehr auf meiner Brust, sondern empfand so etwas wie Freiheit und Frieden. Ich schloss für einen Moment die Augen, ehe ich mich wieder hinabstürzte, um zum Tempel zu gelangen.

***

Der Rat erwartete mich bereits auf den steinernen Stufen, als ich vor ihnen landete.

»Dann können wir ja beginnen«, sagte Kain, ehe er sich direkt umdrehte und ins Innere des Tempels ging. Mein Herz schlug mir bis zum Hals, als ich dem Rat folgte. Nicht nur, weil dies meine erste Versammlung war, sondern auch, weil Greyer im anliegenden Raum aufgebettet war und vergebens darauf wartete, wiedererweckt zu werden. Irgendwie wünschte ich mir, wir hätten einen anderen Treffpunkt vereinbart.

»In den kleineren Siedlungen und Dörfern gibt es noch immer Berkan-Angriffe. Ich schätze, wir werden einen Trupp aussenden müssen, der die Tiere zurück in ihr eigentliches Territorium jagt. Die Berkan haben zu lange auf Davantos wüten dürfen, ohne dass wir ihnen Einhalt bieten konnten.« Danayas bernsteinfarbene Augen lagen auf mir, nachdem sie geendet hatte. Ich realisierte, dass die Entscheidung wohl bei mir lag und nickte übereifrig, was mir umgehend peinlich war.

»Ich werde eine Gruppe zusammenstellen, die sich darum kümmert«, sagte ich dann und strich mir eine Strähne, die zu kurz für den Zopf war, hinter das Ohr. Mir war nicht klar gewesen, dass andere Dörfer von den Berkan überfallen wurden. Vielleicht hätte ich mich besser auf dieses Treffen vorbereiten sollen. Doch wenn ich drüber nachdachte, schien der Gedanke, selbst in eines der Dörfer zu reisen und die Wandler dort von den Berkan zu befreien, sehr attraktiv.

Mein Magen verkrampfte sich, als Ariana vorsichtig über Greyer zu sprechen begann. Ihre Worte rückten in weite Ferne, während sie von einer Bestattung redete und laut überlegte, was mit ihm passieren sollte. Sie alle wollten ihn bereits aufgeben und verbrennen, doch da hatten sie nicht mit mir gerechnet.

Meine Gedanken bekamen ein Eigenleben und lockten meinen Geist aus dem Raum hinaus, sodass die Gespräche noch weiter von mir fortrückten, bis sie schließlich nichts anderes als leises Geflüster im Hintergrund waren.

Ich dachte an den Tod. An den wahrhaftigen Gott des Todes. Mir war klar, dass ich nicht einfach so zu ihm spazieren und ihn bitten konnte, Greyer zurückzubringen. Doch wie würde ich einen Gott aufsuchen können? Gab es einen plausiblen Weg, der sich mir jetzt nur nicht zeigte? Vielleicht war es ja recht einfach, dem Tod zu begegnen?

»Romy?«, holte mich eine Stimme zurück in den Tempel und ich blinzelte Ariana perplex an.

»Verzeihung, was?«

»Ariana fragte gerade, ob du damit einverstanden bist, dass Greyer bei den nächsten drei Monden beigesetzt wird«, half Kain mir. Mein Blick huschte von dem schwarzhaarigen Mann mit den unnatürlich dunkelblauen Augen zurück zu Ariana, die ihr weißes Haar in einer hübschen Flechtfrisur trug.

»Ähm, natürlich. Wann waren die drei Monde noch gleich?«, fragte ich und überspielte, dass ich nicht einmal wusste, was die drei Monde genau waren.

»In zwei Tagen. Es ist ratsam, Greyers Körper bald beizusetzen, da seine Seele sonst keinen Frieden finden kann.«

»In zwei Tagen schon!«, brachte ich erschrocken keuchend hervor und zwang mich im nächsten Augenblick Ruhe zu bewahren. Ich krampfte die Finger um die steinerne Armlehne des Stuhls. Mein Herz schien aussetzen zu wollen. Bis übermorgen würde ich es niemals schaffen, ihn zurückzuholen. »Ich … ich möchte, dass der Dracarian seine Wunden heilt. Erst dann soll er beigesetzt wird. Kasimirs Schrecklichkeit soll ihn nicht bis zur Wiedergeburt seiner Seele verfolgen.«

Als die vier einen Blick austauschten, war ich stolz auf mich, dass ich Tanyas kurzem Einstieg in den Glauben der Wandler, als wir auf dem Weg nach Davantos gewesen waren, doch zugehört hatte. Jetzt konnte ich damit argumentieren, denn die Wandler glaubten daran, dass eine Seele stets wiedergeboren wird. Wann war natürlich unklar, doch es war sicher, dass sie irgendwann ihren Weg zurückfinden würde.

»Das ist ein … vernünftiger Einwand«, brachte sich Samuel das erste Mal ein, als Danaya gerade den Mund öffnete, vermutlich, um mir zu widersprechen. Ich lächelte dem in die Jahre gekommenen Wandler kurz zu, dankbar, dass er meine Ausrede unterstützte. Seine Augen blitzten mir entgegen und ich meinte, so etwas wie Erkenntnis in ihnen zu sehen.

»Gut, wenn keiner etwas dagegen hat, können wir ja zum nächsten Thema übergehen«, sagte ich schnell, damit niemand weiter darüber diskutierte.

Die Sitzung dauerte noch eine Weile. Der Rat besprach andere Probleme, die Kasimir hinterlassen hatte, die allerdings nicht unlösbar waren.

***

Als die Ratssitzung vorbei war, ging ich nach draußen, um einen Moment für mich sein zu können. Ich streckte die Arme aus und berührte die hüfthohen Grashalme, die in einem dunklen Türkisgrün erstrahlten. Ein schmaler Pfad führte mich vom Tempel fort und brachte mich in einen atemberaubenden Garten, gesäumt von prachtvollen Bäumen und bunten Blumen.

»Wunderschön, nicht wahr?«

Ich erschrak und drehte mich um, als Samuel mit hinter dem Rücken verschränkten Armen auf mich zukam. Ich folgte seinem Blick und betrachtete die kleinen Vögel, die in schillernden Farben zwischen den Bäumen landeten, ehe ich ein kurzes Nicken zustande brachte.

»Ja, das ist es in der Tat«, pflichtete ich ihm bei.

Sein Blick glitt zu mir. »Es ist nicht leicht, mit dem Tod in Kontakt zu treten.«

Fast hätte ich mich verschluckt. Ich öffnete den Mund, um ihm zu widersprechen und zu sagen, dass ich nichts in der Art vorhatte, doch er kam mir mit einem gütigen Lächeln und einer beruhigenden Handbewegung zuvor.

»Keine Sorge, dein Geheimnis ist bei mir sicher.« Seine Augen wurden von schmalen Lachfältchen umrandet, was ihn sympathisch machte. Doch konnte ich ihm vertrauen? Andererseits musste ich mit irgendjemandem reden, denn mir war völlig schleierhaft, wie ich es schaffen sollte, den Tod zu finden. Lean und Tanya schieden aus, sie würden eher versuchen mir diesen Gedanken auszutreiben.

»Wenn ich ehrlich bin, habe ich absolut keine Ahnung, wie ich es anstellen soll«, sagte ich ehrlich und er nickte, als würde er verstehen.

»Ich kannte jemanden, der dem Tod gegenübergetreten ist, um jemandes Leben zurückzuholen. Sein Name war Yaku. Seine große Liebe wurde von einer schweren Krankheit dahingerafft. Als sie starb, konnte er sie nicht gehen lassen, er war nicht bereit, allein in dieser Welt zu bleiben. Also suchte er den Tod auf und holte ihr Leben zurück. Doch das hat immer seinen Preis, Romy.«

Gänsehaut zog sich über meine Haut. Es beunruhigte mich, dass jeder, der von meinem Vorhaben wusste, diese Worte benutzte.

Mein Herz klopfte hoch bis in die Kehle, als er mich so eindringlich ansah, dass ich fürchtete, er könnte jeden meiner Gedanken durchschauen. Wissbegierig drehte ich mich in seine Richtung.

»Welchen Preis, Samuel?«

»Das Leben kann nur mit dem Tod bezahlt werden. Wenn du dem Tod ein Leben nimmst, musst du ihm eines zurückgeben. Es heißt, der Tod würde das Leben derer vorziehen, die ein anderes retten wollen, weil ihre Herzen rein und voller Liebe sind. Sonst würden sie diese Gefahr niemals auf sich nehmen.«

Mein Magen krampfte sich zusammen und ich spürte die Übelkeit, als die Erkenntnis mich traf.

»Ich muss sterben, um Greyer zu retten«, sprach ich die Worte aus, die zwischen uns lagen. Wir beide wussten es. Doch als Samuel nickte, konnte ich seinem Blick nicht länger standhalten. Meine Augen erfassten die Sträucher vor mir, sahen sie allerdings nicht wirklich. Mein Leben gegen das von Greyer. Er würde leben, während ich sterben musste.

»Es gibt Gerüchte, dass der Tod manchmal einen guten Tag hat und das Leben nicht sofort einfordert«, versuchte Samuel mich aufzuheitern.

»Heißt, ich könnte vielleicht ein paar Tage oder Wochen mit Greyer verbringen, ehe ich ihn für immer verlassen muss?«

»Nichts ist für immer, Romy. Aber ja, das soll es wohl heißen. Dennoch, vergiss nicht, dass der Tod ein Gott ist. Es ist nicht einfach, ihn aufzusuchen. Du musst in die Zwischenwelt, in das Reich der Toten.«

»Dort war ich bereits«, erwiderte ich und erinnerte mich daran, wie ich plötzlich in der Zwischenwelt gelandet war und Greyer hatte sehen können. Samuel betrachtete mich und nickte abschätzend.

»Vielleicht ist es möglich, Romy. Wenn du möchtest, werde ich ein paar Dinge in Erfahrung bringen.«

»Ich bin um jeden Rat dankbar.«

Er nickte und deutete eine leichte Verbeugung an, ehe er mir den Rücken zuwandte und gehen wollte.

»Samuel«, hielt ich ihn auf. »Bitte, davon darf niemand erfahren, ja?«

Der alte Wandler drehte sich noch einmal zu mir um. »Aber natürlich, Romy«, versicherte er mir mit einem Lächeln, ehe er zwischen den Sträuchern verschwand und mich allein mit meinen Gedanken ließ.

Natürlich würde Greyer leben und wieder bei seinem Volk sein können, doch wenn ich egoistisch dachte, dann brachte mir das alles kaum etwas. Ich wollte mit ihm zusammen sein, wollte mein Leben mit ihm verbringen. Doch das würde ich so oder so nicht können.

Aber ich war lieber tot, mit dem Wissen, dass er leben konnte, anstatt allein auf diesem Planeten zu weilen, ohne seine Liebe, ohne ihn je wiedersehen zu können. Es gab in diesem Punkt keine Wahl für mich. Greyer hatte es mehr verdient, hier zu sein. Er sollte sein Volk leiten, sollte zu Hause sein, so, wie er es von Anfang an geplant hatte.

Aber wie wird er sich fühlen, wenn er davon erfährt? Wenn er erfährt, was du getan hast?, fragte mich eine leise innere Stimme, während ich langsam zurück zum Tempel schlenderte. Ja, wie würde er sich fühlen? Schrecklich, schuldig. Aber er würde einsehen, dass es das einzig Richtige war, was ich tun konnte.

***

Als ich wieder im Tempel ankam, waren die Ratsmitglieder alle fort. Ich genoss die Ruhe, die dieser Ort ausstrahlte. Im hinteren Raum empfing mich nur das leise Flüstern des Dracarian und ich betrachtete den rot glühenden Lebensstern kurz, ehe ich mich an die Kante des Altars lehnte und Greyers eiskalte Hand in meine nahm.

»Du würdest es verstehen, nicht wahr?«, flüsterte ich ihm zu und betrachtete sein Gesicht. Er sah so entspannt aus, als würde er lediglich schlafen. Tränen stahlen sich in meine Augen und ich atmete zittrig ein.

Plötzlich wurde das Flüstern des Dracarian lauter und ich runzelte verwirrt die Stirn. Das rubinrote Licht flackerte, Flammen züngelten heftig im Inneren des Sterns. Ich stand auf und ging näher an den Dracarian heran. Aus dem Flüstern heraus kristallisierte sich ein Wort, ganz klar und deutlich: *Romy.*

Als würde der Stern mich magisch anziehen, streckte ich eine Hand nach ihm aus und berührte sanft die glatte Oberfläche. Bis mich urplötzlich ein Strudel aus rotem Licht und heißen Flammen mit sich riss, mich nicht losließ und in sich hineinsog, als würde er mich verschlingen wollen.

Ich landete auf den Füßen. Um mich herum war alles rubinrot – ein weites Nichts. Außer einigen Flammen, die sanft tanzten, gab es hier rein gar nichts.

»Romy«, sagte eine Stimme und ich blickte vor mich. Dort stand eine Frau, Flammen züngelten um ihren spärlich bekleideten Körper, ebenso wie aus ihrem Haar. Ich blinzelte perplex, ehe ich langsam eine Hand hob und mir in den Oberarm zwickte. Ich spürte den Schmerz. Das hier war real.

Die Frau lachte. Glockenhell. *»Das ist Wirklichkeit, Romy. Du bist im Dracarian.«*

»Wer bist du?«, fragte ich sie.

»Mein Name ist Lelaya, ich bin der Lebensstern von Davantos.«

Als ich nichts darauf zu erwidern wusste, lachte sie erneut, bevor sie fortfuhr.

»Jeder Planet hat einen Lebensstern. Beim Erschaffen der Welten wurde so viel Kraft aufgewendet, dass die jeweiligen Erschaffer zu einem Stern wurden, und dieser Stern gibt dem jeweiligen Planeten seine Kraft. Ich war zerbrochen – durch den Schmerz, den dein Vater mir angetan hat, doch du hast mich wieder zusammengesetzt. Auf deinem Planeten habe ich bereits versucht zu dir durchzudringen.«

Noch immer verstand ich nur Bahnhof, erinnerte mich aber an das Flüstern, welches ich stets gehört hatte, seitdem ich den ersten Splitter des Dracarian gefunden hatte. Langsam nickte ich, um ihr zu zeigen, dass ich verstand. Jedenfalls den zweiten Teil ihrer Worte. Der erste war mir völlig suspekt – keiner der Wandler hat mir erzählt, dass die Erschaffer der Welten zu Sternen geworden waren.

»Wenn du bereits auf der Erde mit mir sprechen wolltest, wieso begegnen wir einander erst jetzt? Der Dracarian ist seit Tagen wieder zusammengesetzt.«

»Es ist erst jetzt notwendig, Romy. Jetzt, da du vorhast, dem Tod zu begegnen.«

»Woher weißt du davon?«, fragte ich. War es so deutlich oder stand es mir einfach ins Gesicht geschrieben? Langsam hatte ich das Gefühl, jeder würde in mir lesen können, wie in einem offenen Buch!

»Ich bin der Lebensstern. Ich weiß so einiges.«

»Vielleicht ist es dann ja nicht notwendig … Lelaya, kannst du nicht irgendetwas für ihn tun?«

Bedrückt senkte sie den Kopf. Die Flammen um sie herum wurden dunkler, als würden sie ihre Trauer widerspiegeln.

»Leider nicht. Ich kann seinen Körper heilen, aber seine Seele ist bereits auf Wanderschaft in die Zwischenwelt, wo sie darauf wartet, wiedergeboren zu werden. Es steht nicht in meiner Macht, Seelen von dort zurückzuholen. Doch du darfst keinen Handel mit dem Tod eingehen, hörst du? Das ist gefährlich, auch wenn es dir vorkommt, als sei dies die einzige Lösung.«

Fast schon enttäuscht schüttelte ich den Kopf. Ein winziger Teil in mir hatte wohl noch immer gehofft, dass der Dracarian irgendetwas würde ausrichten können – die Wahrheit nun zu erfahren, dass alles hier Zeitverschwendung war, traf mich.

Ich spürte, wie ein trauriges Lächeln meine Lippen umspielte, als ich Lelaya wieder ansah. »Er verdient es zu leben, Lelaya. Mehr als alles andere. Er verdient es zu Hause zu sein, Davantos wieder aufblühen zu sehen. Ich bin keine Anführerin, weiß nichts über die Wandler oder diesen Planeten, ich kann sie in schweren Zeiten nicht leiten. Ich … ich kann das nicht ohne ihn, verstehst du das nicht?«

»Ich verstehe deine Trauer und auch deine Liebe zu ihm, Romy. Das tue ich wirklich. Doch vergiss nicht, welchen Preis es zu zahlen gilt, um seine Seele zurückzuholen. Frage dich, wie er sich fühlen wird, wenn er erfährt, was du getan hast. Würde er nicht das Gleiche versuchen? Ihr müsst einander loslassen können. Nur weil du ihn gehen lässt, heißt es nicht, dass du ihn vergisst. Du musst leben, Romy. Für die Wandler und für dich. Für Greyer. Überlege dir gut, ob du diesen Preis tatsächlich zahlen willst.«

Ehe ich hätte antworten können, erfasste mich ein Strudel aus Feuer und Flammen, die mich nicht versengten. Ich hörte das leise Flüstern des Dracarian noch immer, als ich zurück im Tempel war. Sprachlos schaute ich zum

Lebensstern hoch, der einfach nur wieder ein glühender Kristall war, der in der steinernen Fassung hing. Nichts zeugte davon, dass das gerade wirklich passiert war.

Ich atmete zittrig ein und strich mir eine Strähne beiseite, ehe ich die Hände vors Gesicht schlug und krampfhaft versuchte die Tränen zurückzuhalten. Ein Schluchzen keimte in meiner Kehle auf und entfloh von meinen Lippen. Ehe ich es verhindern konnte, rannen mir Tränen die Wangen hinab.

»Ich weiß nicht, was ich tun soll!«, brachte ich leise schluchzend hervor, verbarg das Gesicht verzweifelt hinter meinen Händen und weinte. Weinte, wie ich seit Greyers Tod nicht mehr geweint hatte. Es schien, als würden all die sorgfältig versteckten Gefühle hervorbrechen und mich verhöhnen, weil ich sie nicht mehr aufhalten konnte.

***

Ich wusste nicht, wie viel Zeit vergangen war, aber irgendwann spürte ich zwei Hände, die mich vorsichtig in eine Umarmung zogen.

»Es wird alles gut werden«, flüsterte eine sanfte Stimme und ich erkannte sie als Tanya. Der Schluckauf, der sich wegen des vielen Weinens angebahnt hatte, ließ meinen Körper erbeben, bevor ich den Kopf hob und die blonde Wandlerin ansah. Besorgt blickten ihre gelben Drachenaugen auf mich herab.

»Ich schaffe das nicht«, flüsterte ich heiser und sah erneut zu Greyer, der noch immer dalag, als würde er schlafen.

Tanya legte beide Hände an meine Wangen und zwang mich, sie anzusehen. »Du schaffst das, hörst du? Du bist nicht allein hier, Romy, du hast mich, Aaron, Kartha und Lean. Und so viele mehr, die hinter dir stehen. Vergehe nicht an deiner Trauer. Jedem von uns fehlt er, aber wir müssen weitermachen, verstehst du? Wir können nicht in der Vergangenheit leben, wenn die Zukunft auf uns wartet. Lass ihn los, Romy, lass ihn seinen Frieden finden.«

Ich blinzelte sie an. Die Tränen versiegten allmählich und ich brachte ein zittriges Nicken zustande. Sie hatte recht. Ich würde es schaffen.

Schaffen, ihn zurückzuholen.

Kapitel 28

Romy

Der nächste Morgen brach an und ich hatte so gut wie nicht geschlafen. Meine Glieder waren schwer wie Blei, mein Kopf schmerzte und dennoch schwang ich die Beine über den Rand des Bettes und setzte die nackten Füße auf den kalten Steinboden ab. Ich wusste nicht, wie lange ich in der Nacht auf dem Balkon gestanden und in die Weite von Davantos geblickt hatte. Irgendwann war ich ins Bett gestiegen, doch so etwas wie Ruhe hatte ich dennoch nicht finden können.

Ich ging in das angrenzende Badezimmer und wusch mich, ehe ich in den großen Spiegel sah. Dunkle Augenringe prangten in meinem Gesicht und ließen die blasse Haut noch fahler wirken. Ich sah aus wie der Tod höchstpersönlich. Aber es kümmerte mich nicht.

Als ich wieder in meinem Schlafzimmer war und gerade den Schrank nach etwas zum Anziehen durchforstete, drang eine Stimme zu mir.

»Unser Ziel ist Infanir, das Dorf südlich des Steinbruchs. Dort sind die Berkanangriffe am schlimmsten. Unsere Aufgabe ist es, diese Kreaturen zurück in die Berge zu jagen und von den Dörfern fernzuhalten.«

Barfuß tapste ich zu den großen Rundbögen, die mein Schlafzimmer von dem riesigen Balkon trennten. Die Vorhänge wehten im Wind und ich versteckte mich hinter einer großen Topfpflanze, um nicht gesehen zu werden, aber hinunterspähen zu können.

Etwas weiter entfernt sah ich eine Gruppe von Wandlern – Lean war es gewesen, der zu ihnen gesprochen hatte. Mein Herz stolperte kurz, ehe sich ein Plan in meinem Kopf zurechtlegte.

Derzeit wartete ich, dass Samuel mit hilfreichen Informationen zu mir kam, doch das würde sicherlich noch etwas dauern. Was also sollte ich Besseres vorhaben, als mich der Gruppe anzuschließen und Berkan zu vertreiben? Das hatte ich auf der Erde so oft getan und vielleicht würde es mir guttun, hier nicht herumzusitzen und Däumchen zu drehen, sondern zu kämpfen. Das war mittlerweile etwas, was ich wirklich konnte.

So leise und schnell ich konnte, war ich wieder zurück in meinem Schlafzimmer, riss eine dunkelbraune Lederhose aus dem Schrank und streifte sie über meine nackten Beine. Das weiße Shirt, welches ich bereits trug, stopfte ich nachlässig in den Hosenbund und stieg in die Stiefel, die vor dem Bett standen. Mit einem Handgriff hatte ich die passende Weste vom Haken gefischt und zog sie über meine Arme, dann lief ich bereits die Treppen hinunter. Ich musste mich beeilen.

***

»Wo willst du hin?« Enyas Stimme hielt mich auf, als ich unten angekommen war und zur Tür hinauswollte. Ich sah das Mädchen an und zuckte mit den Schultern.

»Hinaus.«

»Jetzt? Du hast noch nicht mal gefrühstückt.«

Ich zuckte erneut mit den Schultern. Die Angst, dass die Gruppe ohne mich aufbrechen würde, nahm überhand und ich verschränkte ungeduldig die Arme vor der Brust.

»Ich wüsste nicht, was dich das angeht. Ich bin die Anführerin, ich kann tun und lassen, was ich will«, schnauzte ich und Enya hob entwaffnet die Hände.

»Schon gut«, erwiderte sie bloß und wandte sich von mir ab. Ich seufzte tief und strich mir eine Strähne aus dem Gesicht. Das schlechte Gewissen nagte augenblicklich an mir wie eine kleine fiese Ratte, die mir das Fleisch von den Knochen knabbern wollte.

»Es tut mir leid, ich wollte dich nicht anfahren. Ich brauche einfach etwas Zeit für mich, okay? Ich muss etwas anderes sehen als das hier.«

Enya blickte mich über die Schulter hinweg an und nickte.

»Bist du zum Mittagessen da?«

»Ganz sicher«, erwiderte ich sanft und schenkte ihr ein aufsteigendes Lächeln, ehe ich zur Tür eilte.

***

Rishka und Hira begrüßten mich mit einem herzhaften Gähnen.

»Folgt mir«, wies ich die beiden Wölfe an und eilte den Pfad, der vor meinem Haus entlangführte, fort. Hinter mir schlossen sich schwere, aber flinke Pfoten meinen Schritten an. Ich wusste, dass ich auch hätte fliegen können, was wahrscheinlich sehr viel schneller gegangen wäre, doch gerade war es genau das Richtige für mich zu rennen.

Die Erschütterung zu spüren, wenn meine Füße auf dem Boden ankamen, das Vibrieren, das dann durch meinen Körper fuhr. Die Luft, die durch meine schmerzenden Lungen glitt und wieder nach draußen gestoßen wurde. Der Wind in meinen Haaren, das Gefühl, *menschlich* zu sein. Keine übernatürlichen Kräfte, die mir in diesem Moment halfen, sondern einfach nur die Romy, die ich langsam, aber sicher aus den Augen verlor.

»Stopp!«, schrie ich, als ich an der Stadtgrenze ankam und die Gruppe endlich einholte. Mein Atem ging unregelmäßig und ich hatte heftiges Seitenstechen, weswegen ich mich kurz auf den Knien abstützten musste, ehe ich weitersprechen konnte. Lean kam durch die Gruppe zu mir und sah mich besorgt an.

»Was ist los? Geht es dir gut?«

Ich nickte und nahm einen tiefen Atemzug, ehe ich sprechen konnte. »Ja, alles in Ordnung. Ich komme mit.«

»Was?! Nein, du …«

»Ich sagte, ich komme mit. Da gibt es keine Widerrede, Lean«, antwortete ich dieses Mal in einem harschen Tonfall, was Lean verstummen ließ. Er presste die Lippen aufeinander und betrachtete mich für den Bruchteil einer Sekunde abschätzend, ehe er respektvoll den Kopf neigte.

»Wie du wünschst.« Er kehrte mir den Rücken zu und ging zurück zu seiner Truppe. Rishka trat hinter mich und stupste mich mit ihrer großen feuchten Nase gegen die Hand. Ich blickte zu dem gewaltigen Tier und tätschelte ihm kurz den Kopf.

»Bleibt bei uns, okay? Wir können eure Hilfe sicher gebrauchen.«

Ein zustimmendes Knurren drang aus den Kehlen der Kuri und ich wusste, dass ich mich auf die Tiere felsenfest verlassen konnte. Binnen eines Atemzuges breiteten sich meine rubinroten Drachenflügel aus und ich schwang mich in die kühle Morgenluft. Erst als ich zwischen den Wolken ankam, konnte ich frei atmen und schloss die Augen. Mittlerweile wusste ich, warum Greyer sich stets nach dem Himmel gesehnt hatte.

Hier oben war es, als würde die Welt unter uns nicht existieren. Als würde es nur die gigantische Freiheit des Himmels geben, den Wind unter meinen ledrigen, mit Drachenschuppen besetzten Flügeln, der fast schon zärtlich über meine Haut strich. Der mich willkommen hieß, als wären wir alte Freunde, die einander lange nicht mehr gesehen hatten.

Ich öffnete meine Lider und sah zu der langsam aufgehenden blutroten Sonne. Hier auf Davantos schien das Licht sämtlicher Himmelskörper sehr viel majestätischer zu sein. Nicht nur die Sterne, die die komplette Nacht erleuchteten, waren heller als auf der Erde, auch die Sonne war es. Sie hatte eine warme Farbe, tauchte die ganze Szenerie in ein tiefes Orangerot.

Ein Lächeln stahl sich auf meine Lippen und ich ließ mich nach hinten fallen, winkelte die Flügel an und sank gen Boden. Als ich aus den Wolken herauskam und erneut die Stadt unter mir sehen konnte, breitete ich meine Flügel wieder aus und schwang mich zu den anderen hinab.

Da ich nicht wusste, wo das Dorf genau lag, ließ ich Lean den Vortritt und folgte ihm. Unter mir konnte ich Rishka und Hira erkennen, die in unmenschlicher Geschwindigkeit hinter uns herhechteten. Hatte ich gedacht, das Rennen von meinem Haus bis zur Stadtgrenze würde mich befreien, dann hatte ich wohl verdrängt, wie fantastisch das Fliegen war.

***

Wir erreichten das Dorf recht schnell. Noch bevor es in Sicht kam, hörte ich das unverkennbare Brüllen der Berkan, das mir sofort eine Gänsehaut über den gesamten Körper jagte. Ich fühlte mich an den Hauptbahnhof in Hamburg zurückversetzt, kämpfte wieder Seite an Seite mit Jakob gegen diese Kreaturen. Sah Greyer vor mir ...

Ich schob die Bilder beiseite und konzentrierte mich auf das, was vor mir lag.

Vor uns erstreckte sich ein kleines überschaubares Dorf. Die Häuser und Hütten waren teilweise zerstört – der Boden von dicken Furchen durchzogen. Ich vermutete, dass sie von den Pranken der Berkan geschaffen worden waren.

Die Gruppe, bestehend aus Lean, Kartha und zwei mir unbekannten Wandlern, landete am Rande des Dorfes und ich blickte mich um. Rechts von uns erstreckte sich ein majestätisches Gebirge gen Himmel. Die Spitze des Gipfels war zwischen dicken Wolken versteckt, sodass mir der Anblick verwehrt blieb. Die Kuri kamen neben mir zum Stehen und ich atmete tief die nach Fäulnis stinkende Luft ein.

»An die Arbeit«, knurrte Lean bei dem Anblick des Dorfes und wir setzten uns in Bewegung. Der erste Berkan entdeckte uns und Rishka rannte in Lichtgeschwindigkeit an mir vorbei, stürzte sich auf das kleine Tier und ich hörte nur noch das Jaulen und Brüllen des kämpfenden Knäuels. Sorge machte sich in mir breit, doch plötzlich war Rishka oben, presste den Kopf des Berkan mit einer Pfote in den schlammigen Boden und setzte den finalen Biss in den Hals der Kreatur.

Ich schraubte mich erneut in die Lüfte, rief das Drachenfeuer zu mir und versengte eine Gruppe Berkan, die in der Nähe des Dorfes waren. Zwei Drachenwandler-Kinder blickten mir dankbar entgegen und riefen mir irgendetwas zu, doch ich konnte es nicht hören.

***

Ich wusste nicht, wie lange wir hier waren, doch die Stunden verschwammen zu einer undurchsichtigen Wand aus Farben, die einfach so an mir vorbeizog. Ich hatte das Gefühl, völlig mechanisch zu handeln, als wäre ich auf Autopiloten gestellt. Ich kämpfte unermüdlich gegen die Berkan, Seite an Seite mit meinen Freunden, Seite an Seite mit den Kuri. Bis auch die letzten Berkan die Flucht ergriffen und zurück in die Berge liefen.

»Ist jemand verletzt?«, rief Kartha – und es war ein Wunder, dass wir alle heil geblieben waren. Mittlerweile wurde es schon fast dunkel, die Sonne ging gerade am Horizont unter und wurde schließlich von einer weit entfernten Bergkette verschluckt. Es war Zeit für den Rückweg.

***

Den ganzen Weg zurück in die Stadt hatte ich geschwiegen. Dieses Mal hatte ich mich nicht in die Lüfte geschwungen, sondern mich von Hira auf dem Rücken tragen lassen. Meine Hände hatten wie selbstverständlich in das weiche Fell gegriffen, meine Kräfte waren geschwunden und ich fühlte mich unendlich müde.

Erst als die Stadt in Sicht gekommen war, hatte Hira das Tempo verlangsamt.

Sie hielt an und ich stieg von ihrem Rücken, um selbst zu laufen. Wir durchquerten das Tor und ich genoss die friedliche Stille, die hier herrschte. Noch immer faszinierte mich der Anblick der Stadt, doch ich glaubte, dass ich mich nie dran gewöhnen würde. Dafür war Davantos bislang einfach zu einzigartig.

Als ich an meinem Haus ankam, sah ich eine dunkle Silhouette, die auf den Stufen saß und anscheinend wartete. Ich trat näher und die Person drehte ihr Gesicht zu mir – es war Enya. Verdammt. Ich hatte mein Versprechen gebrochen.

»Du warst mit den anderen im Dorf«, sagte sie tonlos und ich biss mir auf die Unterlippe. Keine Ahnung, wieso, aber ich fühlte mich für die Wandlerin vor mir irgendwie verantwortlich. Und jetzt hatte ich sie furchtbar enttäuscht, weil ich ihr nicht verraten hatte, wohin ich gehen würde. Und auch nicht zum Mittag zurückgekehrt war.

»Es tut mir leid, Enya. Ich musste raus, verstehst du das nicht? Ich brauchte Ablenkung, etwas anderes als dieses Haus und die Blicke der Wandler, als würden sie irgendetwas von mir erwarten.«

»Sie erwarten nichts von dir, Romy. Wir alle sind hier, um dich zu unterstützen und dir zu helfen, dich zurechtzufinden. Keiner will dir etwas Böses, aber du setzt dein Leben aufs Spiel. Merkst du nicht, dass das nicht der richtige Weg sein kann?«

Das Mädchen klang sehr viel weiser und älter, als es aussah. Ich presste die Lippen zusammen und fröstelte. Irgendwie war mir plötzlich kalt.

»Ich setze mein Leben nicht aufs Spiel. Ich kämpfe für mein Volk. Und jetzt bin ich müde.«

Ich ließ sie und die Treppen hinter mir, auch wenn es meinem Herzen einen Stich versetzte. Doch wenn ich immer auf irgendwen Rücksicht nehmen müsste, würde ich irgendwann ersticken und jämmerlich zugrunde gehen. Das Gefühl, das ich heute gehabt hatte, während ich gegen die Berkan kämpfte, hatte mich beflügelt. Hatte mir gezeigt, dass ich doch nicht nutzlos in dieser Welt war und auch ohne Greyer etwas erreichen konnte.

Nichtsdestotrotz musste ich alles daransetzen, ihn zurückzuholen.

***

Der nächste Tag war völlig ereignislos. Der Rat setzte sich mal wieder zusammen und redete darüber, was in den Dörfern geschah, dass wir die Berkan in Schach hielten und langsam, aber sicher so etwas wie Normalität einkehrte. Ich folgte den Gesprächen kaum, hoffte, dass Samuel mich nach der Sitzung ansprechen würde, doch das blieb aus. Also wanderte ich ruhelos in der Stadt umher, nahm mechanisch Nahrung in mich auf und lebte einfach so dahin.

Bis zu dem Tag der drei Monde, an dem Samuel nach einer weiteren Ratsversammlung endlich zu mir kam.

***

»Romy? Kann ich dich kurz unter vier Augen sprechen?« Samuel blickte mir bedeutungsschwer entgegen und ich folgte ihm sofort in die Gärten des Tempels. Die langen Grashalme streiften meine Hüften, während sie sich leise im Wind hin und her wiegten. Alles in mir war angespannt. Samuel hatte meine Geduld fast zum Reißen gebracht – schließlich war heute der Tag, an dem Greyer beigesetzt werden sollte.

Von Lean wusste ich, dass es um Mitternacht sein würde, dann, wenn alle drei Monde die höchste Stelle am Himmel erreicht hatten. Seinen Erzählungen zufolge würde die Nacht dann so hell wie der Tag sein, ein silbriges Licht würde auf ganz Davantos liegen.

Unter anderen Umständen hätte ich dies sicher für völlig faszinierend gehalten.

Als ich mich kurz umdrehte, um zu sehen, ob uns niemand gefolgt war, atmete ich tief aus.

»Was hast du in Erfahrung bringen können?«, fragte ich Samuel freiheraus und der alte Mann mit kahlem Kopf drehte sich zu mir um.

»Eine Möglichkeit, den Tod zu finden. Du hast eine starke Verbindung zum Dracarian, wir können dich mit seiner Hilfe in die Zwischenwelt schicken.«

Ich stieß die angehaltene Luft zwischen den Zähnen hervor. Die Anspannung löste sich kaum von mir, doch etwas Neues stahl sich einen Weg durch meinen Körper: Erleichterung. Ich würde tatsächlich in die Zwischenwelt reisen können, um den Tod aufzusuchen.

»Lass es uns nach Sonnenuntergang tun. Ich will ausschließen, dass wir unterbrochen werden.«

Samuel neigte den Kopf in einer respektvollen Geste. »Wie du wünschst, Romy«, sagte er, ehe er durch das dichte Gras davonstapfte.

Tränen lösten einen Druck hinter meinen geschlossenen Lidern aus. Ich wusste, dass es nicht ungefährlich war und ich vermutlich heute Nacht sterben würde, dennoch war es das wert. *Er* war es wert.

***

Vollkommen in Gedanken versunken war ich zu meinem Haus zurückgekehrt, wo Rishka und Hira vor der Tür lagen und auf mich warteten. Ich hatte die Tiere in der kurzen Zeit, die ich nun hier war, ziemlich ins Herz geschlossen und somit tat es weh, sie bereits wieder verlassen zu müssen. Ich ging vor ihnen auf ein Knie hinunter und legte jeweils eine Hand auf den gewaltigen Kopf der beiden Tiere. Sie schlossen die Augen und gaben ein leises Seufzen von sich.

»Bald wird alles wieder ganz in Ordnung sein«, flüsterte ich ihnen zu, woraufhin Rishka die Augen öffnete und mich musterte. Leise winselnd stupste sie meinen Arm mit der Nase an, als würde sie fühlen, dass etwas nicht stimmte. Ich blinzelte die Tränen weg und lächelte sie an. »Es wird alles gut«, versicherte ich ihr, stand auf und ging ins Innere des Hauses.

Ich glaubte nicht daran, dass ich das hier überlebte, also setzte ich mich an einen Tisch im Erdgeschoss, nahm einen der Kohlestifte und ein Blatt Pergament aus einer der Schubladen. Dann atmete ich tief durch und schrieb die Worte auf, die mir im Kopf herumgeisterten.

Greyer,

wenn Du diese Zeilen lesen kannst, heißt das, dass mein Plan funktioniert hat. Es bedeutet, dass Du am Leben bist - und ich nicht mehr. Aber glaub mir, das ist okay, denn ich bin mit dem Wissen gestorben, dass Du leben und Davantos in seiner ganzen Pracht wiedersehen kannst.

Das war alles, was ich wollte.

In meinem Leben gab es nicht viele Menschen, die mein Herz berührt haben. Und als ich Dich das erste Mal gesehen habe, im Landgerichtsgebäude, sind all die vorherigen Jungs unbedeutend gewesen. Denn in diesem Moment spürte ich eine Anziehung, die nicht von dieser Welt war, und ich wusste plötzlich, was Liebe ist.

Ich danke Dir, dass Du mir gezeigt hast, dass es die wahre Liebe tatsächlich gibt.

Sei nicht wütend auf mich und betrauere meinen Tod nicht. Wir werden uns wiedersehen - denn meine Seele wird immer nach der Deinen Ausschau halten.

In Liebe

Romy

***

Die Sonne war schon untergegangen, als ich mich auf den Weg zum Tempel begab. Hira und Rishka folgten mir in stillem Beistand. Meine Annahme, dass sie spürten, was vor sich ging, war nicht weit hergeholt. In ihren Augen stand bereits die Trauer, mich gehen zu lassen.

Als ich die steinernen Stufen zum Tempel erklommen hatte, drehte ich mich zu den beiden Wölfen um. »Bleibt hier und passt auf, dass niemand den Tempel betritt.« Dann atmete ich noch einmal die kühle Nachtluft von Davantos ein und betrat das Gemäuer.

Samuel war im hinteren Teil des Tempels, dort, wo auch Greyers Körper aufgebahrt worden war. Er war gerade dabei, die Kerzen mit Drachenfeuer zu entfachen, als ich eintrat und er sich zu mir umdrehte. Er nickte mir zu, dann ging er seiner Arbeit, die Kerzen zu entflammen, weiter nach.

»Erzähl mir davon, wie du das letzte Mal in die Zwischenwelt kamst«, bat er und ich beobachtete jeden seiner Schritte. Die Erinnerungen waren noch immer präsent und meine Stirn legte sich automatisch in Falten, als sie mich gefangen nahmen und aus der Realität fortzerren wollten.

»Ich denke, dass der Dracarian mich dorthin gebracht hat. Ich war ... in Trauer um Greyer, konnte nicht zu einem normalen Alltag übergehen, konnte meine Aufgabe, die Erde wiederherzustellen, nicht erfüllen. Tagelang saß ich in seinem Zimmer und habe getrauert und dann, ganz plötzlich, hörte ich seine Stimme. Als ich die Augen öffnete, war ich in der Zwischenwelt, neben mir Greyer. Um uns herum andere Tote.«

Vor meinem inneren Auge tanzten die Bilder von der Zwischenwelt. Wie friedlich es dort gewesen war. Ich sah Greyer wieder vor mir, wie er mich geküsst hatte, wie sein Lächeln mich mit voller Wucht getroffen hatte.

Samuel kam vor mir zum Stehen und blickte mich aus seinen wässrigen alten Augen an. Irgendetwas in mir hatte ein seltsames Gefühl bei dieser Sache, doch ich schrieb das der Aufregung zu. Schließlich traf man nicht jeden Tag auf den Tod.

Er griff nach dem Dracarian und zog ihn behutsam aus der Halterung. Sein Blick blieb bei dem rubinroten Leuchten hängen, ehe sich ein schwaches Lächeln auf seine Lippen stahl. Als er den Kopf hob und mich ansah, war dieses Lächeln verschwunden. Ich hatte es mir vermutlich nur eingebildet.

»Du bist dir ganz sicher, Romy?«, fragte er noch einmal und ich nickte. Er hielt mir den Dracarian entgegen und ich ergriff ihn, spürte die Wärme zwischen meinen Fingern. Das aufgeregte Flüstern, welches von dem Stern ausging, versuchte ich zu ignorieren, denn ich wusste, dass Lelaya mein Vorhaben vereiteln wollte. Ich würde nicht auf sie hören, würde ihr nicht die Möglichkeit geben, erneut mit mir zu sprechen.

Dann ging plötzlich alles ganz schnell.

Samuel griff hinter seine schwarze Robe, ich sah ein Aufblitzen, eine Reflexion von Licht, und dann spürte ich, wie etwas durch meinen Bauch schnitt. Samuels Augen blitzten, als er mir ganz nah war und eine Hand auf meine Schulter legte. »Du hättest Kasimir nicht töten sollen, Romy. Er war der wahre Anführer, er hätte unser Volk in eine neue Welt geführt. Wir hätten die Macht bekommen, die uns zusteht. Wir wären gefürchtet worden, so wie alle Welten sich vor uns fürchten sollten.«

Ich war wie erstarrt, als die Erkenntnis, dass Samuel, der, dem ich vertraut hatte, mich töten wollte, in meinen Verstand sickerte. Mein Körper gehorchte mir nicht und ich fühlte mich wie im Schock, so völlig überrumpelt und verraten.

Vielleicht hatte ich auch genau das – einen Schock. Schließlich steckte, als ich an mir hinuntersah, ein Dolch bis zum Schaft in meinem Bauch. Blut quoll aus der Wunde, als Samuel den Dolch herauszog, und ich ging keuchend zu Boden.

»Wieso?«, hörte ich mich erstickt flüstern. Ich spürte, wie das Blut meine Kehle hinaufgekrochen kam, und hustete einen Schwall Flüssigkeit aus.

»Weil du nie an seiner Stelle regieren kannst. Ich hatte Hoffnung für dich, als ich erfuhr, dass du seine Tochter bist. Doch ich habe mich getäuscht, du bist zu schwach, um die Wandler in die glorreiche Zukunft zu führen, die wir verdienen. Kasimir war stark, er hätte sich nie für irgendjemanden geopfert. Du bist nur ein verliebtes dummes Ding, das die Wirklichkeit nicht sehen kann.«

Ich konnte noch erkennen, wie ein rubinrotes Leuchten den Raum erstrahlen ließ, doch dann zerrte der Tod an mir und ich fiel auf den kalten Steinboden. Verschwommen nahm ich wahr, wie Samuel sich entfernte, mich einfach in meinem eigenen Blut sterben ließ. Und dann wurde langsam alles schwarz um mich herum. Ganz so, wie ich es mir schon oft gewünscht hatte.

Ich erinnerte mich an den Tag, an dem die Wandler auf die Erde kamen, erinnerte mich an das Gefühl, als ich die Hand meiner Mutter verlor und zu Boden stürzte. Wie die Menschen über mich hinwegtrampelten, wie sich die kleinen Glasscherben in meinen Körper fraßen und ich gehofft hatte, das alles würde ein Ende nehmen.

Ich erinnerte mich an den Tod meines Vaters, sah wieder vor mir, wie er hoffnungslos versuchte vor dem Berkan fortzulaufen. Ich sah, wie der Berkan sein Maul öffnete und Papa im Laufen einfach zwischen die gewaltigen Zähne nahm, wie sein Körper erschlaffte und ich nicht glauben konnte, einfach nicht verstand, was dort gerade geschehen war.

Kurz blitzte Jakobs vertrautes Gesicht auf, wie er mich zurückholte, mich nicht aufgab und mir stets den nötigen Halt wiedergab, den ich in dieser Welt so oft verloren hatte.

Ich sah Thomas. Wie er an dem Regal im Supermarkt lehnte, den Bauchraum völlig zerfetzt, Blut und Eiter überall. Ich erinnerte mich an meine Panik, als ich das Schnüffeln wahrgenommen und ich Jakob angefunkt hatte.

Und ich sah *mich* wieder. Sah mich im Tunnel, nachdem ich von einem Berkan erwischt worden war. Sah die verschwommenen Bilder, wie Wolf mich mit einem Auge nähte, wie ich schrie, weil es keine Betäubung gab.

Ich sah Greyer, unsere erste Begegnung, spürte den Hauch der Anziehung, doch die Kälte, die meinen Körper erfasste, ließ sie mich nicht so intensiv spüren, wie sie es eigentlich gewesen war.

Und dann war da nichts als Schwärze.

Mein Leben ging zu Ende.

Kapitel 29

Greyer

Die Zwischenwelt wurde von einem warmen rubinroten Leuchten erfasst. Ich spürte jemanden in der Nähe, spürte *sie* in der Nähe. Meine Seele schien zurück zu mir zu kommen, denn auf einmal war alles wieder klar.

»Sie ist hier«, flüsterte ich in die Stille hinein und schaute auf. Koba, mein Vater, richtete den Blick auf mich und betrachtete mich aus den gleichen türkisblauen Augen, wie ich sie hatte.

»Du weißt, was das bedeutet«, sagte er mit seiner tiefen Stimme. Und mir wurde schlagartig klar, *was* es bedeutete. Romy war hier, in der verdammten Zwischenwelt! Sie würde nicht einfach hierherspaziert sein und glücklich wieder hinauslaufen, als würde sie nur jemanden besuchen.

Sie musste tot sein.

Ich sprang auf und spürte deutlich, wie die Drachenschuppen über meine Haut flossen, wie sich die Flügel auf meinem Rücken ausbreiteten, als hätten sie zu lange geschlafen. Ich fühlte mich nicht völlig wie ich selbst, weil nur meine Seele hier war, doch ich war mehr ich als in den letzten Tagen oder Wochen.

»Sie ist tot, Greyer. Du kannst nichts daran ändern.«

»Das werden wir ja sehen«, knurrte ich und schwang mich in die Lüfte. Mir war klar, was sie vorhatte.

Sie wollte den Tod suchen.

Kapitel 30

Romy

Als ich die Augen öffnete, sah ich zuerst das saftig grüne Gras unter mir. Einen kurzen Moment lang wusste ich nicht, was geschehen war, doch dann kamen die Bilder mit einem Schlag zurück und ich richtete mich auf.

Meine Hand fuhr an meinen Bauch, doch lediglich der dunkle Blutfleck auf meinem Hemd zeugte noch davon, dass Samuel mich niedergestochen hatte. Ein sanftes Leuchten erfasste mich und als ich aufstand, sah ich Lelaya vor mir. Die Flammen, die um sie herum züngelten, schienen dunkel vor Sorge zu sein.

»Er wollte dich töten!«, rief sie empört aus und ich nickte abwesend, während ich mich umsah. Ich war tatsächlich in der Zwischenwelt.

»Offensichtlich hat er es auch geschafft«, gab ich nüchtern zurück. »Aber immerhin bin ich in der Zwischenwelt.«

Lelaya schüttelte den Kopf. *»Nein. Wir sind verbunden, Romy. Solange der Tod nicht auf natürliche Weise oder von mir aus kommt, wirst du nicht sterben können. Wir müssen zurück und Samuel zur Rechenschaft ziehen! Er darf nicht ungestraft davonkommen.«* Die Flammen wurden heller und stießen hoch in den Himmel empor, als würde Lelayas Zorn auf sie abfärben – was er wahrscheinlich tat.

Ich biss mir auf die Unterlippe. »Sein Verrat wird später bestraft werden, Lelaya. Ich bin genau dort, wo ich sein wollte. Jetzt muss ich nur noch den Tod finden«, erwiderte ich und stand auf.

»Du bist nicht davon abzubringen!«, schimpfte die Erschafferin von Davantos hinter mir. *»Der Tod ist unberechenbar und wird dich umbringen! Niemand kann dir garantieren, dass er auf deinen Handel eingeht. Bitte, versteh doch, dass du das nicht tun kannst.«*

Wütend wirbelte ich zu ihr herum. »Ich kann jetzt nicht zurück, Lelaya! Ich muss es wenigstens versuchen, das bin ich ihm schuldig!«

Die Flammen wichen vor mir zurück und Lelaya nestelte an ihren Fingern, ehe sie seufzte und dabei kleine Rauchwölkchen aufstiegen. *»In Ordnung. Ich zeige dir den Weg.«*

***

Wir gingen gefühlte Stunden durch die Zwischenwelt. Immer und immer wieder trafen wir auf Seelen, die uns ansahen, als seien wir von einem anderen Planeten.

Ich erkannte einige Wandler, die bei dem Kampf mit Kasimir ums Leben gekommen waren, doch ich gab mein Bestes, um sie zu ignorieren. Ich wollte ihre Blicke, die offensichtliche Bestürzung darüber, dass ich hier war, nicht sehen.

Unser Weg führte uns weiter an einem dunklen Fluss entlang bis zu einem Wald, den wir durchquerten. Als sich eine kleine Lichtung auftat, erhob sich ein riesiger Berg vor uns, in dessen massiven Stein eine Höhle gehauen war. Der Eingang wurde durch schwarze Gitterstäbe versperrt.

»Tu es nicht«, hörte ich eine Stimme wie aus dem Nichts und eine Gänsehaut überkam mich. Ich erzitterte unter dem Klang *seiner* Stimme und drehte mich langsam um.

Greyer stand vor mir. Seine silbernen Flügel falteten sich auf seinem Rücken zusammen, als er sanft im Gras landete. Mit schnellen Schritten kam er zu mir herüber und griff nach meinen Händen. Erst dann sah er auf mich herab und erkannte den Blutfleck auf meiner Kleidung. »W...was ist geschehen?«

»Nichts von Bedeutung, Greyer.« Ich drückte seine Hände und genoss die kleinen Schauer, die seine Berührung mir über den Rücken jagte. Sein Blick fand meinen und ich lächelte. Lächelte, weil ich ihn wiedersah und wusste, dass das hier genau das Richtige war.

»Tu es nicht«, flüsterte er wiederholt, als er erkannte, was ich vorhatte. »Mein Leben ist nicht wertvoller als deines.«

»Ich muss es tun, das weißt du. Ich muss es wenigstens versuchen.«

»Das kann ich nicht zulassen. Ich will nicht, dass du meinetwegen stirbst.« Verzweiflung wirbelte in seinen Augen wie ein Sturm und er umfasste mein Gesicht mit beiden Händen. »Tu es nicht«, flüsterte er erneut und beugte sich zu mir herab, um seine Lippen auf meine zu drücken.

Tränen schossen mir in die Augen und ich klammerte mich an seinen Armen fest, wie eine Ertrinkende, die nur einen Rettungsreifen hatte.

Dann löste ich mich von ihm und atmete seinen vertrauten Duft ein. »Meine Seele wird deine finden«, flüsterte ich und stieß ihn heftig von mir, sodass er einige Schritte nach hinten stolperte.

Lelaya zerrte an dem schwarzen Tor und ich schlüpfte hindurch, ehe es wieder zufiel. Greyer stürzte vor und rüttelte heftig an den Gitterstäben – doch sie öffneten sich nicht erneut.

»Das kannst du nicht tun!«, schrie er und ich ging wenige Schritte rückwärts, bis die Dunkelheit mich verschluckte und seine Stimme verklang. Das schlechte Gewissen nagte an mir und mein Herz fühlte sich schwer an. Es war heftig, ihn so verzweifelt zurückzulassen, und auch wenn ich am liebsten direkt wieder zu ihm gegangen wäre, musste ich das jetzt durchziehen.

***

Vollkommene Finsternis herrschte. Nicht einmal die Flammen, die Lelayas Körper eigentlich umspielten, konnten für Licht sorgen. Unsicher tat ich einige Schritte nach vorn, konnte keine Silhouette oder Schatten ausmachen, die mir sagten, wo es langging. Mein Herz klopfte wie wild gegen den Brustkorb, während ich vorsichtig weiterlief. Alles in mir war bis aufs Äußerste angespannt, doch urplötzlich verlor ich den Boden unter den Füßen und fiel.

Ich schrie, während ein eiskalter Wind mich erfasste und an meinem Haar und meiner Kleidung zerrte. Ehe ich unten auf dem Boden aufschlagen und zweifelsohne sterben konnte – und dieses Mal richtig –, wurde ich von einer unbekannten Macht gestoppt und glitt sanft zu Boden. Meine Knie gaben sofort zitternd unter mir nach und ich fiel auf den Hintern zurück. Ein tiefes Grollen zerriss die Dunkelheit und weiße Flammen tänzelten an Fackeln, die links und rechts in den groben Stein geschlagen worden waren. Vor mir tauchte ein Schatten auf und keine Sekunde später wuchteten sich riesige Klauen auf den felsigen Boden, sodass Risse entstanden. Pure Angst schoss durch mich hindurch, wie ich sie noch nie zuvor gespürt hatte.

Ein riesiger Drache baute sich vor mir auf, rabenschwarz wie die reinste Finsternis. Seine großen Flügel waren teils zerrissen; der Drache war völlig abgemagert, sodass die Knochen hervorstanden. Manche Teile seiner schuppigen Haut waren heruntergefressen und entblößten die weiß schimmernden Knochen. Der Kopf des Drachen war schmal und spitz, dicke Hörner ragten in die Höhe.

»Wer wagt es, in mein Reich einzudringen?«, grollte die tiefe Stimme und ließ die Flammen der Fackeln ehrfürchtig erzittern. Ich schaffte es kaum, mich aufzurichten. Die Macht des Todes drückte mich zu Boden, ließ meine Gliedmaßen zittern wie Espenlaub.

»M…mein Name ist R…Romy«, begann ich zähneklappernd. »Ich bin hier, um einen Handel mit dir abzuschließen.« Ich schlang die Arme um meinen Oberkörper, denn ich hatte das entsetzliche Gefühl zu zerbersten. Kurz fragte ich mich, was Lelaya wohl widerfahren war, da grollte ein tiefes Lachen in meinem Kopf.

»Niemand geht einen Handel mit dem Tod ein«, erwiderte die Stimme des Drachen und ich schaute zu seinen toten weißen Augen hoch.

»I…ich will ein Leben eintauschen. Bitte … wenn du das v…von Greyer zurückgibst, wirst du meines erhalten.« Ich brauchte meine ganze Willenskraft und all meinen Mut, um nicht schreiend das Weite suchen zu wollen. Doch wohin hätte ich laufen können?

In einer fließenden Bewegung erhob sich der Tod in die Lüfte und kam vor mir in seiner menschlichen Gestalt wieder auf dem Boden auf. Ein hagerer alter Mann – sein Haar und seine Augen so weiß wie die Flammen, die uns umgaben. Die rechte Hälfte seines Gesichts war gänzlich weggefressen, sodass der Knochen darunter frei lag. Ich konnte ihn nicht ansehen. Angst zerfetzte meine Eingeweide und ich zitterte, als er sich zu mir beugte und sein kalter fauler Atem meine Haut traf.

»Wieso sollte dein Leben wertvoller sein als das des Anführers?«, raunte er mir zu und ich hob bebend den Blick. Blanker Knochen und weiße Augen starrten mich an.

»W...weil ich b...bereit bin für ihn zu sterben ...?« Meine Stimme hätte fest klingen sollen, doch die Worte kamen wie eine Frage über meine Lippen.

Das grausige Lachen hallte von den Wänden wider. Die Macht, die von dem Tod ausging, riss mich fast von den Füßen. Alles in mir schrie danach wegzurennen und nie wieder hierherzukommen. Eine eiskalte knochige Hand legte sich um meinen Hals und ich versuchte das Gesicht wegzudrehen, schloss die Augen und spürte die Tränen der Angst, die sich einen Weg nach draußen bahnen wollten.

»Du bist ein törichtes junges Ding. Deine Liebe wird dich nicht retten.«

Ich öffnete den Mund, um etwas zu sagen, doch der Tod riss meinen Kopf nach hinten und presste mir seine kalte Hand auf die Stirn. Ich spürte, wie sich meine Augen verdrehten; die Macht des Gottes riss mich fort. Ich war gefangen in einem Strudel aus weißem Feuer und Erinnerungen an die Erde. Ich sah die Bilder, wie ich Kasimir tötete, wie ich die Erde mithilfe des Dracarian wiederaufbaute und wie ich nach Davantos kam, um den Lebensstern zurückzubringen und den Planeten wieder herzurichten.

Als ich sah, wie der Dracarian in der Brust eines dunkelroten Drachen – *in mir* – saß und das majestätische Geschöpf sich in die Luft erhob, erfasste mich plötzlich eine Hitze. Rubinroter Dunst mischte sich zu den weißen Flammen und ich hatte endlich die Kraft, mich aufzurichten. Mehr Hitze durchströmte mich und griff auf den Tod über.

Ich konnte meine Augen in seinen sehen, konnte sehen, wie sie sich veränderten und zu den dunkelroten Drachenaugen wurden, während die Schuppen über meine Haut flossen. Ich sah den Tod an. Fast hätte ich den Ausdruck in seinem Gesicht als Fassungslosigkeit beschrieben, doch irgendwie schien es mir nicht richtig, dass ein Gott fassungslos war.

»Du hast das getan«, flüsterte er und ein weiteres Zittern erfasste meinen Körper, jedoch lange nicht so schlimm wie die vorherigen Male. »Ich bin der Gott des Todes, doch die Existenz eines Gottes ist sinnlos, wenn es kein Volk gibt, welches an ihn glaubt. Du hast die Wandler nach Hause geführt, du hast den Planeten und auch uns Götter gerettet.«

Eine kurze Pause entstand, in der ich begriff, dass das, was ich getan hatte, bedeutungsschwerer war, als ich je vermutet hätte.

»Um welches Leben handelt es sich noch gleich?«, fragte er und ich spürte die Anspannung meine Knochen hinaufkriechen.

»Greyers.«

Er nickte, erhob sich in die Lüfte und verwandelte sich zurück in den gigantischen Drachen. Der Wind seines Flügelschlags erfasste mich und riss mich von den Füßen. Schwärze nahm mich mit sich.

***

Als ich die Augen öffnete, lag ich auf dem kalten Steinboden des Tempels. Verwirrt richtete ich mich auf und zuckte vor Schreck zusammen, als eine Stimme in meinem Kopf hallte. *»Er wird leben«*, flüsterte der Gott des Todes. *»Ich fordere dein Leben ein, wenn du es gelebt hast. Du rettetest eine ganze Welt.«*

Ein Stöhnen ertönte und mein Blick schoss in Greyers Richtung. Er bewegte sich und sofort war ich aufgesprungen und rannte zum Altar, wo er die Augen öffnete. Tränen verschleierten mir die Sicht, als ihm ein Husten über die Lippen kam. Ich strich ihm eine Strähne aus dem Gesicht und konnte kaum glauben, dass er tatsächlich am Leben war. Sein Blick erfasste mich und er begann mechanisch den Kopf zu schütteln.

»Das hast du nicht wirklich getan«, flüsterte er erstickt, doch ich brachte ihn mit einem Kuss zum Schweigen. Mein Herz schwoll an, Glück waberte in meinem Körper und ließ mich ein kurzes Lachen ausstoßen.

»Es ist nicht, wie du denkst«, sagte ich an seinen Lippen und löste mich vollständig von ihm. »Lass es mich dir später erklären, in Ordnung? Du musst zu Abraham.«

»Ich verstehe nicht …«, gab er zurück und ich schüttelte den Kopf.

»Das ist nicht wichtig. Alles, was zählt, ist, dass du hier bist.«

Ich wischte mir die Tränen weg und gab Greyer etwas Raum, um sich aufzusetzen. Mein Blick fiel auf die Blutlache und ich erkannte, dass Samuel tatsächlich fortgelaufen war.

»Ich werde nach Lean schicken lassen, damit du nicht allein bist. Ich muss erst etwas erledigen.« Noch einmal küsste ich ihn, ehe ich mich zum Gehen umdrehte.

»Bring dich nicht in Gefahr.«

Wut erfasste mich und ich konnte das kühle Lächeln, welches ich auf meinen Lippen spürte, nicht länger unterdrücken. »Nicht ich bin in Gefahr.«

***

Ich verließ den Tempel. Rishka und Hira sprangen auf die Füße und winselten, als sie mich sahen. Keine Sekunde später kamen Tanya, Aaron, Lean und Kartha die Stufen heraufgelaufen und sahen mich ungläubig an. Tanya sank eine Stufe zurück und schüttelte schwach den Kopf.

»Bei allen Göttern«, flüsterte sie. »Samuel sagte, du wärst tot.«

»Ich bin nicht diejenige, die sterben wird«, erwiderte ich mit fester Stimme. An der Fassungslosigkeit ihrer Gesichter konnte ich ablesen, was sie sahen. Greyer trat hinter mir aus dem Tempel. Lean war in wenigen Schritten bei ihm und stützte ihn, sein Körper war noch immer schwach. Ich blickte zu ihm, Lean suchte meinen Blick und schüttelte fragend den Kopf.

»Wie … wie kann das sein, dass ihr beide vor uns steht?«

»Ich werde es dir erklären, aber jetzt muss ich Samuel aufhalten, bevor er noch mehr Hass sät. Er ist auf Kasimirs Seite und wollte mich töten.«

Meine Flügel erschienen und ich schwang mich in die Lüfte. Die kalte Nachtluft haftete an meinen Schuppen und ich atmete tief durch. Eine Kraft durchströmte mich – und das Wissen, dass er mich nicht töten konnte und ich selbst eine Begegnung mit dem wahrhaftigen Tod überlebt hatte, verliehen mir das Selbstvertrauen und die Macht, die ich jetzt brauchen würde. Ich schraubte mich höher in die Luft und machte mich auf den Weg zum Zentrum der Stadt, wo ich Samuel finden würde.

Er würde nicht ungeschoren davonkommen.

Kapitel 31

Romy

Das erste Mal seit Langem fühlte ich mich mächtig und stark. Der Wind strich sanft an der dünnen Haut meiner Flügel entlang, erfasste mein Haar und ließ mich in die Höhe aufsteigen.

Der Marktplatz kam schnell in Sicht. Ich sah schon von Weitem die Menge, die sich im Zentrum der Stadt gebildet hatte, hörte die Worte, die Samuel gerade sagte. Tanya, die mir gefolgt war, stieß ein leises Knurren aus, als sie hörte, wie er noch einmal stolz verkündete, dass ich tot sei und die Wandler der Ära von Kasimir entgegenblicken konnten.

Ich hatte definitiv genug gehört.

Elegant kam ich auf dem Boden auf. Ein erschrockenes Raunen ging durch die Menge und Samuel drehte sich ganz langsam zu mir um. Mir war nicht klar, was ich für ein Bild abgeben musste: Mit dem Blutfleck auf meinem Bauch und dem Hass in meinem Blick, den ich nicht kontrollieren konnte. Ich ballte die Hände zu Fäusten und spürte, wie das Drachenfeuer meine Haut erfasste.

»Du«, knurrte ich und lief mit langsamen Schritten um Samuel herum. »Nicht nur, dass du mich verraten hast, nein, du wolltest mich hinterhältig umbringen. Du hast dir mein Vertrauen gesichert, um mir dann den Dolch in die Eingeweide zu schlagen.« Der alte Mann wurde blass, mit jedem Schritt, den ich tat. Er versuchte mich nicht aus den Augen zu lassen.

Er öffnete den Mund, um etwas zu sagen, doch ich unterband seine Ausreden umgehend.

»Ich sollte dich töten«, knurrte ich so leise, dass nur er es hören konnte. »Aber ich töte mein eigenes Volk nicht.«

Samuel fiel hinunter auf die Knie und schaute zu mir hoch. Ich meinte so etwas wie Ehrfurcht in seinem Blick zu sehen, doch genauso schnell, wie er da gewesen war, verschwand dieser Ausdruck und wich purem Hohn und Überlegenheit.

»Wenn du dein Volk nicht tötest, dann wirst du mich wohl kaum hinrichten. Das ist schwach, Romy. Sie lässt es durchgehen, dass jemand sie umbringen wollte!«, schrie er den letzten Satz ans Volk hinaus. »Obwohl Kasimirs Blut in ihr fließt und sie eigentlich die Stärke ihres Vaters innehaben sollte.«

Diese Worte waren an mich gerichtet und ein breites Lächeln prangte auf seinem Gesicht. Ich hörte das erschrockene Raunen, das durch die Menge ging, als meine wahre Herkunft dargelegt wurde.

»Ich bin nicht Kasimir, auch wenn sein Blut durch meine Adern fließt!«, rief ich der Menge zu und schaute in einige Gesichter, die sich um uns versammelt hatten. »Ich bin nicht wie er«, wiederholte ich, »und ich werde die Macht des Dracarian nicht zu meinen Zwecken ausnutzen – und ganz sicher werde ich mein Volk nicht abschlachten, wie er es getan hat.« Ein spöttischer Laut entwich mir und ich richtete meine Aufmerksamkeit wieder auf Samuel. »Du liegst nur halb richtig, alter Mann. Ich werde dich nicht töten, das stimmt. Aber ich werde dir deine Kräfte nehmen, sodass du Teil all jener wirst, die du zu unterwerfen versucht hast. Wir werden sehen, ob du bis an dein Lebensende weiterhin so schlaue Sprüche klopfen wirst«, erwiderte ich überlegen, was den Wandler vor mir noch blasser werden ließ, als er ohnehin schon war.

Ich nickte zwei Wachen zu, die augenblicklich aus der Menge brachen und Samuel auf die Beine zerrten. Er versuchte sich zu wehren, Schuppen flossen über seine Haut und er stieß ein Knurren aus, doch die Wachen hatten ihn fest im Griff.

Als er weggebracht wurde, sah ich mich in der Menge um. »Ist noch irgendjemand Samuels Meinung?«

Stille. Keiner der Wandler schien es für nötig zu halten, sich gegen mich zu stellen. Das Adrenalin, welches, seit ich beim Tempel aufgebrochen war, durch meine Adern pumpte, verflüchtigte sich langsam und Hilfe suchend blickte ich zu Tanya, die mir respektvoll zunickte.

Plötzlich kam ein Kind angelaufen, es trug ein zu großes Hemd und fiel fast über seine eigenen Füße. »Mama, Papa!«, schrie der Junge, als er bei seinen Eltern ankam. Verschlafen rieb er sich über die Augen. »Ich habe Greyer gesehen. Er lebt!«

Verlegen strich die Mutter ihm über das schwarze Haar.

»Tiro, du weißt, dass er in der großen Schlacht ums Leben kam.« Sie warf einen entschuldigenden Blick zu mir. »Verzeih, Romy. Tiros Träume sind manchmal sehr lebhaft.«

Ich lächelte sie an und breitete meine Flügel aus. Greyer und Lean mussten bereits bei Abraham angekommen sein, wo er untersucht werden sollte. »Manchmal sind Träume der Wahrheit nicht allzu fern.« Dann schwang ich mich erneut in die Lüfte.

***

Mein Herz klopfte wie wild, als ich bei Abraham ankam und eintrat. Tatsächlich saß dort Greyer auf einem Krankenbett und ließ die Untersuchungen still über sich ergehen. Lean, der mit verschränkten Armen danebenstand, schaute auf und schenkte mir ein Grinsen.

»Und?«, fragte ich. Abraham schaute sich zu mir um. Sein Blick lag auf meiner blutverschmierten Kleidung, doch ich schüttelte kurz den Kopf, um ihm zu verstehen zu geben, dass es mir gut ging.

»Ich kann mir nicht erklären, wie es möglich ist, aber es geht ihm gut. Er ist kerngesund. Zwar wird es einige Zeit dauern, ehe er seine vollständige Kraft wiederhat, doch ansonsten kann ich nichts an ihm feststellen.«

Ein Stein fiel von meinem Herzen. Greyer stand auf und war in wenigen Schritten bei mir. Ich ging ihm entgegen und schlang ihm die Arme um den Hals. Seine Hände ruhten an meiner Taille und ich schloss die Augen, um diesen Moment für immer in meinem Herzen zu speichern. Tränen traten hinter meinen Lidern hervor und ich atmete tief seinen vertrauten Geruch ein.

»Du bist völlig verrückt«, murmelte er leise und gedämpft in mein Haar.

Als ich mich von ihm löste, umfasste er mein Gesicht und sah mir in die Augen. Mein Herz schien platzen zu wollen, weil er tatsächlich lebendig vor mir stand.

»Was hat dich mein Leben gekostet, Romy?« Die Sorgenfalte auf seiner Stirn verriet mir, dass er sich noch an unser Treffen in der Zwischenwelt erinnerte. Ich schüttelte sanft den Kopf.

»Nichts. Der Tod weiß, was ich für dieses Volk getan habe. Er lässt mir mein Leben, bis ich alt und schrumpelig bin.«

Greyer stieß einen fassungslosen Laut aus und schüttelte den Kopf. »Ich liebe dich«, sagte er, ehe er die Lippen auf meine senkte.

***

Noch am selben Abend fand eine Feier statt. Die Wandler waren glücklich, konnten kaum glauben, dass ihr Anführer von den Toten zurückgekehrt war. Doch obwohl Greyer wieder da war, verblassten die Tattoos auf meiner Haut nicht. Als wäre ich noch immer der Kopf der Wandler.

»Was hat das zu bedeuten?«, fragte ich mehr mich selbst, als irgendwen sonst, doch Greyer hatte meine Worte gehört. Er trat hinter mich, schlang die Arme um meine Mitte und legte das Kinn auf meiner Schulter ab. Er sah mir durch den Spiegel, der vor uns stand, ins Gesicht. Augenblicklich lehnte ich mich an seine Brust und genoss die Wärme, die von seinem Körper ausging. Er war tatsächlich real und lebendig.

»Was meinst du, was es bedeutet?«, stellte er die Gegenfrage und ich zuckte unbeholfen mit einer Schulter.

»Ich weiß es nicht. Du bist wieder am Leben ... Eigentlich müsstest du doch das Tattoo zurückbekommen, oder nicht?«

Ein amüsiertes kehliges Lachen drang an mein Ohr und ich spürte, wie seine Brust vibrierte.

»Das Tattoo gehört zu dem- oder derjenigen, in die die Wandler ihr ganzes Vertrauen setzen. Ich war tot, Romy. Es musste einen neuen Anführer geben und der warst nun einmal du. Das Tattoo kommt nicht einfach so zurück zu mir.«

Ich biss mir auf die Unterlippe. Greyer hob eine Hand und strich mit den Fingern sanft über meinen Oberarm, über die feinen schwarzen Linien, die nun überall auf meiner Haut zu finden waren.

»Wir sollten los«, murmelte er und senkte die Lippen auf meine Haut.

Ich erschauerte unter seiner Berührung und schloss die Augen. Die Glücksgefühle in meinem Inneren platzten und ich spürte die tiefe Verbindung und die starke Anziehungskraft, die mir auf der Erde schon so zu schaffen gemacht hatte. Insgeheim fragte ich mich, ob sie für immer so stark bleiben würde oder ob sie sich irgendwann abschwächte. Aber irgendwie glaubte ich es nicht. Ich glaubte, dass dieses Band für immer da sein würde, sodass ich Greyer stets fand, ganz gleich, was uns in der Zukunft auch auseinanderbringen wollte.

»Woran denkst du?«, fragte er zwischen zwei Liebkosungen und sein warmer Atem stieß gegen meine Haut. Ich zuckte mit den Schultern.

»An alles und nichts. An das Band zwischen uns, an die bevorstehende Feier. Wir müssen unbedingt los.«

»Das würde ich auch sagen«, ertönte eine weitere Stimme und ich quietschte vor Schreck auf und wand mich aus Greyers Armen.

Vor uns stand Enya mit in die Hüften gestemmten Armen und einer Falte auf der Stirn. Ihr Anblick wäre fast komisch, stünden Greyer und ich nicht halb nackt und eng umschlungen in unserem Schlafzimmer.

»Die Feier beginnt jeden Moment und ihr seid nicht einmal zurechtgemacht!«, wetterte das Mädchen und ich konnte mir ein Lachen beim besten Willen nicht verkneifen, obwohl meine Wangen vor Scham ganz heiß waren, schließlich trug ich nichts weiter als eines der weißen Leinenshirts und Greyer nur eine Hose.

»Hast du denn schon was rausgesucht?«, fragte ich Enya herausfordernd und sie verdrehte theatralisch die Augen.

»Sehe ich aus, als wäre ich von gestern? Natürlich habe ich dir bereits etwas rausgesucht!«

Ich lachte erneut und sah kurz zu Greyer. »Wie du siehst, werde ich zur Ankleide erwartet«, berichtete ich ihm schmunzelnd, doch bevor ich Enya nach unten folgen konnte, griff er nach meiner Hand und zog mich an seine Brust. Meine Haut kribbelte elektrisierend und als sich seine Lippen auf meine senkten, war einfach alles perfekt.

Epilog

Greyer

Während ich auf Romy wartete, stand ich draußen bei Rishka und Hira. Mein Blick wanderte über die nächtliche Stadt und ich konnte meine Gefühle gar nicht in Worte fassen. Das alles noch einmal sehen zu dürfen war unglaublich.

Ich blickte von dem nachtschwarzen Himmel hinunter, sah die leicht silbrige Bergkette am Horizont, die Stadt mit all ihren hellen weißen Lichtern. Betrachtete das hüfthohe dunkelgrüne Gras, dessen Spitzen vereinzelt mit einer silbrigen Blume gespickt waren. Das Sternenlicht schien so hell, dass es die Nacht zum Tag machte.

Doch am meisten faszinierten mich die drei Monde, die man von Davantos aus sehen konnte. Um Mitternacht würden sie ihren Zenit erreichen und ein ineinandergeschlungenes Kunstwerk abgeben. Ich atmete die kühle Luft ein und schloss für den Moment die Augen. Wind zerrte an meinem Hemdkragen und huschte über meine Haut. Das alles trug dazu bei, dass ich mich unglaublich lebendig fühlte.

Als Hira ein leises Winseln verlauten ließ, öffnete ich die Augen und drehte mich um – und hatte das Gefühl, dass mein Atem stehen blieb. Ebenso wie mein Herz.

Romy stand unsicher in der Tür. Sie trug ein mitternachtsblaues Kleid, das in sanften Falten bis auf den Boden fiel. Die silbernen Edelsteine auf dem Stoff ließen es wirken, als trüge sie selbst den sternenklaren Himmel über uns anstatt eines Kleidungsstückes.

»Du siehst umwerfend aus«, sprach ich sie ehrfürchtig an. Ein leichtes Lächeln umspielte ihre Lippen und sie kam zu mir herunter, augenblicklich streckte ich ihr meine Hand entgegen, die sie sogleich ergriff. Ihre offenen

Haare waren gelockt und ebenfalls mit silbernen Spangen gespickt, der ärmellose Stoff gab die Tattoos auf ihrer Haut frei.

Ihre sanfte Berührung löste ein Kribbeln in meinem Körper aus und ich beugte mich vor, um einen Kuss auf ihren Handrücken zu hauchen.

»Können wir?« Eine Stimme unterbrach uns und als ich mich umdrehte, war Lean da. Er stand neben der prächtigen Kutsche, heute mit Pferden vorgespannt, anstatt der Kuri.

»Natürlich.« Ich grinste meinen ältesten Freund an und führte Romy zur Kutsche.

***

Es dauerte nicht lange, bis wir an der Kathedrale ankamen, und als ich Romy meine Hand bot, um aus der Kutsche zu steigen, erinnerte mich alles an dieser Szene an die Feier auf der Erde. Da hatte sie noch unsicherer gewirkt, hatte ein rubinrotes Kleid getragen und sah nicht weniger umwerfend aus als jetzt.

Ich konnte mir ein Lächeln nicht verkneifen, als wir gemeinsam ins Innere des Gebäudes gingen. Jeder Blick richtete sich auf uns. Ich wusste, Romy hasste das, doch es war die einzig richtige Reaktion meines Volkes. Sie sahen uns an, sahen Romy an – unsere Anführerin. Doch auch mich streifte der ein oder andere ungläubige Blick. Nicht alle Wandler hatten mich bereits gesehen, seit ich wieder lebendig war. Ich schob Romy sacht durch die Menge, bis wir an der Stirnseite ankamen, und wandte mich dann meinem Volk zu.

»Dieser Abend ist für unsere Anführerin«, sagte ich mit klarer Stimme und nahm das Glas mit silberner sprudelnder Flüssigkeit entgegen, das Tanya mir brachte. »Sie hat nicht nur unser Volk nach Hause geführt, sie hat auch mein Leben gerettet. Auf jede erdenkliche Weise.«

Unweigerlich fiel mein Blick auf Romy und ich schenkte ihr ein Lächeln. Ihre Wangen nahmen einen schwachen rosafarbenen Ton an und ihre Lippen verzogen sich zu einem verliebten Lächeln.

»Ohne Romy wäre vermutlich keiner von uns wieder auf Davantos. Lasst uns heute unsere Rückkehr gebührend feiern, auch wenn ich vermute, dass ihr dies schon ohne mich getan habt.« Ein leises Lachen drang aus meiner Kehle und die Leute um mich herum stimmten mit ein. »Auf Romy. Und auf uns«, beendete ich die Rede und reckte das Glas empor.

Die Masse hob ebenfalls ihre Gläser an und kaum einen Atemzug später setzte Musik ein und der Abend nahm Fahrt auf. Ich zog Romy an mich heran und hauchte einen Kuss auf ihre Wange. Nie im Leben würde ich sie jemals wieder loslassen. Sie gehörte zu mir, so wie ich zu ihr gehörte.

»Was ist? Gefällt dir der Abend nicht?«, fragte ich flüsternd an ihrem Ohr, als ich ihre innerliche Abwesenheit bemerkte.

Ihr Blick aus braunen Augen suchte meinen und sie schüttelte den Kopf, biss sich allerdings auf die Unterlippe. Ich legte eine Hand an ihre Wange und strich mit dem Daumen über diese, damit sie sich glättete und sie nicht mehr darauf herumkaute.

»Was ist?«, wiederholte ich.

Sie stieß ein Seufzen aus, als würde ich ihr auf die Nerven gehen.

»Ich hab 'nen ziemlich dämlichen Brief geschrieben. Es ist ein Wunder, dass du ihn vorhin im Haus nicht gefunden hast.«

Ich runzelte die Stirn und sah sie an. Auch wenn ich deutlich merkte, dass ihr das Thema unangenehm war, musste ich nachhaken. »Was für einen Brief?«

»Eine Art … Abschiedsbrief. An dich. Weil ich dachte, dass ich mein Leben gegen deines eintauschen muss.« Sie senkte den Blick.

Ich legte zwei Finger an ihr Kinn und hob ihren Kopf an, damit sie mich ansah.

»Verrätst du mir, was dort drinsteht?«

»Niemals!«, erwiderte sie keuchend und rückte von mir ab.

Ich griff nach ihrer Hand und zog sie erneut dicht zu mir. Ihre Nähe zu verlieren bereitete mir fast körperliche Schmerzen.

»Ich werde den Brief vernichten, sodass du ihn niemals zu Gesicht bekommst. Außerdem weißt du längst, was ich dir sagen würde.« Nun lachte sie endlich und schmiegte sich an meine Brust. Wir wippten sacht im Takt der Musik und ich fuhr mit den Fingern über ihren Rücken.

»Ich werde schon herausfinden, was du geschrieben hast«, murmelte ich gegen ihr Haar.

***

Die Sonne ging schon fast wieder auf, als wir zurück in unserem Haus waren.

»Schläfst du etwa in meinem Haus?«, fragte sie keck, als ich durch die Tür ins Innere ging. Sie löste die Riemchen an ihren Schuhen und warf diese achtlos beiseite. Ohne die hohen Absätze war sie wieder ein gutes Stück kleiner als ich und ich grinste diebisch zu ihr hinab.

»*Dein* Haus also? Bis vor ein paar Tagen hat es noch mir gehört, auch wenn ich kaum Gelegenheit hatte, hier zu wohnen.«

Sie lachte. Und es war das schönste Geräusch, was ich jemals gehört hatte. »Tja, da warst du aber gerade ein bisschen abwesend und ich musste die große Rolle als Anführerin annehmen.«

Ich stürzte mich auf sie, sie quietschte und versuchte wegzulaufen, was jedoch kläglich scheiterte. Mit Leichtigkeit hatte ich sie mir über die Schulter geworfen, ignorierte ihre Faustschläge auf meinen Rücken und brachte sie nach oben ins Schlafzimmer, wo ich sie erst auf dem Bett absetzte. Sie fiel mit einem leisen »*Uff*« auf die weiche Matratze und schaute zu mir hoch, als ich mich über sie beugte.

»Verrätst du mir jetzt, was in dem Brief steht?«, flüsterte ich und ließ meine Lippen über ihren Hals gleiten. Sie streckte den Kopf in den Nacken und bot mir mehr ihrer feinen Haut. Meine Hand fuhr ihre Taille entlang, ihr Bein hinunter, bis ich schließlich das Kleid zwischen meine Finger nahm und es raffte, um mehr von ihrem Körper zu entblößen.

»Du weißt, was drinsteht«, erwiderte sie atemlos und ich küsste ihren Mundwinkel.

Ihre Augen glühten in einem sanften Rubinrot, als sie mich ansah.

»Ich habe geschrieben, dass meine Seele immer nach deiner Ausschau halten wird. Auch wenn wir irgendwann sterben, werde ich dich im nächsten Leben stets finden.«

Wenn es möglich war, dann setzte mein Herz einen Schlag aus, vielleicht sogar noch einen. Ich sah sie für einen Moment einfach nur an, sah, wie die Unsicherheit in ihre Augen zurückkehrte und sie die Lider niederschlug. Sie versuchte sich aus der Position unter mir zu befreien, legte die Hände an meine Brust und drückte mich von sich.

Doch bevor sie aufstehen konnte, hatte ich ihr Handgelenk gepackt und sie wieder zu mir gezogen. Ich würde sie nicht gehen lassen. Nicht jetzt. Und auch nicht am Ende unserer Ewigkeit.

»Worte beschreiben nicht annähernd das, was ich für dich empfinde, Romy. Schon als ich dich das erste Mal gesehen habe, habe ich die Anziehung gespürt. Habe gewusst, dass du diejenige bist, für die ich geboren wurde. Es war uns vorherbestimmt, einander zu finden. Und du hast recht. Unsere Seelen sind verbunden. Sie werden einander immer wieder finden.«

Ich betrachtete ihr Gesicht ganz genau, um jede mögliche Reaktion abzuschätzen. Sie schluckte schwer, als wäre ihr Mund ausgetrocknet. Dann sah ich, wie sie mehrfach blinzelte.

»Küss mich einfach«, flüsterte sie mit gebrochener Stimme, legte eine Hand in meinen Nacken und zog mich zu sich. Ihre Lippen trafen meine – und das war so viel mehr als ein einfacher Kuss. Es war das Versprechen, welches wir uns gegeben hatten.

***

Ich öffnete die Augen und starrte einen kurzen Moment an die Decke des Hauses, in dem ich aufgewachsen war. Es traf mich erneut wie ein Schlag, dass ich die Augen öffnen konnte, dass ich atmete und Davantos in seiner ganzen Pracht wiedersehen konnte.

Und *sie*.

Sie war diejenige, die mich mit jedem Blick aufs Neue völlig faszinierte. Wenn ich sie ansah, konnte ich kaum glauben, dass wir alles bewältigt hatten, was uns in den Weg gelegt worden war. Und jetzt waren wir glücklich.

Ich setzte mich auf und entdeckte Romy zwischen den wehenden Vorhängen auf dem Balkon. Ein aufsteigendes Lächeln stahl sich auf meine Lippen und ich stand leise auf und zog mir eine Hose über, ehe ich zu ihr auf den

Balkon ging und die Arme um ihre Mitte schlang. Ihr Körper reagierte augenblicklich und sie lehnte sich gegen meine Brust. Ich strich mit dem Daumen sanft über ihre Haut, setzte einen Kuss auf ihr Haar.

»Es ist wirklich alles gut, oder?«, flüsterte sie und ich blinzelte in die Sonne.

Automatisch zog ich sie fester an mich. »Ja. Es ist alles gut. Dank dir.«

»Dank uns. Ich will nicht all den Ruhm«, sagte sie verlegen lachend, drehte sich in meinen Armen um und schlang mir ihre um den Hals. Ich ließ die Hände ihre Taille hinabfahren und zog sie an den Hüften näher an mich. Ihre braunen Augen, die jetzt so dunkel waren wie keine je zuvor, hielten mich gefangen. Ich lächelte.

»Aber du verdienst ihn. Ebenso wie die Tattoos der Anführerin. Weißt du, du hast mich ziemlich degradiert«, spaßte ich und sie verdrehte die Augen, ehe sie erneut lachte.

»Und wie kommst du damit klar?«

Ich zuckte mit den Schultern. »Bin ich mir noch nicht ganz sicher«, gab ich schmunzelnd zurück, beugte mich vor und küsste sie. Das Gefühl ihrer Lippen auf meinen weckte eine Reihe von warmen Schauern auf meiner Haut, die ich nur bei ihr spürte.

Ein Räuspern holte uns zurück in die Realität und ich löste mich von ihr. Als ich in den Raum blickte, stand dort an der Treppe ein ziemlich unsicherer Lean.

»Ich habe geklopft«, versicherte er uns und ich lachte. Romys Wangen liefen rot an und ich konnte mir das neckische Grinsen nicht verkneifen. Ihr waren solche Situationen unheimlich peinlich.

»Was gibt es?«, fragte ich Lean.

»Ich … ich würde gerne aufbrechen. Ihr wisst schon, zur Erde.«

»Grüß Lara von uns, Lean. Bleib, solange du willst«, erwiderte Romy und er neigte respektvoll den Kopf.

»Das werde ich. Vielen Dank. Und … weitermachen«, sagte er lachend, ehe er den Rückzug antrat und uns allein ließ. Ich schüttelte den Kopf über meinen langjährigen besten Freund und konnte mir ein Grinsen nicht verkneifen.

»Ich freue mich für die beiden. Sie haben einander gefunden«, sagte Romy und ihr Blick fing meinen auf.

»So wie ich dich gefunden habe«, erwiderte ich.

ENDE

Dank

Ein Buch zu Ende zu bringen ist das eine. Eine Danksagung zu schreiben etwas ganz anderes, wie ich gerade erkennen muss. Die Geschichte rund um Romy und Greyer ist das erste richtig große Projekt gewesen, in das ich so unglaublich viel Zeit investiert habe, und ist auch mit Abstand bisher das längste, was ich je geschrieben habe. Ich bin froh, diese Geschichte so zu Papier gebracht zu haben, und ich hoffe wirklich, dass sie euch, liebe Leserinnen und Leser, überzeugen kann, so wie sie mich überzeugt hat.

Der ersten Person, der ich danken muss, ist meine liebe Wencke vom Impress Verlag. Wencke, du bist toll. Danke für dein Vertrauen und deine Unterstützung, danke, dass du mir immer den Rücken gestärkt hast, egal was für Hürden sich mir gestellt haben. Danke, dass du meine Ansprechpartnerin bist!

Danke an meine Lektorin Dietlind, die mir geholfen hat, den Text runder zu gestalten.

Danke an meine wundervollen Testleser, ohne die Greyer nicht wieder auferstanden wäre. Der Dank geht raus an Nessy, meine liebste und beste Freundin, die mir immer den Rücken stärkt und mit der ich über alles reden kann, an meine Schwester Elena, die das Buch zwar nie ganz zu Ende gelesen hat, sich aber trotzdem immer alles von mir und meiner Schreibe anhört. An Birgit, mit der ich immer über alles sprechen kann und die das Buch sogar zweimal für mich gelesen hat. Und das in einer Windeseile! Danke an Saskia und Alysha, die mir so viele Tipps und Anmerkungen gegeben haben – mit euch ist der Text so viel besser geworden!

Danke an meine liebe Schichtkollegin Kerstin, die mit mir mitgefiebert hat und der ich in jeder Schicht an jedem einzelnen Tag gesagt habe, wann mein Buch endlich erscheint. Ich muss unglaublich genervt haben.

Danke an Francesca, die kurz vor knapp beide Teile noch testgelesen und mir so viele gute Anmerkungen geliefert hat. Ich bin froh, dich dank Impress kennengelernt zu haben!

Danke auch an meine Mama, die stärkste Person auf dieser Welt. Du bist Gold wert. Danke an meine Hunde-Birgit, die sich einfach alles von mir anhört und mich immer unterstützt.

Ein riesig großer Dank geht natürlich an meine liebe Mira. Was wäre das Buch nur ohne dich? Danke für die unzähligen Stunden, die du über der Rohfassung gebrütet hast. Ohne dich würden meine Charaktere sich wohl immer noch auf jeder Seite das Haar zurückstreichen oder zusammenzucken. Danke, dass du mein liebster Schreibbuddy und mein Best-Distance-Friend bist. Ohne dich wäre das Schreiben irgendwie nicht das, was es ist, denn mit dir über unsere Projekte zu sprechen gehört einfach dazu.

Zuletzt danke ich dir. Danke, dass du als Leser dieser Reihe und mir als Autorin eine Chance gegeben hast. Ich hoffe, dass Romy und Greyer dich so berühren konnten, wie sie mich berührt haben.

Eure Annika

KÖNIGLICHE VAMPIRE

Alexandra Lehnert
DIE LETZTE KIYA: SCHATTENERBE
ISBN 978-3-551-30229-8
Softcover
Auch als E-Book erhältlich

Lilya trifft auf der Ranch ihrer Eltern einen Gast, dessen gefährliche und unnahbare Ausstrahlung all ihre Alarmglocken läuten lässt. Ihr Gefühl trügt sie nicht: Dimitri ist der Kronprinz eines uralten Vampirgeschlechts und schon seit Jahrzehnten auf der Suche nach ihr – der Thronerbin eines anderen Königshauses.

Ina Taus
RISE & DOOM 1: PRINZESSIN DER BLUTROTEN WÜSTE
ISBN 978-3-551-30170-3
Softcover
Auch als E-Book erhältlich

Red Desert ist ein karges Land, in dem die Menschen ein einfaches Dasein fristen, während der König im Luxus lebt. Selbst seine Tochter Rise wächst mit strengen Regeln auf und durfte in ihrem Leben noch nie das Schloss verlassen. Dann erfährt sie, dass sie den Prinzen der Vampire heiraten soll, um den wackeligen Frieden mit ihnen zu sichern. Aber Rise hat lange genug Gehorsam geleistet …

Jennifer Wolf
DIE SANGUIS-TRILOGIE 1: DIE WAHRHEIT LIEGT IM BLUT
ISBN 978-3-551-30033-1
Softcover
Auch als E-Book erhältlich

Dass es Vampire gibt, weiß Miriam schon lange. Doch sie hat noch nie einen in echt gesehen. Bis gleich zwei Vampire auf ihre Schule kommen sollen. Und der eine sogar in ihre Klasse! Er übt eine merkwürdige Anziehungskraft auf sie aus …

WWW.IMPRESSBOOKS.DE

DIE MACHT DER GÖTTER

Asuka Lionera
SON OF DARKNESS 1: GÖTTLICHES GEFÄNGNIS
ISBN 978-3-551-30227-4
Softcover
Auch als E-Book erhältlich

Die ehrgeizige Archäologin Emma verirrt sich während einer Expedition in das höhlenartige Gefängnis eines riesigen schwarzen Wolfs. Sie befreit das Tier und steht plötzlich einem göttlich gut aussehenden Fremden gegenüber. Emma ahnt nicht, dass sich um ihn eine zerstörerische Prophezeiung rankt …

Aurelia L. Night
DIVINE DAMNATION 1: DAS VERMÄCHTNIS DER MAGIE
ISBN 978-3-551-30246-5
Softcover
Auch als E-Book erhältlich

Tivra ist eine begabte Hexe aus dem Zirkel der Deva. Doch durch ein Missgeschick lässt sie auf einer Mission in den Ruinen eines alten Tempels versehentlich die Göttin der Zerstörung frei. Aus der Not heraus erfragt der Zirkel die Hilfe eines Rudels von Gestaltwandlern und Tivra muss mit ihrem mysteriösen Anführer zusammenarbeiten.

WWW.IMPRESSBOOKS.DE

Impress
Die Macht der Gefühle

Impress
Ein Imprint der CARLSEN Verlag GmbH
September 2020

Lektorat: Dietlind Koch
Umschlagbild: stock.adobe.com / © sweasy / © Halfpoint / shutterstock.com / © Kiselev Andrey Valerevich / © EVKA / © New vision
Umschlaggestaltung: formlabor, Dream Design - Cover and Art
Satz und Umsetzung: readbox publishing, Dortmund
Druck und Bindung: CPI Books GmbH, Birkach
ISBN 978-3-551-30298-4
Printed in Germany
www.carlsen.de/impress

Alle Bücher im Internet: www.carlsen.de